文学の東京
記憶と幻影の迷宮

神田由美子

鼎書房

文学の東京　記憶と幻影の迷宮　目次

第二部　近代の文学空間

はじめに

常に変化し失われ続ける〈東京〉は、「世界でも珍しいノスタルジー都市」(川本三郎)といわれる。私の故郷に近い隅田河畔の花柳界も平成十一年に消滅し、徒歩で行けた盛り場浅草は、映画産業の斜陽とともに衰退の一途を辿った。近年は外国人観光客とスカイツリー効果でやや持ち直したが、コロナ禍の影響が一段落した後も、猥雑な活気に満ちたかつての浅草には、二度と戻らないだろう。

掘割の水景に江戸の面影を残す、曾祖父母が暮らした東京、関東大震災の業火を避け、祖父母が隅田川に逃げた東京、昭和二十年三月十日の大空襲下で母が逃惑い、祖母と叔父が焼死した東京、それが私の「失われ続けた」〈東京〉である。

ニューヨークの一九二〇年代から四〇年代を描いたエドワード・ホッパーは、観る者に「その街に生きることが間に合わなかった寂しさを感じさせる」(最果タヒ)画家と評されるが、私が東京を舞台にした文学作品を読んで感じるのも、祖父母や父母の生きた東京に「間に合わなかった」という寂しさである。

この寂寥感を発条《ばね》として、私は、自身が「間に合わなかった」明治、大正、昭和の東京を背景とする小説を論じてきた。本書の「第一部　東京の文学空間」では、約三十年間に書いた東京に関する論文(四篇は書き下ろし)を、未消化の西洋趣味と江戸風俗が共存する明治十年代、江戸的景観が東京的事象に侵食されていく二十年代、中産階級が都会の消費文化を享受し始める三、四十年代、東京の闇の中からユートピア思想が生まれた大正時代、関東大震災の後に空虚なモダン・トーキョーが現出した昭和初期、大空襲で皇都東京が無に帰した戦後と、時代を追って並べ直した。

また、東京の同じ歴史的建造物や盛り場を作品化しても、作家が生きた時代によって同空間が違った意識で捉えられ、その意識の相違がそのまま近代日本の社会構造の変化と重なっていることにも注目した。ここでは、〈鹿鳴館〉〈小石川植物園〉〈十二階〉〈井の頭公園〉という空間を軸に、泉鏡花、寺田寅彦という明治作家、芥川龍之介、室生犀星という大正作家、江戸川乱歩、太宰治、三島由紀夫という昭和作家、又吉直樹、中島京子という現代作家の、特定の空間へのそれぞれの時代認識の相違によって、日本近代の独自性に迫ってみた。

そして第一部の最後で、村上春樹の描く東京が、関東大震災後の東京を地獄として捉えた芥川龍之介の感性に通じる点を指摘し、東京と、そこに生きる我々を救う道を模索する、現代の都市小説作家の手法を探求した。

「第二部　近代の文学空間」では、第一部の「失われ続ける〈東京〉に象徴される日本近代の独自性」という視点を継承し、伊香保や軽井沢という近代の保養地、丸善や平安神宮という象徴的建造物、鉄道と庭という特殊空間から、欧米と異なる日本の近現代の特質を分析した。

失われ続ける〈東京〉の過去は、既に文学の中にしかありえない。だが、そんな〈文学の東京〉は、かつて東京に存在した人々の息吹を鮮やかに再現する。東京に生き死んでいった人々の夥しい記憶と、その記憶に喚起される現代人の幻影の彼方に、〈文学の東京〉は、「間に合わなかった」寂しさを漂わせつつ、過去への入り口と未来への出口を暗喩して佇立している。〈東京〉という現代の迷宮から脱出する手段は、実は、記憶と幻影が創造した〈文学の東京〉という過去の迷宮に分け入ることにしかないのではなかろうか。

第一部　文学の東京空間

1　芥川龍之介「開化の良人」に描かれた両国——大川の赤い月

はじめに

芥川龍之介は、生後七カ月で江戸幕府の奥坊主を勤めた芥川家の養子となり、明治二十年代にもまだ江戸の景観を残していた本所両国で十八歳まで暮らした。と同時に、青年期には、芥川家や故郷が持つ旧弊な雰囲気から脱出し新時代に雄飛するため、十九世紀末のヨーロッパの文学・絵画・音楽に触れることを最も好んだ。芥川文学は、龍之介が持つこの東西の文化と思想への深い造詣に支えられている。そして、開化期ものの一つである「開化の良人」には、まさに、この芥川文学の核となる「東西文化の葛藤」が、故郷の両国と大川（隅田川）を舞台として、鮮やかに描かれている。つまり「開化の良人」は、龍之介の東（江戸・江戸的情趣を残す東京）と西（西欧・近代化する東京）に分裂する想いを、両国という空間の持つ二面性に託して、見事に具象化した作品と考えられる。「開化の良人」における両国を分析することは、そのまま、自己の持つ二律背反的資質と生涯格闘した芥川龍之介の本質を解明することにつながるのである。

一　芥川龍之介が両国と大川（隅田川）によせる二つの想い

（1）「少年」「本所両国」に描かれた両国

芥川は両国を、単に明治という新時代に取り残された町というだけでなく、江戸的景観を残しつつ、やはり近代化の波からは逃れられなかった場所と考えていた。たとえば、自伝的小説「少年」（『中央公論』大正十三年五月）には、次の様な一節がある。

「八歳か九歳の時か、兎に角どちらかの秋である。陸軍大将の川島は回向院の濡れ仏の石壇の前に佇みながら、味かたの軍隊を検閲《けんえつ》した。（略）これは勿論国技館の影の境内に落ちる回向院ではない。まだ野分の朝などには鼠小僧の墓のあたりにも銀杏落葉《いてふおちば》の山の出来る二昔前の回向院である。（「少年」六　お母さん）

保吉が八、九歳の明治三十年代、江戸以来の濡れ仏や鼠小僧の墓がある両国回向院を、芥川は作中で「江戸と云ふよりも江戸のはずれの景色」と形容している。だが、そんな「妙に鄙びた」境内での遊びは、武士が登場するチャンバラごっこではなく、子供たちが互いに陸軍大将、陸軍少将、陸軍大尉、工兵、地雷火となって戦う、近代の軍隊ごっこなのである。
また、「本所両国」（「東京日日新聞」夕刊、昭和二年五月六～二十二日）では、芥川が幼児期を過ごした両国を、「江戸二百年の文明に疲れた生活上の落伍者が比較的多勢住」む、「お竹倉」や「伊達様」「津軽様」などといふ大名屋敷」がまだ「封建時代の影を投げかけてゐた」町と述べつつ、そこに軍国主義を標榜した新時代の潮流が押し寄せていたことも、次の様に描写している。

「両国橋の袂《たもと》にある表忠碑《ひょうちゅうひ》も昔に変らなかつた。表忠碑を書いたのは日露役の陸軍総指揮官大山巖《おおやまいわお》公爵である。」

「明治二十五年に生れた僕は勿論日清役の事を覚えてゐない。しかし北清事変の時には大平《だいへい》といふ広小路（両国）の絵草紙屋へ行き、石版刷の戦争の絵を時々一枚づゝ買つたものである。」

そして、軍隊と並んで日本の近代化の象徴だった鉄道が維新前の両国風景を次第に破壊していく様相も、次の様に述べられる。

「お竹倉」は大体「御維新」前と変らなかつたものの、もう総武鉄道会社の敷地の中に加えられてゐた。（略）僕は中学を卒業する前に英訳の「猟人日記」を拾ひ読みにしながら、何度も「お竹倉」の中の景色を――「とりかぶと」の花の咲いた藪の蔭や大きい昼の月のかかつた雑木林の梢を思ひ出したりした。「お竹倉」は勿論その頃には厳《いかめ》しい陸軍被服廠や両国駅に変つてゐた。（略）総武《そうぶ》鉄道の工事の始まつたのはまだ僕の小学校時代だつたであらう。その以前の「お竹倉」は夜は「本所《ほんじょ》の七不思議《ななふしぎ》」を思い出さずにはゐられない程ものさびしかつたのに違ひない。

さらに、芥川はこの「本所両国」で、両国横綱に建っていた安田善次郎の邸宅を「本所《ほんじょ》会館は震災前《ぜん》の安田家《やすだけ》の跡に建つたのであらう。安田家は確花崗岩《くわこうせき》を使つたルネサンス式の建築だつた。」と回想している。明治・大正時代、横網にあった安田邸は、元禄の頃、隅田川の水を引いて汐入り回遊式庭園を造った常陸笠間因幡守の屋敷跡で、明治になって旧岡山藩主池田章政公の邸宅となった。池田章政は、明治十一年二月、第十五国立銀行頭取に就任し、明治十七年、侯爵となっている。そして明治二十二年から、安田善次郎の本邸となった。安田善次郎は、一八七〇年代、北海道の最初の私鉄である釧路鉄道を敷設し、明治九年には第三国立銀行創立に参加。明治十三年に安田銀行を開業し、同十五年、設立された日本銀行理事に就任している。明治期の横網には、銀行家で鉄道敷設に尽力するという、明治の近代化と資本主義を牽引した二人の人物の邸宅があったのである。特に明治二十五年生まれの龍之介は、その幼少時代、「花崗岩を使つたルネサンス式の建築」である安田邸を、大川沿いの洋風な景観として記憶に刻んでいたことだろう。「開化の良人」の主な舞台は、銀行家の青年が住む大川に面した横網の西洋館だが、この設定には、明治期の安田邸のイメージが反映されていると思われる。

（2）「大川の水」「大道寺信輔の半生」「或阿呆の一生」に描かれた大川

芥川は故郷の町両国に対するのと同様、その故郷の町の傍らを流れる隅田川、特に浅草吾妻橋より下流の大川と呼ばれる隅田川に、分裂する二つのイメージを持っていた。その二つのイメージを、まず芥川文学の源泉といわれる高等学校時代に執筆されたエッセイ「大川の水」（「心の花」大正三年四月）で見ていきたい。

①「大川の流を見る毎に、自分は（略）ヴェネチアの風物に、溢るゝばかりの熱情を注いだダンヌンチョの心もちを、今更のやうに慕はしく、思ひ出さずにはゐられないのである。」
②「自分は何時も此静な船の帆と、青く平に流れる潮のにほひとに対して、何と云ふこともなく、ホフマンスタアルのエアレエプニスと云ふ詩を読んだ時のやうな、云ひやうのないさびしさを感ずると共に、自分の心の中にも亦、情緒の水の囁《ささやき》が、靄の底を流れる大川の水と同じ旋律をうたつてゐるやうな気がせずにはゐられないのである。」
③「遠くは多くの江戸浄瑠璃作者、近くは河竹黙阿弥翁が、浅草寺の鐘の音と共に、其殺し場のシュチンムングを、最力強く表す為に、屢々、其世話物の中に用ゐたものは、実に此大川のさびしい水の響であつた。十六夜清心《いざよいせいしん》が身をなげた時にも、源之丞《げんのじょう》が鳥追姿のおこよを見染めた時にも、或は又、鋳掛屋松五郎《いかけやまつごろう》が蝙蝠の飛交ふ夏の夕ぐれに、天秤《てんびん》をになひながら両国の橋を通つた時にも、大川は今の如く、船宿の桟橋に、岸の青蘆に、猪牙船《ちょきぶね》の船腹に懶いさゝやきを繰り返してゐ

たのである。」
①と②には、大川の流れにダンヌンチョが著した「ヴェネチアの風物」や「ホフマンスタアルのエアレエプニスという詩」を重ねる自身の心情が語られている。だが一方③では、「大川の水の響」に、江戸浄瑠璃作者が描いた殺し場の情調や、河竹黙阿弥が創造した「十六夜清心」(「花街模様薊色縫《さともようあざみのいろぬい》」)、「源之丞」(「夢結《ゆめむすぶ》蝶《ちょうに》鳥追《とりおい》」)、「鋳掛屋松五郎」(「船打込橋間白波《ふねへうちこむはしまのしらなみ》」)の運命を想う自己の感性も綴っている。青春期の芥川は故郷を流れる大川に、東西の芸術が生み出した詩的風景を、二重写しに幻視していたのである。
そして芥川は、この東西の詩的風景をだぶらせた大川の水をながめる毎に「云ひ難い慰安と寂寥とを感じ」「なつかしい思慕と追憶との国にはいるやうな心もちがした。」と述べ、大川の渡し船から見た情景を、次の様に描写している(傍線筆者)。

自分はひとり、渡し船の舷《ふなばた》に肘をついて、もう靄の下りかけた薄暮の、暗い家々の空に大きな赤い月の出を見て、思はず涙を流したのを恐らく終世忘れることが出来ないであらう。

芥川にとって大川の情景は、昔から大川を舞台に展開される様々な人生を照らしてきた大きな赤い月に代表されるものだったのである。そんな大川の「にほひ」「色」「ひゞき」を愛した高等学校時代の芥川は、しかしこの大川に淋しい「死」の影も見ている。

夜網《よあみ》の船の舷《ふなばた》に倚《よ》つて、音もなく流れる、黒い川を凝視《みつ》めながら、夜と水との中に漂ふ「死」の呼吸を感じた時、如何《いか》に自分は、たよりのない淋しさに迫《せま》られたことであらう。

この大川が内包する「死」の影を最も印象的に描いているのが、龍之介の自伝的小説「大道寺信輔の半生」である。或朝、父と百本杭へ散歩に行った信輔は、百本杭の川波に「坊主頭《ぼうずあたま》の死骸《しがい》が一人《ひとり》」漂っているのを発見する。芥川はその百本杭に死骸の漂う風景画を、故郷の町々が信輔に投げかけた「精神的陰影《いんえい》の全部だつた」と書いている。

そして芥川は、遺稿「或阿呆の一生」（「改造」昭和二年十月）で、死に囚われた自らを、大川沿いの桜に準えるのである。

隅田川《すみだがわ》はどんより曇つてゐた。彼は走つている小蒸気の窓から向う島の桜を眺めてゐた。花を盛つた桜は彼の目には一列の襤褸《ぼろ》のやうに憂鬱だつた。が、彼はその桜に、――江戸以来の向ふ島の桜にいつか彼自身を見出《みいだ》してゐた。

以上のように芥川は、故郷「両国」と「大川」に対して、西洋の影響を受けた〈開化的なるもの〉と封建時代の残影としての〈江戸的なるもの〉の両面を見ており、隅田川に、近代化という「時の流れ」を重ねていた。そして、大川と大川沿いの景観は、東京人としての自己の分身であり、その景観の底流には、常に〈死〉の匂いが漂っていたのである。

二　芥川龍之介の開化期もの

「開化の良人」は、「開化期もの」に属する小説である。「開化期もの」とは、明治初期から十年代までの世相風俗を背景とする芥川の作品群をいう。発表順に挙げると「開化の殺人」(「中央公論」大正七〔一九一八〕年七月)、「開化の良人」(「中外」大正八〔一九一九〕年二月)、「舞踏会」(「新潮」大正九〔一九二〇〕年一月)、「お富の貞操」(「改造」大正十一〔一九二二〕年五月)、「雛」(「中央公論」大正十三〔一九二三〕年三月)などがあり、皆、生誕の地である築地居留地への龍之介の郷愁を基盤としている。

この「開化期もの」に共通するのは、次の3点である。
①開化期と現在(大正時代)、または開化期と明治中期という二つの時間設定。
②過剰なほど描き込まれる開化期的なるもの(牡丹に唐獅子の絵の人力車、演劇改良、新富座、築地居留地、新帰朝者、新橋停車場、女権論者、硝子刷りの写真、神風連の乱、彰義隊、内国博覧

会、二頭立ての馬車、薔薇色の舞踏服、鹿鳴館の花火、煉瓦通り）
③登場するのは、政治や恋愛に情熱を捧げる理想家と、旧弊な意識の表面的な開化思想に踊らされる俗物。また、開化風俗の中で滅んでいく旧世代と、無垢な心身によって開化の美を無意識に体現する少女たち。時には、それらの人々が紡ぐ〈開化のドラマ〉を冷静に見つめる新帰朝の知識人。
この三点から、「開化期もの」は、「日本の開化風俗に寄せる芥川の夢と幻滅を、現実の時間の彼方に鮮やかに浮かぶ〈絵〉として、視覚的に描く諸作」と特徴づけられる。

三　**絵画小説としての「開化の良人」**

「開化の良人」は、この「現実の時間の彼方に浮かぶ〈絵〉としての開化風俗を描く」という芥川の「開化期もの」の特徴が最も鮮明に現れた作品である。つまり作中には、明治初期に描かれた様々な絵画が、開化期という時代を構築する要素として、また作品のテーマに密接に関わる小道具として、巧みに織り込まれている。以下、作中に登場する種々の絵画を太字で示しつつ、「開化の良人」の内容を紹介して行く。また、作中に描かれた〈江戸的なるもの〉には傍線を、〈開化的なるもの〉には波線を引いていく。

明治初期の文明に関する展覧会が開かれていた上野の博物館で、「私」は本多子爵に出会い、彼から、展示されていた「**築地居留地**」**の銅版画と大蘇**（**月岡**）**芳年の浮世絵**をきっかけとして、その芳年の描く「洋服を着た菊五郎」に似た旧友の話を聴く。

明治開化時代、本多子爵とフランスから帰る船で出会った二十五歳の三浦直樹は、下谷近辺の大地主で既に両親はなく、両国百本杭近くの邸宅に西洋風の書斎を新築し、「ほんのお役目だけに第×銀行へ出る外は」読書三昧の日々を送っている。その書斎とは、赤いモロッコ皮の椅子や**ナポレオン一世の肖像画**があるとともに、鏡つきの大理石の暖炉の上に父遺愛の松の盆栽が置かれ、大川に臨んだ仏蘭西窓の外を大きな白帆の和船が通り過ぎるという「どこか調子の狂つた楽器の音を思い出させる」日本の開化風俗の象徴のような空間だった。そこで三浦は、結城揃いを着て、「ユウゴオのオリエンタアル」を読む和洋折衷の暮らしをしている。またフランスに暮した三浦は、家や財産のための見合いではなく、純粋な「愛《アムウル》のある結婚」を望んでいる。そして本多子爵が韓国京城へ赴任している間に、三浦は柳島の萩寺で藤井勝美という御用商人の娘と出逢い、「愛《アムウル》のある結婚」を実現する。さらに三浦は本多子爵に手紙で、五姓田芳梅画伯に**勝美夫人の肖像画**を描いてもらったことを報告してくる。

だが子爵が京城から帰ると、幸福なはずの三浦は以前より憂鬱な人間になっていた。とはいうものの、大川端の屋敷に招かれて三浦夫妻と晩餐を共にした本多子爵は、勝美夫人の溌剌たる才気に感服し、夫人を「あなたは日本よりフランスに生まれるべきだ」と褒め称え、三浦が「愛《アムウル》のある結婚」に

月岡芳年の挿絵（武田交来著『霜夜鐘十時辻筮　初編上』、錦寿堂、明治 13 年

成功したことを密かに祝す。それから一月後、子爵は新富座で「於伝仮名読《おでんのかなぶみ》」を観劇中、「楢山の女権論者」といわれる醜聞に塗れた女性に伴われて向かいの桟敷席に座っている勝美夫人を見出す。そして楢山夫人と勝美夫人が、子爵の隣の枡席に居る若い男に意味ありげな眼遣いをするのを目撃する。その後、大川端の三浦の書斎でその若い男が勝美夫人の従弟だと三浦に紹介された子爵は、その俗物ぶりを嫌い、勝美夫人との仲を疑う。

さらに本多子爵は、中村座見物の帰り、柳橋の生稲で「最近楢山夫人とその腰巾着の若い御新造が、水神辺りへ男連れで泊まり込む」という噂を聞く。

そして十六夜の夕、本多子爵を誘って大川へ猪牙船を出した三浦は、首尾の松の前で子爵に、彼方のお竹倉の空を眺め、離婚したことを告白する。続けて椎の木松浦の屋敷の方に目を向け、勝美夫人と従弟とが、愛を貫き駆け落ちするならそれも許し、妻の肖像画も妻が去った後の思い出として描かせたが、実は従弟は楢山夫人とも通じていたと述べる。また猪牙船が元の御厩橋の下を抜け駒形の並木近くに来た時、勝美夫人も従弟以外の男と関係していたという状況を伝える。さらに三浦が「開化に抱いたあらゆる理想が粉砕した」と告げた時、「丁度向う河岸の並倉の上にものすごいやうに赤い十六夜の月」が上り始める。

そして本多子爵が、「私がさつき芳年の浮世絵を見て、洋服を着た菊五郎から三浦を思い出したのは、その時の赤い月が、あの芝居絵の火入りの月に似ていたからだ」と話した時、「私」と子爵は博物館の守衛に閉館時刻を告げられ、自分たちも硝子戸棚から出た過去の幽霊のように、陳列室を出ていく。

四　「開化の良人」の構造

「開化の良人」は、三重の語りの枠組みを持った小説である。まず、作品世界は、小説家である「私」の語りから幕があく。そこで「私」は、大正七年頃の上野の博物館で、開化時代を知る老本多子爵と出逢い、築地居留地の銅版画と開化風俗を描く大蘇芳年の役者絵を一緒に見たことを述べる。そして、その芳年の描く菊五郎が、本多子爵の友人三浦直樹に似ているという事実から、開化時代の三浦の悲恋を伝える本多子爵の語りに移行する。

本多子爵は、独身時代の三浦が、ナポレオン一世の肖像画を掲げた書斎で優雅な読書三昧の日々を過ごしていたこと、「神風連の狂言」を観た時、「夢に賭ける神風連の情熱」を羨望したこと、結婚後の三浦が、韓国京城に赴任していた本多子爵に、新婚の勝美夫人の肖像画を描かせたと報告してきたことを語る。そして、京城から帰国し三浦夫妻と交際を始めた後、「於伝仮名書」を上演する新富座で、明治初期の毒婦〈於伝〉に通う勝美夫人の、従弟との意味ありげな眼差しの交換を目撃し、さらに後日、中村座の芝居の帰りには、柳橋の料亭で勝美夫人の男遊びの醜聞が話題になったことを伝える。

その後、大川に月見船を出したところから、三浦の語りが始まる。三浦は船中で、勝美夫人と従弟と楢山夫人の不純な関係を知ったいきさつを述べ、〈開化〉への深い絶望を吐露する。

この三浦の話を受けて、本多子爵は、芳年の芝居絵に描かれた火入りの月のような「もの凄いやうに赤い十六夜の月」の下で、「今日我々の目標にしている開化も」百年後には子供の夢に化している のではないかと三浦に語りかける。

そして再び語り手が本多子爵に移ったところで、さらに、作中の語りは「私」に戻り、「私」が、子爵と二人で開化時代の幽霊のように陳列室を出る様子を述べることで作品世界が閉じられる。

このように「開化の良人」は、〈「私」の語り〉〈本多子爵の語り〉〈三浦の語り〉という〈三重の語り〉の枠組みを持っている。そしてこの〈三重の語り〉の枠組みの中に、「私」と本多子爵が上野博物館で出会った大正七年と、三浦の悲恋の背景となる明治初年という〈二つの時代〉があり、その〈二つの時代〉に跨って、「大蘇芳年の役者絵」「築地居留地の銅版画」「ナポレオン一世の肖像画」「勝美夫人の肖像画」「神風連の狂言」「於伝仮名書」という〈絵・絵画・芝居の虚構空間〉を媒介とした「開化時代の一青年の悲恋」が描かれるのである。この〈三重の語り〉〈二つの時代〉〈絵・絵画・芝居の虚構空間〉という物語構造によって、芥川は、「開化の良人」で、額縁や舞台で隔てられながら、現在にも続く日本の開化の夢と挫折を対象化したと言えるだろう。

五 「開化の良人」に描かれる〈絵〉〈絵画〉としての開化風俗

「開化の良人」は、前述のように明治開化期の西欧的な〈絵画〉と日本の伝統的な〈絵〉のイメージに託して開化風俗が描写される小説である。以下、作中に登場する開化期の〈絵画〉と〈絵〉について解説していく。

(1) 「築地居留地の図」という銅版画

A 築地居留地について
芥川龍之介は明治二十五年三月一日、築地居留地で生まれた。築地居留地とは、明治元(一八六八)年十一月十九日、明治新政府が築地鉄砲洲(現中央区明石町)に開設した外国人居留地である。ここでは、外国人の建築と居住の自由を保障した。明治三十二(一八九九)年七月十七日の廃止まで、東京人の欧米文化受容の窓口となった。居留地開設後すぐに築地ホテル館、米国長老教会牧師館などが建ったが、明治五年の銀座の大火で焼失した。だが、同年十月の新橋、横浜間の鉄道開通で発展し、米国、スペイン、ブラジル、アルゼンチン、スウェーデンの公使館には各国の国旗が掲げられ、立教学校、東京一致学校（現明治学院）、海岸学校（青山女学校の前身）、サマーズ・スクールなどが建てられた。芥川の実父新原敏三は、明治十六（一八八三）年、この居留地の予備地（入舟町八丁目）に耕牧舎を置き、それ以来、居留地内の外国人、築地精養軒、帝国ホテルなどに牛乳、バターを販売していた。龍之介は両親が厄年に生まれたため、当時の俗習で一時、新原家と道路を隔てて向かい合う英国教会宣教会の聖パウロ教会に仮に捨てられたと言われる。芥川は正気の母の思い出にも通うこの居留地に郷愁を抱き、「開化の良人」で次の様に描写している。

雲母のやうな波を刻んでゐる東京湾、いろいろな旗を翻した蒸気船、往来を歩いて行く西洋の男女の姿、それから洋館の空に枝をのばしてゐる、広重めいた松の立木、――そこには取材と手法とに共通した、一種の和洋折衷が、明治初期の芸術に特有な、美しい調和を示してゐた。この調和はそれ以来、永久に我々の芸術から失はれた。いや、我々が生活する東京からも失はれた。

B　銅版画について

銅版画は、江戸後期に、蘭学を学び日本における洋風画の開拓者だった司馬江漢や長崎で修業した亜欧堂田善等によって描かれた。安藤公美は木版、石版の伝統的な〈絵〉が〈絵画〉に変る時、西欧の手法である銅版画を受容したと述べ、「制作に成功した日本で初めての銅版画は、一七八三（天明三）年、江戸隅田川の三囲神社付近の景色を描いた、司馬江漢の《三囲の景》（神戸市立博物館蔵）である。

（略）銅版画というジャンル自体が、伝統的日本絵からの変換のその出発点を表す」（「肖像画のまなざし—「開化の良人」『芥川龍之介　絵画・開化・都市・映画』二〇〇六年三月二十四日、翰林書房）と指摘している。芥川は「別稿　開化の殺人」において明治十二、三年の開化期を「司馬江漢の銅版画にでもありさうな、日本の空気と西洋の光線との不思議な位際どい調和が、風俗の上にも建築の上にも反映していた時代」と述べている。

（2）大蘇芳年の浮世絵

「開化の良人」では、芳年の〈絵〉が本多子爵の〈開化期の回想〉を引き出すきっかけとなっている。

ぢゃこの芳年をごらんなさい。洋服を着た菊五郎と銀杏返しの半四郎とが、火入りの月の下で愁嘆場を出してゐる所です。これを見ると一層あの時代が、——あの江戸とも東京ともつかない、夜と昼とを一つにしたやうな時代が、ありありと眼の前に浮んで来るやうじゃありませんか。

芳年は、天保十（一八三九）年三月に生まれ、十二歳で歌川国芳に入門した。姓は吉岡で吉岡芳年と云い、一魁斎芳年と号した。慶応元年、月岡雪斎の後継者となり月岡芳年を名乗る。兄弟子の落合芳幾とともに描いた「英名二十衆句」の残酷絵シリーズや上野の戦争を取材した「魁題百撰相」で人気絵師となる。明治五年から強度の精神衰弱を病むが明治九年に回復し、その後大蘇芳年を号とする。

維新後は歴史画や新聞挿絵で活躍した。

明治十八年から死の年までかけて完成した「月百姿」は、日本人特有の「月」への賛歌を百の稗史に託して描いたものだが、明治という新時代になじめない芳年の虚無が、その上品な百の歴史画に「死」と「衰弱」の影を与えている。芥川は「英名二十八衆句」をあまりの残酷さに手放したというが、晩年のこの静謐な「死」と「衰弱」の「月」の風景には共感を寄せていたと思われる。

明治二十四年から再び神経を病み、同二十五年、精神病院に入る。五月に退院し、六月九日、両国横網の仮寓で死去した。最後の浮世絵師といわれる。

芥川と芳年の生涯には、出生に謎が残される、養子だった、下級武士階級の出身、神経衰弱を患い発狂の恐怖に怯える、歴史への造詣が深い、狂死や自殺という変死を遂げているなど類似が多いが、一番の共通点は、「江戸」の崩壊と「開化」の虚無を敏感に察知していたことだろう。だからこそ芥川は、「開化の良人」の収束部で、開化への絶望を語る主人公三浦に、芳年の描く火入りの月に似た「もの凄いように赤い十六夜の月」を眺めさせたのである。

なお、この「洋服を着た菊五郎と銀杏返しの半四郎とが、火入りの月の下で愁嘆場を出してゐる」場面は、「人世万事金世中 The Money」（明治十二年二月二十八日〜四月二十八日、新富座）の〈横浜波止場脇海岸の場〉と指摘されている（永吉雅夫「三枚の肖像画—芥川『開化の良人』論」「国語と国文学」一九九六年三月）。

『歌舞伎新報』に河竹黙阿弥が書いたこの狂言の挿絵を芳年が制作した。また明治十三年六月新富座上演の黙阿弥作「霜夜鐘十字辻筮」を武田交来が草双紙として出版した挿絵も芳年が担当した。洋服は来ていないが、散切り頭の男と日本髪の女性の愁嘆場が満月の下に描かれている。

(3) ナポレオン一世の肖像画

江戸後期から明治初期にかけてナポレオン一世は大変人気があり、その肖像も世間に流布していた。主人公三浦直樹はいつも、フランスの権力者であるナポレオンの肖像の下で、フランスの作家ヴィクトル・ユウゴオの「オリエンタアル」を読んでいる。さらに三浦は結婚後、このナポレオンの肖像画を「勝美夫人の肖像画」に掛け替えている。このような設定には、「愛《アムウル》のある結婚」を目指したはずの三浦が、実は勝美夫人に、フランスが東洋の後進国日本に寄せるような意識で接していたことが暗示されている。

(4) 五姓田芳梅画伯描く「勝美夫人の肖像画」

五姓田芳梅は、「明治天皇御影」(一八七三)を制作した五姓田芳柳、その息子で皇后像を描いた五姓田義松などを連想させる架空の名称である。五姓田親子は和洋折衷の作風で知られ、特に渡仏した義松は、最初の洋画家といわれる。

勝美夫人の「束髪に結い薔薇の花束を手にして、姿見の前に立つ姿を横顔《プロフィイル》に描いた」肖像画は、三浦の西洋趣味の反映である。同時に、勝美夫人と正面から対峙することを避けつつ鏡に映る妻の分身に執着する三浦の、無意識の恐怖と願望の暗示ともいえよう。

(5)小林清親の「光線画」風描写

作中には小林清親の名は書かれない。だが、三浦と本多子爵が十六夜に猪牙船から眺めた次の様な光景には、清親の「光線画」の影響が認められる。

あの頃の大川の夕景色は、たとひ昔の風流には及ばなかつたかもしれませんが、それでも猶、どこか浮世絵じみた美しさが残つてゐたものです。現にその日も万八の下を大川筋へ出て見ますと、大きく墨をなすつたやうな両国橋の欄干が、仲秋《ちゆうしゆう》のかすかな夕明かりを揺《ゆら》めかしてゐる川波の空に、一反反つた一文字を黒々と引き渡して、その上を通る車馬の影が、早くも水靄《あい》にぼやけた中には、目まぐるしく行き交ふ提灯ばかりが、もう鬼灯程の小ささに点々と赤く動いてゐました。

小林清親は弘化四(一八四七)年、本所御蔵屋敷に誕生した。慶応四(一八六八)年、鳥羽伏見、上野の戦争に参加した最後の武士である。明治七年から絵師を志し、西洋画をチャールズ・ワーグマンに、日本画を河鍋暁斎、柴田是真に学んで、明治九年、「東京五代橋之一　両国真景」でデビューした。電飾、瓦斯燈、ランプ、提灯が醸し出す明治初期の光と闇を抒情的に描写する「光線画」が評判となり、明治の広重と呼ばれた。清親は特に大川沿いの風景と銀座、新橋停車場などの開化風俗を好んで描いたので、江戸と西洋を共存させる芥川の「開化期もの」の描写には、重要なヒントを与えた絵師と思われる。

おわりに

「開化の良人」は、主観的で独善的な「愛《アムウル》のある結婚」への夢が破れ、開化に幻滅する新帰朝者三浦直樹の〈勘違い〉の姿を通して、両国・大川の開化風俗への郷愁と憐憫を描いた作品である。

三浦の〈勘違い〉とは、勝美夫人への認識である。勝美夫人は、自ら愛した人を生涯の伴侶に決めるような、西欧風の自立した女性ではない。「萩寺」での出会いは、本多子爵が「余り見染め方が紋切形」と暗示しているように、勝美の親と三浦家出入りの骨董屋によって仕組まれた「偶然を利用しての見合い」であり、勝美は、婚期の遅れた不良娘を身寄りのない財産家に嫁がそうとする「御用商人」の親に従い生活のための結婚を選ぶ、「愛のない女」である。また本多子爵は、勝美夫人の「潑溂《はつらつ》たる才気」に敬服し「あなたのやうな方は仏蘭西にでもお生まれになればよかつた」と述べるが、勝美夫人の「艶しい眼」「艶しい声」「打てば響く応対」は、開化期に高官夫人として社交界で活躍した元芸者たちの手練手管に通うものでもある。事実、勝美夫人の「開化」ぶりは、「女権論者」である楢山夫人の腰巾着として江戸以来の「男遊び」にだけ発揮されている。つまり三浦と本多から「仏蘭西風の開化な悪女」と見做された勝美の正体は、西洋風な愛を知らずに無自覚な色事を繰り返す「江戸風の旧弊な毒婦」なのである。そんな勝美を選んだ三浦が「愛のある結婚」に敗れるのは当然であり、勝美の存在が、三浦の夢見た「開化」の欺瞞性をも暗喩していく。

こんな欺瞞的な開化のヒロインを登場させて芥川が描いたのは、西洋的な悲恋ではなく、「江戸の恋」のパロディとしての「開化の愛」である。例えば、三浦と本多子爵が十六夜に猪牙舟を出す場面では柳橋の船宿、首尾の松、御厩河岸、駒形の並木と、大川を猪牙舟で吉原遊廓へ向かうコースがそのままなぞられている。このコースはまさに江戸っ子たちが玄人との「色」に遊ぶ「粋」な世界への道行きだった。また十六夜の月の下での船出は、首尾の松での密会、百本杭での心中を連想させる。それはまさに、江戸狂言のクライマックスとして、「恋」に殉じる江戸の男女の「意気」を示す場面だった。こんな色恋の「粋」と「意気」の舞台である猪牙舟にフランス帰りの船で出会った独身男二人を乗せて、開化の悲恋物語は閉じられるのである。この設定に、また三浦が両国のお竹倉や椎の木松浦を眺めて嘆く姿に、芥川は、「色」や「恋」の「粋」と「意気」を失って、空虚に西洋に憧れる「開化の愛」の儚さを暗喩している。そしてその「開化の愛」の儚さの背後には、開化以来「粋」と「意気」を喪失し続けていく故郷大川と両国への芥川の郷愁と憐憫が窺われる。また、このような芥川の故郷への郷愁と憐憫を象徴するのが、芳年の描いた虚無的な月に通う、開化の大川を照らす赤い月だったのである。

2　森鷗外「雁」の無縁坂

「雁」の舞台である無縁坂は、東大病院の竜岡門の前を右折し、病院の塀に沿って不忍池に下りる途中の、現在もひっそりと寂しい坂である。無縁坂という名は、坂上の法界寺の境内に無縁寺があったことによるという。その後この無縁寺が独立する際に、法界寺を講安寺、無縁寺を称仰院とし、ここを湯島両門町と呼んだ。現存する坂上の講安寺には、文久年間建立の土蔵造りの本堂が残り、往時の面影を留めている。鷗外は作中で明治十三年当時の無縁坂を「南側は岩崎の邸であったが、（略）きたない石垣が築いてあって、苔蒸した石と石の間から、羊歯や杉菜が覗いていた。（略）坂の北側はけちな家が軒を並べていて、（略）中に往来の人の目に附くのは、裁縫を教えている女の家で、昼間は格子窓の内に大勢の娘が集まって為事《しごと》をしていた。」と描写している。その賑やかな窓の隣の「格子戸を綺麗に拭き入れ」た寂しい家を、鷗外はヒロインお玉の妾宅に設定したのである。

この無縁坂の妾宅の前で、大学の夏期休暇が終わった九月頃、「ふいと格子に掛けた手を停めて」振り返った湯帰りのお玉と散歩途上の医学生岡田が顔をあわすところから、物語の幕があく。坂は「境《さかい》」を含意する「此岸（秩序）と彼岸（混沌）を結ぶ両義」的な「聖なる空間」注(一)と言われるが、こ

現在の無縁坂、左側が岩崎邸（著者撮影）

の無縁坂も本郷台という山の手と不忍池周辺の下町を結び、かつ隔てる境界となっている。しかも坂の名は「無縁」である。「無縁」とは共同体の外部を生きる者達の原理であり、中世以来「無縁」の空間は「私的隷属や貸借関係から自由」な「相互に平等な場」注(2)だったという。そのような「無縁」の名がついた境界としての坂は、日常的次元では逢うはずのない〈山の手〉の医学生と〈下町〉の高利貸の妾の邂逅に相応しい非日常の場であり、この無縁坂でこそ、知的エリート岡田と無学な妾お玉との、明治近代の階級を超えた恋の可能性も存在しえたのである。

お玉は旦那末造が高利貸であることを父親に隠す決意をしてから独立心が芽ばえ、さらに飼っていた紅雀が蛇に襲われるのを岡田に救われて以来末造との交わりの最中に岡田を想像するようになり、妾という私的隷属者の心理から解放され、「無縁」の境地に近づいていく。元来、一夫一婦制が明文化される明治十六年以前のこととはいえ家族という共同体から外れた妾お玉の境涯は、父親が飴細工の大道商人であることもあわせて、明治社会での「無縁」の者となる条件を備えていた。お玉は娘時代、「元は相応な暮らしをし」た老父によって貧しいながら身綺麗に育てられたが、国に妻子のある巡査にだまされ、堅気な結婚を断念するに到った。また老父がお玉の母に死なれお玉の麻疹《はしか》の介抱のために店をなくしたのが、生麦事件のあった幕末の文久二年であった。つまりお玉親子は、明治という新時代の敗残者として、巡査や高利貸という新時代の人種に凌辱され続けてきたのである。そんなお玉は、「無縁坂の女」になった時点から「無縁」の境涯を生きる女として、巡査、高利貸より上位の新時代人種である医学生との恋を夢みることにより、彼女を犯した新時代への復讐を、無意識に企てることになる。だからもしお玉と岡田の恋が成就したら、お玉はその「無縁」のエネルギーによって、秩序ある日々を送る岡田を、岡田や語り手「僕」の愛読する「金瓶梅《きんぺいばい》」の混沌の世界へ誘い込むことになったかも知れない。此岸（秩序）と彼岸（混沌）を結び「無縁」の地霊が揺曳する無縁坂でお玉と岡田を廻りあわせた鷗外の意図には、このような物語の展開も含まれていたはずである。が一方鷗外は、岡田を「虞初新誌《ぐしょしんし》」の豪傑伝を好む硬派として描き、彼の理想の女性像は、同じ「虞初新誌」に登場する貞潔な妾小青《しょうせい》だと述べている。つまり岡田を、「金瓶梅」の淫婦藩金蓮《はんきんれん》的な誘惑には陥らない男として造型しているのである。「雁」の結びの三章には、下宿屋上条の夕食に「僕」の嫌な「青魚《さば》の未醤煮《みそに》」が出たため「僕」が岡田の散歩に同行し、岡田が不忍池で偶然に雁を殺した結果、無縁坂に立って岡田を待っていたお玉が永遠に岡田と相見ることなく別れたと書かれるが、作者鷗外の目には、秩序を生きるロゴス的人間岡田とカオス的運命を忍ぶお玉には、「青魚の未醤煮」がなくても、所詮秩序と混沌が交差する無縁坂上の「窓ごしの恋」しかありえないことが、明確に見えていたのだろう。

が、にもかかわらず、明治四十四年九月から大正二年五月まで「スバル」に連載され、その後大正四年五月に結びの三章を加えて単行本『雁』（籾山書店）として刊行されるまでの「雁」の二年の中絶には、お玉と岡田の恋の成就を廻る鷗外の迷いが、はっきりと透けて見えるのである。そしてその迷いは、作中の神話的構造に象徴的に語られている。その一つは岡田の「蛇退治」である。「僕」は女のために蛇を殺すのが神話めいていると語るが、蛇を退治した岡田の役割は、神話の英雄のように単純ではない。ここで蛇に襲われたつがいの紅雀はお玉と末造、そして鳥籠に侵入した無縁坂の蛇は、「無縁坂の女」としてのお玉の「無縁」のエネルギーの具象化と思われる。お玉はこの「無縁」の活力によって己を籠の鳥とした末造を飲み込み、蛇が首を入れた穴から自由の天地へはばたくはずだったのである。が皮肉にも、お玉の「無縁」のエネルギーである蛇は、岡田の庖刀によって切断され、お玉の化身である紅雀がはばたくはずの籠の穴も、岡田の手によってふさがれてしまう。一見岡田とお玉を近づけたかに見えたこの蛇退治も、実は、秩序を重んじ「無縁」のエネルギーを排除する〈山の手〉のエリート岡田と、「無縁坂の女」となることで「無縁」を生き始めたお玉の、別離への一過程だったのである。だからこそお玉と岡田の伝達手段《コミュニケーション》は、この「蛇退治」事件後も再び窓ごしの会釈にもどってしまうのである。

　また、お玉と岡田の無縁坂での出逢いと別離には、貴種流離の神話とそれに付随する〈水の女〉の伝説が重ねられている。〈水の女〉とは、「池、湖の入り込んだ処」注(3)に居て、遠国に流された神や貴人に、水や食物や夜伽を提供する女であったという。注(4)上京して質素な下宿生活を送る岡田の境遇を明治の貴種流離に見立てるならば、不忍池から入り込んだ無縁坂という非日常の霊的空間で、装いを凝らして岡田に食物と性を饗応するために佇んでいた「雁」収束部のお玉は、まさに神話に登場する〈水の女〉の末裔と考えられよう。因みにお玉という名も、末造の妻お常の日常性と対照的な、魂に通う巫女的存在を暗示していた。がここでも岡田は、神話の貴人達のように〈水の女〉の饗応を受けることなく、洋行の途につくのである。岡田の視線はついに明治近代の東京に残されていた神話的空間を見すえることなく、神話と対極にある近代のメッカ西洋へと向けられていったのである。

「雁」の時代背景となる明治十三年は、鷗外が十八歳の医学生として下宿屋上条で暮らした時代であり、また翌十四年は、上条が火事で焼失し、医学部を卒業した年である。そして「雁」の書かれた明治四十四年から大正四年は、鷗外が軍医の最高位に登りつめた後、次第に明治近代と軍部に絶望し、歴史小説に手を染め、退官の意志を固めていく時期であった。鷗外はこの時期にあって、遠い昔に焼失した自己の青春の舞台上条を想い、その近くに近代と無縁に存在した無縁坂や不忍池の寂しい風景を回想し、その寂しい前近代の風景を切り捨てることで出発した自らの人生の選択に、無限の悔恨を込めて、「雁」を執筆したのである。無縁坂の妾宅の窓辺で夕方の岡田の訪れを、また夜毎の末造の訪れを待つ〈下町〉の女お玉は、夜の感性によって自己の運命に身をゆだねる、いわば女性原理の典型的人物であった。そして日々同じコースを同時刻に散歩し続け、地方から東京へさらに西洋へと飛翔していった〈山の手〉の男岡田は、昼の理性によって自己の人生を開拓する、秩序ある男性原理の代弁者であった。そんな二人は、昼と夜との境である夕刻の、〈山の手〉と〈下町〉、秩序と混沌をつなぎ世俗の縁《えにし》を超越した無縁坂でのみ、はかない関わりを持つことができた。お玉の「無縁」のエネルギーの化身である蛇を岡田に殺させ、〈水の女〉お玉の誘いにのらぬ岡田を設定して、作中で近代の秩序を保った鷗外が、実は「雁」で最も描きたかったものは、元来無縁であるはずの岡田とお玉に、刹那の非日常的ふれあいをさせた、東京の神話的空間「無縁坂」だったのではなかろうか。夜・下町・女性の原理を捨て、神話の英雄に対峙する近代の英雄として昼・山の手・男性の原理で人生を疾走した鷗外の眼底には、明治十三年の薄暮の無縁坂が、「無縁」の〈水の女〉お玉を佇ませたまま、神話を忘却した近代を見下ろしつつ、見果てぬ夢として永遠に美しく存在していた。その意味で岡田が不忍池で殺した雁は、〈水の女〉お玉の分身であるとともに、岡田及び青春期の鷗外の裡にあった神話的世界の消滅を暗喩していたのである。

注1　赤坂憲雄『境界の発生』（一九八九年四月、砂子屋書房）
2　網野善彦『無縁・公界・楽』（一九九四年一月、平凡社選書58）
3　折口信夫「水の女」（『折口信夫全集』第二巻、一九五五年十二月、中央公論社）
4　注3と同じ。

3 〈鹿鳴館〉というドラマ——泉鏡花・芥川龍之介・三島由紀夫

文明開化の象徴としての〈鹿鳴館〉は、現在も対極的な二つのイメージによって語られる。一つは、三等身の日本人男女に不格好な夜会服をまとわせたジョルジュ・ビゴーの漫画や、盛装した日本紳士を「猿によく似ている」注(1)と評したフランスの海軍将校で作家のピエール・ロチの言葉が創りあげた滑稽な猿芝居の舞台という概念であり、もう一つは、内田魯庵が「白い壁からオーケストラの美しい旋律が行人を誘って文明の微醺《びくん》を与えた」(「思い出す人々」)と回顧するような異国的な浪漫劇の舞台としての印象である。幕末の安政期に結ばれた欧米諸国との不平等条約改正の目的で、外国人接待のために建設された鹿鳴館は、日本が再生するために演出された、猿芝居と浪漫劇の両面を兼ね備えた近代初期最大のドラマ空間であった。

鹿鳴館は、明治十三年に、工部大学造家学科(現東京大学建築学科)教師だった英国の建築家ジョサイア・コンドルの設計で、東京市麴町《こうじまち》区旧山下門内の元薩摩藩装束屋敷跡(現帝国ホテル南隣の大和生命敷地)に十八万円の費用で着工され、明治十六年七月に竣工した。同年十一月二十八日には、外務卿井上馨・武子夫妻主催で、盛大な落成式が開かれた。鹿鳴館とは『詩経』の「鹿鳴」の章に

鹿鳴館

ある「鹿鳴燕群臣嘉賓也」という序文を出典とする迎賓接待所の意味といわれる。ルネッサンス様式の煉瓦造二階建ての本館と平屋建て別館から成る鹿鳴館は、敷地が一五四五平方メートル（約四六五坪）で、薩摩藩装束屋敷時代の海鼠壁の黒門をそのまま利用した正門を入ると、広い芝生と池があった。内部は一階に玄関ホール、大・小食堂、応接室、書籍室、配膳室、厨房、玉突場があり、精巧な細工を施した宮殿風の三つ折大階段を登った二階には、舞踏室、貴賓室、宿泊室等があった。このような鹿鳴館を会場として、盛んに舞踏会、婦人慈善会が開催され、洋行帰りの井上馨夫人、鍋島直大夫人、日本初の女子留学生だった、大山巌《いわお》海軍大将夫人捨松《すてまつ》や津田梅子ら欧化された貴婦人達が、妍を競いあった。

泉鏡花の「貧民倶楽部」（「北海道毎日新聞」明治二十八年七月十二日から断続的に九月まで連載）は、鹿鳴館の婦人慈善会を発端とする小説である。[注(2)] 松原岩五郎のルポルタージュ『最暗黒之東京』（明治二十六年、民友社）の影響を受け、鏡花は、四谷鮫ヶ橋《よつやさめがはし》の貧民の群れと、鹿鳴館の慈善バザーに集う貴婦人達の世界を対比させ、文明開化の光と闇を描写している。鏡花は当時、極貧状態にあり、富裕な特権階級への憎悪をつのらせていた。また文壇では、都市貧民層を題材とする深刻小説、悲惨小説が、流行のきざしを見せていた、そんな背景の中で書かれた「貧民倶楽部」では、華族の慈善を美徳とし、細民の貧困を悪徳とする世俗の論理が、痛烈に糾弾されていく。鮫ヶ橋の住人から姉御と慕われるヒロインお丹《たん》は、一人で、あるいは貧民達をひきつれて鹿鳴館の慈善バザーに乗り込み、貴婦人達のプライドを粉砕し、会場を徹底的に荒らしまくる。また新聞社の探訪員でもあるお丹は、貴族社会で信望の厚い子爵未亡人の姦通や「お情深い」と評判の御隠居の異常な嫁いびりを探りだし、優美な未亡人を狂気に、権高な御隠居を自害においやっていく。ここでは貴婦人達の、貧民を見殺しにする冷淡さ、慈善を自分達の「気保養」と「名誉欲」のために利用する卑しさ、人格者の仮面の下で弱者いじめをする偽善性、特権階級特有の利己主義が、華やかで香水の匂いに満ちた鹿鳴館の情景と、陰惨で汚物の臭気が充満する鮫ヶ橋の光景との対照によってあぶりだされていく。芥川龍之介は「貧民倶楽部」には鏡花特有の「詩的正義に立った倫理観」（「鏡花全集に就いて」）が表れていると述べたが、確かにこの作品には、自由民権論者や国粋主義者や外国人の鹿鳴館批判とは次元の異なる、より本質的な、文明開化の欠陥の暗喩としての鹿鳴館の存在が、鮮やかに語られている。この日本の開化の病巣を鹿鳴館という存在によって見事に剔出する手法は、鏡花の、鹿鳴館を現出させた明治を生きる同時代人的感覚から生まれたものである。明治人鏡花にとっての鹿鳴館は、自身の貧困生活に直接つながる現実的存在だったのである。

これに対して、大正の作家芥川龍之介は「貧民倶楽部」に鏡花特有の詩的正義を見ながらも、ついに鹿鳴館を現実の存在として描写することはできなかった。ピエール・ロチの「江戸の舞踏会」を粉本として書かれた芥川の「舞踏会」（『新潮』大正九年一月）では、ロチが明治十八[注(3)]年十一月三日の天長節の夜会で現実に見聞した鹿鳴館の笑劇《ファルス》的側面が一切排除され、芥川の美意識に適うロチの抒情性のみが、移されている。例えば「舞踏会」のヒロイン明《あき》子は、ロチのダンスの相手のように見繕いや「お化粧にどことなく欠けているところ」などもなく、「ワットオの画の中の御姫様」のような優美な容姿と洗練された物腰とコケットな会話術を身につけている。また鹿鳴館の内部も、ロチが「月並で、第二級の娯楽場《カジノ》」のような「安ぴか物の俗つぽさ」と評しているのに対して、芥川は、菊の香りと爽やかな香水の匂いの中に「婦人たちのレエスや花や象牙の扇が」「音のない波の如く動」き「花々しい独逸管絃楽の旋律」が流れる〈舞踏室〉、明子がアイスクリームの匙を動かす〈食堂〉、明子とロチがモデルとされる海軍将校が「下の庭園から上つて来る苔の匂や落葉の匂」をかぎながら晩秋の夜空に揚る花火を眺める〈露台〉という三つの場所によって、視覚、聴覚、嗅覚、触角、味覚を満たす完璧な美的区間として描出していく。この〈露台〉の場面で、海軍将校が明子に語りかける「私は花火の事を考えていたのです。我々の生《ヴィ》のような花火の事を」という一句には、開化の日本を彩った一瞬の美しい花火として鹿鳴館を捉える芥川の視点が、鮮やかに凝縮されている。そしてさらに第二章で芥川は、大正七年の秋、既にH老夫人となった往年の明子に、青年小説家を相手に鹿鳴館の舞踏会の思い出を語らせる。ここで青年小説家に舞踏相手の名を問われたH老夫人は、「Julien Viaud と仰有る方」と答え、「あの『お菊夫人』を書いたピエル・ロテイだつたのでございますね。」と興奮して聞き返す青年の言葉を理解できない。こんな第二章を加えたことで、第一章の鹿鳴館の光景は、すべて、ロチの文学とは無縁に、平凡な上流夫人として生きてきた明子の〈追憶〉という額縁に収まり、鹿鳴館は〈開化の絵〉として虚構世界を完成させていく。このような描写には、鹿鳴館という存在に政治的、社会的意味を付加した明治人の感覚がいっさい省かれ、明子の単調な人生を一瞬彩った、〈追憶〉の中の夢としての鹿鳴館だけが映しだされている。鹿鳴館を明子の個人的ドラマの舞台として描くこんな芥川の視点には、個としての生《ヴィ》の輝きを重視した大正作家の特質が、明確に反映されているといってよいだろう。

芥川の「舞踏会」を「青春の只中に自然に洩れる死の溜息のやうな」(『手巾』『南京の基督』ほか」美と称えた昭和の作家三島由紀夫は、その「舞踏会」の浪漫的世界に触発され、戯曲「鹿鳴館」(「文学界」昭和三十一年十二月号)を執筆した。荒筋は、影山伯爵夫人朝子が、影山の企みによって殺されようとする元恋人の自由党壮士清原と、清原との間に出来た青年久雄を〈愛〉によって救おうとするが、他人の〈憎悪〉を利用する政治力に絶対的自信を持つ影山に敗北し、清原と久雄を失い自らも鹿鳴館を舞台とする社交界から去っていくというものである。この戯曲には、明らかに芥川が「舞踏会」で描いた花火のような生と死の様相が継承されている。久雄と清原の、〈愛〉に殉ずる美的最期や、一夜だけの朝子の鹿鳴館でのヒロイン像は、みな芥川の「舞踏会」の生と死のドラマに通うものだろう。また「鹿鳴館」での久雄の恋人顕子《あき》は「舞踏会」の明子《あき》の転身でもあり、何よりも、「鹿鳴館」の収束部で、清原が撃たれるピストルの音に気づく朝子にむかって影山伯爵が「耳のせゐだよ。それとも花火だ。さうだ。打ち上げそこねたお祝ひの花火だ。」と答える台詞こそ、「舞踏会」での「我々の生《ヴィ》のやうな花火」という海軍将校の言葉に対応するものである。[注(4)] 鹿鳴館に人工の虚構世界を築いた大正作家芥川が鹿鳴館を生《ヴィ》のようにはかない花火と定義したのに対して、敗戦によって開化から続く近代の夢が完全に消滅する瞬間を目撃した昭和作家の三島は、近代の誕生を象徴した鹿鳴館のあえかな美を「打ち上げそこねたお祝ひの花火」と形容したのである。

鹿鳴館と貧民街の対比によって、鹿鳴館の猿芝居的欺瞞性を描いた鏡花。鹿鳴館に一女性の生《ヴィ》の輝きを結晶させ、あるいは鹿鳴館に巣食う悪魔的政治力が個人的愛情に打ち勝つ様相を描いて、開化の人工的浪漫劇を創造した芥川と三島。この三人のドラマには、鹿鳴館という対象を通して明治、大正、昭和の時代感覚が鮮やかに浮彫りにされている。日本近代を「欧化という伝統」によって成立した〈鹿鳴館の系譜〉と位置づけた磯田光一は、鹿鳴館に「アジア的な悲哀」[注(5)]を見たが、鏡花、芥川、三島の鹿鳴館のドラマも、貧民を見殺しにして人工的社交空間を造り、そこで愛情より憎悪を糧とする後進国の政治劇を演じ続けねばならなかった開化の為政者の、アジア的悲哀につながるものだろう。

鹿鳴館は、ピエール・ロチが招待され、「舞踏会」「鹿鳴館」の舞台となった明治十八、九年の天長節の舞踏会を頂点とし、明治二十一年の条約改正交渉失敗によって、その実質的使命を終えた。その後も明治二十年代前半に「貧民倶楽部」に描かれたような婦人慈善会が開かれたが、明治三十一年には華族会館と名称を変え、太平洋戦争に突入し日本の近代が滅亡する昭和十六年に解体され、唯一残されていた黒門も、昭和二十年五月二十五日の空襲で焼失した。日比谷の埋立地の悪い地盤の上に開化の蜃気楼のように存在した鹿鳴館は、そのはかない運命ゆえに、かえって猿芝居と浪漫劇の両面を持った日本の開化の永遠の象徴であり、近代という時代を描く、ドラマの主役であり続けたのである。

注1　村上菊一郎・吉永清訳「江戸の舞踏会」(『秋の日本』昭和二十八年、角川文庫)、以下、「江戸の舞踏会」の引用は、本文庫による。
2　初出のみ、「鹿鳴館」と書かれているが、春陽堂版『鏡花全集』巻一（昭和二年四月）以下、「六六館」と改められた。
3　芥川の「舞踏会」では、明治十九年となっており、三島の「鹿鳴館」も十九年に設定されている。
4　石井辰彦「『鹿鳴館』—結末への里程標」(「国文学　解釈と教材の研究」昭和六十一年七月号）に、「舞踏会」と「鹿鳴館」との関連が指摘されている。
5　『鹿鳴館の系譜』(講談社学芸文庫、一九九一年)

4　小石川植物園の生と死——「外科室」「団栗」「植物園の鰐《わに》」

私たちは日々「死」に向かって生きていく。「生」と「死」を往還することはできない。生者にとって「死」は決して越えられない境界である。でも、だからこそ「生」から「死」へ越境する最期の瞬間に、個々の「生」は、その全体像を鮮やかに浮上させる。死にゆく者は自らの「生」の深遠に一瞬触れ、遺された者も、その「死」から自身と死者との「生」を顕在化させる。

そのような「生」から「死」への越境を美しく対象化した三つの短編がある。愛の秘密を貫く「生」のために「死」に赴くヒロインを描いた泉鏡花の「外科室」（明治二十八年）、若妻の「死」を幼い遺児の「生」に重ねた寺田寅彦の「団栗」（明治三十八年）、妻や恋人の「死」を廻る男女の「生」を写した中島京子の「植物園の鰐《わに》」（平成二十三年）である。三篇はみな、小石川植物園を舞台として、それぞれの作品世界が意図的に、あるいは潜在的に呼応しあっている。

小石川植物園は、貞享元（一六八四）年、五代将軍徳川綱吉の館林時代の別邸だった白山御殿の一角に、幕府の御薬園が移されたものである。小石川薬園、あるいは白山官園と呼ばれた。この薬園では、薬草の栽培・研究が行われた。将軍吉宗が断行した享保の改革では、青木昆陽が御薬園で甘藷

小石川植物園のプレートと博物館

の栽培を試し、人々の飢えを救う上に役立った。さらに享保七（一七二二）年には、薬園内に、町医者小川笙船の意見で貧しい人々を施療する養生所がつくられ、明治維新まで続いた。現在も残る養生所の井戸は、水質・水量とも良好で、関東大震災の時には、飲料水として多くの避難者を助けたといわれる。その後明治十（一八七八）年に、東京大学理学部付属小石川植物園となり、植物研究の場として世界的にも伝統ある植物園となっている。園内には観賞用の樹木も多く、四季折々の草花を愛でる憩いの場である。つまり、この日本最古の植物園には、人々を「死」の危機から救い、「生」を癒す歴史が刻まれているのである。

泉鏡花の「外科室」は、このような植物と人間の、命と愛を育む場であった小石川植物園の特質を、巧みに象徴化した小説である。
〈上〉〈下〉二章からなる物語の〈上〉は、七、八歳の娘を持つ貴船伯爵夫人が、親族に囲まれ「純潔なる白衣」をまとい手術台に横たわっている場面から始まる。彼女は難病の為、高峰外科科長に執刀されようとしているのである。だが、夫人は麻酔剤を断固拒否する。麻酔剤を飲むと秘密を譫言《うわごと》でいってしまうからという理由である。覚悟を決めた高峰医学士は、麻酔無しで伯爵夫人の胸に執刀するが、メスがまさに骨に達しようとする時、夫人が手術台から半身を起こす。そして外科室において、医学士と伯爵夫人との間に次のような異次元の愛の世界が築かれる。

「痛《いた》みますか。」

「否《いゝえ》、貴下《あなた》だから、貴下《あなた》だから。」

恁言懸《かくいひか》けて伯爵夫人は、がつくりと仰向《あおむ》きつゝ、凄冷極《せいれいきはま》りなき最後の眼《まなこ》に、国手《こくしゅ》をぢつと瞻《みまも》りて、「でも、貴下《あなた》は、貴下《あなた》は、私《わたくし》を知りますまい！」

謂《い》ふ時晩《おそ》し、高峰《たかみね》が手にせる刃《メス》に片手を添へて、乳《ち》の下深く掻切《かきき》りぬ。医学士《いがくし》は真蒼《まつさお》になりて戦《おのゝ》きつつ、

「忘れません。」

其《その》声、其呼吸《そのいき》、其《その》姿、其《その》声、其呼吸《そのいき》、其《その》姿。伯爵夫人《はくしやくふじん》は嬉《うれ》しげに、いとあどけなき微笑《えみ》を含《ふく》みて高峰《たかみね》の手より手をはなし、ばつたり、枕《まくら》に伏《ふ》すとぞ見えし、唇《くちびる》の色変《かは》りたり。

其《その》時の二人《ふたり》が状《さま》、恰《あたか》も二人《ふたり》の身辺《しんぺん》には、天なく、地なく、社会なく、全《まつた》く人なきが如《ごと》くなりし。

そして外科室で亡くなった伯爵夫人の後を追い、高峰医学士もその日のうちに自決する。天も地も社会も超越するこのような医学士と伯爵夫人の〈愛〉の発端は、〈下〉において明らかにされる。〈外科室〉の場面から九年前、小石川植物園の躑躅《つつじ》が満開の五月五日、その躑躅園ですれ違った貴族令嬢と医学生が、お互いに一目で恋に落ちたのである。

この話について鏡花は「小石川植物園に、うつくしく気高き人を見たるは事実なり。やがて夜の十二時頃より、明け方までにこれを稿す。早きが手ぎはにはあらず、その事の思出のみ」注(1)と記している。

泉鏡花は五つぐらいの時一目見た若く美しい女の記憶を「私は、その女と切るに切り難い何等かの因縁の下に生まれてきたやうな気がする。（略）十年後か、二十年後か、それは分からないけれども、兎に角その女に最う一度、何所かで会ふやうな気がして居る。確かに会へると信じて居る。」（「幼いころの記憶」明治四十五年）とも述べている。鏡花はよく宿命論的な恋を描き、その初期には結婚否定論者と思われる作品を残している。そのような鏡花にとって、生涯でただ一度すれ違っただけの男女の恋は、その宿命的で超俗的な意味において、理想だったともいえよう。

さらに、医学生と令嬢が出会ったのは、満開の躑躅園である。鏡花は「龍潭譚」（明治二十九年）でも、少年が躑躅の咲き乱れる山道に誘われて異界に向かう様子を描くが、深紅の躑躅は鏡花にとって「火」や「血」に通う「昂揚する生命の証しであり、横暴と禁忌と安らぎ」であり、人を「見慣れたものの彼岸」に誘うものだった。さらに躑躅の赤い蕾は「母の乳首に譬えられる」[注(2)]という。医学生と貴族令嬢は、生命を高揚させ横暴と禁忌を喚起しながら母のような安らぎに満ちた彼岸に誘う躑躅に囲まれて、人間社会の規範を超越した恋に捕らえられるのである。

「外科室」は、「ひと目逢っただけの男女がその後九年のあいだ〈ありえない時間〉をひたすら待ちつづけ、互いの死を代償に、生きられることのなかった欠落の時間を回復しようとする物語」[注(3)]と評されるが、生きられることのなかった欠落の時間は、高峰が貴船伯爵夫人の胸に麻酔なしでメスを入れた瞬間に埋められる。「外科室」を映画化した坂東玉三郎は、苦痛を伴う手術を麻酔なしで行うのは「男と女の関係を表すセクシュアルな行為」[注(4)]と語り、四方田犬彦はこの物語に、鏡花の「グロテスクにして壮絶なエロティシズム観」[注(5)]を見ている。確かに、女体に入刀するのは男女交合の暗喩[注(6)]であり、令嬢と医学生の九年前の恋は、この執刀の瞬間に成就したといってよいだろう。「心に一つ秘密」を持って妻、母として暮らした貴船伯爵夫人、品行謹厳にして独身を通した高峰医学士、この二人の九年間の見せかけの「生」は、「死」への越境の刹那に、その本来の「生」の輪郭を鮮やかに提示する。

また、「外科室」の作品世界には、「生」から「死」への越境と同時に、人間から植物への越境、近代から前近代への越境も隠されている。前述したように、この小説の「上」は、紳士、軍人、医師、看護婦の集う近代的な〈外科室〉が、「下」は藤と躑躅が咲き乱れる〈植物園〉が舞台となる。〈植物園〉で邂逅した令嬢と医学生は、満開の躑躅が醸し出す植物の生命力によって、人間社会の束縛を越えた原初的な生物としての恋に落ちていく。その刹那の恋は、植物の受粉の瞬間にも類似している。藤色の衣装を纏った令嬢は、植物園の藤の精と見做すことができる。そしてこの恋は、近代的空間の〈外科室〉においても、医学士のメスが刻む伯爵夫人の血汐に重なる真紅の躑躅の散華のように、人間社会の秩序と無縁に完結する。「化鳥」（明治三十年）に登場する母親は男児に「人間も、鳥獣も草木も、昆虫類も、皆形こそ変つていてもおんなじほどのものだ」と言い聞かせるが、鏡花には元来、動植物と人間を同次元に描く前近代的視点がある。

「外科室」は、恋愛の推移や結婚生活を省く「はじめと終わりだけの恋」注(7)を、植物と人間の生命と愛を育む「小石川植物園」を背景として描いた小説である。ここには、「生」から「死」、「人間」から「植物」、「近代」から「前近代」という、江戸の御薬園以来の植物園にふさわしい三つの越境が存在する。「外科室」は、これらの越境によって、近代の人間中心主義に基づく婚姻制度や恋愛観を、密かに、だが鋭く糾弾した作品ともいえよう。


結婚生活の些末な日常を省いた「外科室」に対して、寺田寅彦の「団栗」は、同じ小石川植物園を舞台として、近代の新婚夫婦の「生」を細やかに綴った随筆風短編である。明治三十四（一九〇一）年二月三日付の寅彦の日記に「昼より於夏を連れて植物園へ行く。（略）温室には見なれぬ花卉咲きみだれて麗はし。池の水氷りたるに石投ぐる者案外に大人なるも可笑し。団栗数多拾ふて帰る」と記されており、妻夏子との植物園散策を題材としている。

寺田寅彦は明治三十年、熊本の第五高等学校在学中の二十歳の時、十五歳の阪井夏子と結婚し、この美しい幼な妻を大変愛した。だが夏子は病弱で、明治三十二年の寅彦の俳句には既に、「妻の病に侍して一句」と前書きした「取りかゆる氷枕や明け易き」が残されている。そして明治三十三年の年末、下谷摩利支天の縁日から帰宅後、夏子は遂に血を吐き、保養の為実家の高知へ帰ることになる。その帰郷直前の二月三日、寅彦は夏子を小石川植物園に連れ出した。帰郷した夏子は、浦戸湾に臨む種崎で五月二十六日に長女貞子を生むが、貞子はすぐに寅彦の両親に引き取られる。そして夏子は、翌明治三十五年十一月十五日に死去する。

　このような若夫婦の悲劇に基づく「団栗」は、「もう何年前になるか思い出せぬが日は覚えている。」という一文から始まる。その「日」が自身の記憶に刻印された特別の日であることを印象付ける冒頭である。明暗の違いはあれ、「外科室」の男女が、躑躅園での出逢いの日を九年間覚えていたと同様の心理であろう。その「日」とは、十二月二十六日で、妻が「下女」を連れ摩利支天の縁日に行った日である。妻は十時過ぎに帰ってきて、おみやげの菓子を「余のノートを読んでいる机の隅へのせて便所へ」行き、また机のそばへ座ると同時に突然血を吐く。その時「余の顔に全く血の気のなくなったのを見て」妻は一層気をおとす。「金鍔と焼栗をお土産に買い、夫の勉強の邪魔をしないようにそっと机の上にのせる」という可憐な行為直後の若妻の喀血は、衝撃的である。また、妻の喀血で蒼くなった夫に妻がさらに落ち込むという一節には、この夫婦の日頃の睦まじさが読み取れる。

　喀血後、縁日に同行した下女は病気の伝染を怖がり暇をとるが、その後に来た美代は気立てがよく、献身的に妻の看病に努め、若夫婦の慣れない正月準備も手伝う。年が明け十九の大厄となり初産もひかえている妻は、時々愚痴を言って「余」と美代を困らせながらも、次第に元気になる。縁側の日向で折鶴を折ったり、人形の着物を縫ったり、三味線で「黒髪」を弾いたり、枯木に梅の作り花をくくるいたずらもする。そして二月の十何日、風のない暖かい日に、「余」は妻を小石川植物園に誘う。久しぶりの夫との外出に驚喜した妻は、丁寧に髪を結い直す。待ちくたびれた「余」は先に家を出てしまうが、引き返すと、「あんまりだ、一人で何処へでもいらっしゃい」と妻が泣き伏している光景を目撃する。このように、作中には、病んだ若妻のいじらしさと幼さを印象付ける描写が散見される。

夫婦は植物園の門に入ると「真直ぐに広いたらたら坂を上って」左に折れ、温室に向かう。温室の「廻廊には、ところどころ赤い花が咲いて、その中からのんきそうな人の顔もあちこちに見える」。少し気分が悪くなった妻は先に温室から出て、遥か向こうの東屋のベンチに凭れ、笑いながら「余」を待っている。

池の方に行ってみると、小島の東屋で三十くらいの品のいい細君が、海軍服の男の児と小さい女の児を遊ばせている。男児は、小石を凍った池の上にすべらせて快い音を立てている。身重の妻は「「あんな女の児が欲しいわねえ」といつにない事を云う」。

その後出口へ向かい崖下を歩いている時、妻が「おや、団栗が」と不意に大きな声を出し、道脇の落葉の中へ入って行く。そして其処にしゃがんで熱心に団栗を拾い始める。「妻は帯の間からハンケチを取り出して膝の上へ拡げ」団栗を集め、なかなか止めそうもない。「余」が「そんなに拾って、どうしようと云うのだ」と聞くと、ただ笑いながら「だって拾うのが面白いじゃありませんか」と答える。

ハンカチに一杯拾って包んで大事そうに縛っているから、もう止すかと思うと、今度は「あなたのハンケチも貸して頂戴」と云う。とうとう余のハンケチにも何合《なんごう》かの団栗を充たして「もう止してよ、帰りましょう」と何処までもいい気なことをいう。

繰り返し描かれてきた若妻の初々しさが、最も鮮やかに活写された場面である。胎内に新しい命を育みながら幼子のように嬉々として団栗拾いに熱中する病妻の無邪気な明るさは、彼女の命の儚さと相俟って、哀切な「生」の美を醸しだす。

そして、この印象的な場面は一気に、「団栗を拾って喜んだ妻も今はない」という、妻の死後五年後の時間に繋げられる。妻を同行したと同じ二月、「余」は、あけて六つになる忘れ形見の「みつ坊」を連れ「植物園へ遊びに来て、彼女に団栗を拾わせる。「みつ坊」は非常に面白がり、拾った団栗を「余の帽子の中へひろげたハンケチへ投げ込む。団栗が増えるにつれ「みつ坊」の頬は赤くなり、嬉しそうな、溶けそうな表情になる。その顔には母の面影がチラリとのぞいて、「余」のうすれかかった昔の記憶を呼び返す。

寺田寅彦は、妻夏子が闘病中の明治三十四年の秋に自身も喀血し、大学を一年間休学して高知の洲崎で療養した。その時に書いたと思われる「断片十二」（明治三十五年）には、「若き妻肺を病みて衰え行く中に春を迎えて余寒冷めやらぬ植物園に遊べり。妻はしばし病を忘れて常磐の木立に団栗を拾いぬ。年経て後この可憐の妻が忘れ形見なるちごの手を引きて再びここに遊びつつ無心の小児と昔ながらの木の実拾いぬ」と記されている。短編「団栗」の原型をなす文章だが、「みつ坊」のモデルである寅彦の長女貞子は、植物園で父と団栗を拾った体験はないと語っている。
寅彦は、病妻が無心に団栗を拾う忘れがたい姿をより鮮明に印象付けるため、妻の忘れ形見に再び団栗を拾わせる「繰り返しの場面」[注(8)]を幻視した。この幻の「ちご」の団栗拾いによって、若夫婦とその遺児の薄幸の「生」には、命の循環を繰り返す植物の「生」に類似した救いが齎される。このような小説「団栗」もまた、植物と人間の命と愛を育む小石川植物園という空間にこそ相応しい物語といえるだろう。「死」に囚われた若妻が、団栗拾いという行為によって「生」の歓びを取り戻し、さらに彼女の「死」が、亡母と同様夢中で団栗拾いに興ずる「みつ坊」の「生」を輝かせる。このような作品構造には、「生」から「死」へ、また「死」から「生」への越境によって、夫婦と遺児の「生」の本質を見つめようとする寅彦の、人間と植物の命を総合的に考察する科学者としての鋭い視点が窺われる。

「死」への越境によってありえない九年越しの恋という「生」を完成させた「外科室」と、妻の「死」によって自らと遺児との「生」を凝視した「団栗」は、ともに、明治の婚姻制度下の、恋人と夫婦を描いていた。それに対し、中島京子の「植物園の鰐《わに》」は、平成時代を生きる恋人と夫婦の、複雑な愛憎を描いた作品である。

「植物園の鰐《わに》」は、主人公のタミコが、鰐に逢えるといううわさを聞きつけ植物園に行くところから始まる。タミコは「追い詰められ」「切羽詰って」植物園をめざすのだが、何故それほど急いているかの理由は、冒頭では明かされない。「ただ、最寄の地下鉄駅まで夢中で出かけて行き、行き当たりばったり人に道案内を頼んで、闇雲にたどり着こうと」している。

作中には、タミコと関わる三人の男が登場する。まず、タミコに植物園の場所を教える背の低い老人が現れる。彼は、「駅前から続く大通りを左に折れて桜並木をまっすぐ下がる」という言葉を聞くとすぐに駆け出そうとするタミコのコートの裾を引っ張り、切符の買い方から植物園の由来まで説明し、タミコを度々引き止める。そして植物園に入った後の道順や、入り口に誇らしげに聳える「精子発見の銀杏」が、実は「精霊発見の銀杏」で、訪れる人はその銀杏の精と対話できるという不思議な言葉を告げる。

この奇妙な案内人によって、異次元の〈植物園〉に紛れ込んだタミコは、風の音だけがする師走の植物園で、銀杏の精に扮した若い大道芸人と対話する。その大道芸人は、タミコに「最初に植物園に来た日、足元に帽子を置いて銀杏の木になっていると、弟を亡くしたばかりの八歳位の女の子が話しかけてきた。その子は、死んだ弟が木や花や動物と話せたこと、自分は話せなかったこと、でも今日ここで木の精に会えたから弟のことを信じてやっていてよかったことを告げ、〈ウサギのしっぽみたいなもんがくっついたキーホルダー〉を弟に渡してほしいと言って去っていった」と語る。タミコはそんな不思議な大道芸人に、「私は鰐に会うために植物園に来た。鰐がどこにいるか教えてくれ」と尋ねると、彼は、「温室にいると聞いたことがある。薬草園の白衣の男の人に尋ねるといい。」と伝える。

タミコは坂道を上り、芥川と名乗る白衣の男に会い鰐の居場所を聞くが、男は「命を創るとは、不老長寿のことです。年をとらず、長生きをする。できるだけ長く、健康体で生きる。」という話をして唐突にタミコの脈を取り、「あなたは心身が弱っているので漢方薬を飲みなさい」と忠告する。

白衣の男からも熱帯植物園の在り処を聞き出せなかったタミコは、案内図をにらみながらひと気のない園内を歩き廻り、最後に車椅子に女性を乗せた中年男に出会う。

タミコの案内図を手に取った中年男は、「いまは咲いていませんけれどもツツジの低い灌木《かんぼく》の間を行けばあります。よかったらごいっしょしましょうか」と答える。男は車椅子を押しているにも拘らず、急坂を乱暴に下るので、とうとう車椅子の上の女性の頭が取れて、池の傍まで落ちていく。中年男が車椅子に乗せていたのは、女の人形だったのである。男は「帽子が脱げて髪が乱れ、ぱっちりした大きな目が開いたままになっている」人形の頭を見つめ「いつだってこうだ。だいじなときになるとね。私を裏切るんですよ。意表をつく裏切り方をする。尋常ではない復讐《ふくしゅう》をする。なんだって首が抜けますかね。それもあなたみたいな人が見ているときに。そこが嫌なんだ。そこが困るんだ。いつだってひどい目に遭わされるのはこっちなんだ。いいかげんにしてもらいたいですよ」という謎の言葉をまくしたてる。男の代わりに首を拾いに行ったタミコは、「人形特有の薄ら笑いを浮かべているのがひどく痛ましく見えて」、思わず涙を流す。だが、この涙は、タミコが中年男の言葉に「いつだって君は僕を裏切るんだ。だいじなときになるとね。どうして君はそんなふうに僕をひどい目に遭わせて平気なんだろう」という、五年間同棲した「鰐」の言葉を重ね合わせて、流したものでもあったのである。
「妻」に見立てた人形を車椅子に乗せていた中年男は、さらに、「妻が死んだのは医療過誤ですよ。執刀医は高峰《たかみね》という男です。私は後から知ったんだ。その男と妻が通じていたのをね。こうなるとほんとうに医療過誤なのかどうかさえ、疑わしいじゃないですか。あの男が妻を殺したんじゃないのかと、疑いたくなるじゃないですか」と語る。それを聞いたタミコは「鰐との五年があまりに長かったから、何度か他の男と関係を持ち、その度に鰐は荒れて涙を流したので、鰐のもとへ戻った」自身の過去を振り返る。中年男はさらに、次のように話し続ける。

「妻が高峰に出会ったのは、この植物園だったそうです。だからねえ、お嬢さん、私はあの日以来ここに妻を連れて来るんです。だいいち、高峰に会った日だって、私らはいっしょに来たんです。そこをね。妻はね。どうやると浮気なんてものができるかね。（略）だけど裁判やらなにやらやったって、長くかかるし辛いだけでしょう。だから訴えたりしませんでした。（略）けれど、私の気持ちはどこへも、行き場がありません。だからついこうして来てしまうのに、いつだって意表をつく裏切り方をする。今日だってそうじゃありませんか。首がもげたりして。なんのためですか。私は悲しい。そして悔しいです」

こういう男の話を聞きながらもタミコは「裏切っていたのはタミコだったのか、鰐だったのか、訊いてみようにも、もう鰐がいない」と、自分が他の男と会ったのを知った後で事故で死んでしまった鰐のことを考えている。

中年男は最後に「でももう小石川植物園に来るのはよそうと思う。首がとれたんじゃ、しょうがない」と言って、熱帯植物園に鰐が来ていることを教えて去っていく。

温室に入ったタミコは、大理石で造られた丸い池に、悠然と白い鰐が横たわっているのを見出す。そして作品の最後で、タミコが探していた「鰐」の正体が明らかにされる。


それはたしかに一匹の鰐だった。すなわちタミコの探していた鰐ではなかったのである。けれどもタミコは鰐の傍に寄らずにはいられなかった。近づいてよく見ると、白い鰐はつぶらな瞳《ひとみ》に涙を浮かべていた。タミコはそこから動かなかった。「鰐の涙」は見せかけだけで、ほんとは悲しくなんかない、ただの嘘っぱちなんだと教えてくれたのは、仲間うちで鰐と呼ばれた男だった。

文脈の中で、すでに〈鰐〉がタミコの恋人の渾名であることは匂わされているが、結末に「鰐と呼ばれた男」と明言されることで、読者は、この小説の「異種交流譚風の幻想から現実へと」一気に引

き戻される。「植物園の白い鰐は、かくして関係の断絶のメタファーとなる。」とも評されている。[注(9)]
車椅子を押す中年男とタミコが出会う作品の後半部は、明らかに鏡花の「外科室」のパロディとなっている。中年男が温室の在り処をツツジ園のそばと指摘したこと、彼の妻が医療過誤で死んだこと、その執刀医は高峰という男で妻と密通していたこと、だから妻が死んだのも本当は高峰に殺されたのではないかと疑われること、妻が高峰に出会ったのは植物園だったこと、これらの設定は、植物園での一瞬の出会いを異次元のプラトニックラブにまで高めた「外科室」の高峰医学士と伯爵夫人の純愛を、一挙に俗悪な日常的不倫に失墜させる。またタミコの「鰐との五年があまりに長かったから、何度か他の男と関係を持った」という述懐も、高峰と伯爵夫人の「九年間をひたすら待ち続ける」「外科室」の観念的時間を諷するものといえよう。
さらに、中年男の妻が最初に植物園に来た時、夫の中年男と一緒だったという記述には、寺田寺彦の「団栗」の影響も垣間見られる。だが、夫婦でやってきた小石川植物園で、「団栗」に描かれた明治の若夫婦が束の間の至福の時を過ごしたのに対して、「植物園の鰐」に記された現代の中年夫婦は、妻の不倫の発端に出会ってしまうのである。また、恋人〈鰐〉へのタミコの度重なる裏切りと〈鰐〉の死後のタミコの想いにも、「団栗」の若夫婦の悲劇と別次元の、現代の恋人たちの愛の悲劇が語られている。
温室の池で見世物にされている白い鰐は、白衣で親族の目にさらされ〈外科室〉に横たわっていた貴船伯爵夫人を髣髴させる。最期の瞬間に、一人娘や夫も顧みず、自らの「死」によって高峰医学士の「生」まで飲み込んでしまう伯爵夫人は、人間を丸ごと飲み込むドストエフスキーの「鰐」[注(10)]にも通う、美しい妖怪でもあった。さらにその白い鰐の目に浮かんでいた涙は、「純潔な白衣」に包まれ「生」を越境して「死」を選んだ伯爵夫人の純愛の美が消滅し、鰐のような奇怪な姿でしか愛を体現できない現代社会の悲しみもシンボライズしている。

亡妻を擬した人形を車椅子に乗せ、妻の不倫のきっかけとなった小石川植物園を度々訪れて亡妻を偲ぶ中年男は、「外科室」で夫人の身勝手な「死」に取り残された貴船伯爵と、夭折した愛妻の面影に縛られた「団栗」の「余」を融合する人物といってよいだろう。また、銀杏の精に扮した大道芸人に、死んだ弟の形見を託した八歳の少女にも、貴船伯爵夫人の一人娘と、母と同じ笑顔で団栗を拾った幼な妻の遺児を重ね合わすことが出来る。「外科室」の貴船伯爵は、夫人の死後の言葉を封じられているが、その心中には、まさに「気持ちの行き場のないおもい」があり、「意表をつく」夫人の裏切りは、その後の彼に、夫人の形代としての人形をつくらせ小石川植物園を徘徊させるほど強烈なものだったろう。一方、「団栗」の「余」も、まさしく愛妻の面影を継ぐ〈生き人形〉である「みつ坊」を、小石川植物園に同伴している。そして八歳の貴船伯爵夫人の遺児は、躑躅園で藤の精のような恋に落ちた亡母を「植物と話せる人」と見ていたかもしれない。さらに、「団栗」に描かれた愛妻の忘れ形見の「みつ坊」は、植物の循環の「生」を体現する存在である。

「植物園の鰐《わに》」は、植物と人間の命を育む小石川植物園を舞台として「生」と「死」の越境を描き、恋人と夫婦の純愛を美しく形象化した「外科室」と「団栗」の世界を踏まえながら、その純愛が既に失われたものであることを、巧みに寓話化した短編である。

「鰐の涙」は見せかけだけで、ほんとは悲しくなんかない、ただの嘘っぱちなんだ。

こう語って死んでしまった恋人〈鰐〉の本当の涙を追い求めるあまり、風の音だけのする師走の小石川植物園に夢中で出かけ、園内を必死で走り回るタミコは、実は恋人〈鰐〉を、何度も裏切りつつ深く愛していたことが想像できる。そして、首がもげた妻の人形を抱え、「小石川植物園にはもう来ません」と去っていった中年男も、やはり不貞な妻を憎みつつ、彼女に強く傾倒していたと考えられよう。現代の愛の悲劇は、愛を希求しつつ自らの愛を信じられない恐怖から生じるのである。「植物園の鰐」は、そんな現代の愛の二律背反を、明治の純愛小説「外科室」と「団栗」を下敷きとして著した作品である。

タミコが〈植物園〉で二番目に出会った芥川[注(11)]という薬草園の職員は、タミコの心身の衰弱を指摘し、薬草の効用を不老長寿だと説いている。三十五歳で自裁した作家と同じ名を持つ職員が告げる〈不老長寿〉は、「外科室」と「団栗」が、「死」への越境によって愛を獲得する「生」を描いたことへの逆説ともいえる。この逆説こそ、命と愛を育む小石川植物園を背景に、中島京子が創りたかった現代の愛の姿なのである。

注1『泉鏡花篇』詳解（『明治大正文学全集　第十二巻』昭和三年九月、春陽堂）
2　菅原孝雄『泉鏡花と花―かくされた花の秘密』（平成十九年一月、沖積社）
3　松村友視「時間の物語」（「国文学　解釈と教材の研究」平成三年八月、學燈社）
4　郡司正勝との対談（「国文学　解釈と教材の研究」平成三年八月、學燈社）
5『泉鏡花』解説（『明治の文学』第八巻、二〇〇一年六月、筑摩書房）
6　泉鏡花が影響を受けたといわれる幕末の浮世絵師月岡芳年は「英名二十八衆句」の〈古手屋八郎兵衛〉で、墓石の上で男が女の首に刀を突き刺す姿を描き、男女交合を暗示している。
7　蜂飼耳「別冊　太陽」（二〇一一年三月二十二日）
8　千葉俊二「方法としてのアナロジー」（『寺田寅彦セレクションⅠ』解説、二〇一六年二月、講談社文芸文庫）
9　榎本正樹『東京観光』解説（集英社文庫、二〇一四年八月）
10　ドストエフスキー著「鰐」（一八六五年）は、鰐に飲み込まれた紳士が、鰐の腹の中から人々に説教し続ける寓話小説。この小説では、見世物の鰐に飲み込まれた主人公を「死」から救うため、「友人」がペテルブルクを走り回る。タミコが小説の冒頭で、植物園めがけてひたすら急ぐ姿は、ドストエフスキーの「鰐」の「友人」の姿と重ねられる。つまり〈鰐〉と綽名された恋人が、完全に「死」に取り込まれない前に、一刻も早く、〈鰐〉の体内に隠されていた元恋人の本当の「生」を一目見たいという心理である。
11　江戸時代、御薬園の西北側は、芥川小野寺元風という人物が管理していた。

5　永井荷風「夢の女」の新橋停車場《ステーション》

永井荷風が明治三十六年五月に新声社（新潮社の前身）から書き下ろしの単行本として出版した『夢の女』は、洲崎遊廓を舞台とした小説として知られている。荷風は、師広津柳浪が「浅瀬の波」（明治二十九年一月）で描いた洲崎の情趣を借り、同じく師の「今戸心中」（明治二十九年八月）に登場する遊女狂いの美濃屋善吉のイメージを、ヒロインの楓華魁《かえでおいらん》に迷って自殺する薬屋小田辺《おたべ》にだぶらせ、「夢の女」を創造した。そのため「夢の女」は、洲崎だけを舞台とする遊里小説と受け取られ易い。だがこの小説は、「元三州岡崎の藩士」を父に持つ無邪気な処女《むすめ》お浪が、維新後の一家の貧苦を救うため名古屋の陶器製造商の小間使いとなり、そこの主人に囲われて一女を儲け、旦那の死後洲崎遊廓の楓華魁となって馴染《なじみ》客小田辺をだまして自殺させ、さらに相場師上郷《かみごう》利兵衛に請け出されて待合の女将となり「一家団欒の幸福を味」わったのも束の間、旦那上郷に捨てられ、妹お絹に家出され、父に死なれて再び絶望の淵へ落ちるという、エミール・ゾラの「居酒屋」「ナナ」の影響を受けた、女の半生の物語でもある。だから作中には、洲崎の他に、築地の妾宅や待合、岡崎の実家、深川不動近辺、隅田川の情景などが描かれるが、なかでも、小説の前半に数回登場する新橋停留場《ステーション》は、作品後半

「新橋ステンション」（小林清親、1879 年作）

部の洲崎遊廓の情景と対照的に描かれることで、「夢の女」の作品構造を支える重い意味を持っている。荷風は「濹東綺譚」（昭和十一年）の中で主人公の作家に「小説をつくる時、わたくしの最も興を催すのは、作中人物の生活及び事件が開展する場所の選択と、その描写とである。」と語らせ、続けて「わたくしは深川洲崎遊廓の娼妓を主題にして小説をつくつた事がある。」と「夢の女」に言及している。この文脈から見ると、「夢の女」の主題は洲崎遊廓という〈場所〉を描くことにあったと考えられる。そしてこの主題をより鮮明に打ち出すため、荷風は、洲崎と対照的な新橋停車場というもう一つの〈場所〉を、「夢の女」に登場させたのである。

明治五年九月十二日（新暦十月十四日、現鉄道記念日）、新橋、横浜間に日本初の鉄道が開通し、その始発駅として新橋停車場が誕生した。当時鉄道館と呼ばれた新橋停車場は、汐留の竜野藩脇坂家の上屋敷跡地にアメリカ人建築家R・P・ブリジェンスによって設計された。ルネサンス様式木骨石張り二階建二棟とそれを結ぶ木道平屋一棟から成る「精巧美麗」注(1)な西洋館で、明治初期には歌川広重（三代）、小林清親《きよちか》らによって盛んに錦絵に描かれている。正面の石段を上がると左側に上中等待合所、湯呑所、上中等便所、右側に下等待合所、下等便所、中央が広間とコンコース。「夢の女」の背景となる明治二、三十年代にはこの広間に売店、大時計を備えた八角形の出札所があり、二階には事務室、食堂があった。

衣冠束帯の明治天皇を迎えた開業式を皮切りとして、鹿鳴館時代には多くの外国人要人が乗降し、西南の役（明治十年）、日清戦争（明治二十七、二十八年）、日露戦争（明治三十七、三十八年）では多数の兵士が出兵し、また凱旋の喜びに沸いた新橋停車場は、近くに銀座煉瓦街、築地の外国人居留地を控え、まさに、西洋受容と二つの大戦によって大国にのしあがった天皇制国家明治の、時代的象徴として存在していたのである。

このような新橋停車場を、荷風も、小田原での転地療養（明治二十八年）、逗子の別荘での静養（明治二十八年、明治三十二年―二十二歳）、父久一郎の日本郵船上海支店勤務のため一家での上海渡航（明治三十年―十八歳）、自らの洋行（明治三十六年―二十四歳）と帰朝（明治四十一年―二十九歳）の際に幾度も利用し、停車場に漂う、上京青年の客気（「新任知事」明治三十五年）や「地獄の底の四辻へ出たやうな」（「父の恩」大正二年）悲劇性や「天涯無限の旅情とも云ふべき一種の鋭い哀愁」（「見果てぬ夢」明治四十二年）を、作中に生き生きと再現している。また、「有らゆる階級の男女が」「波瀾ある生涯の一端を傍観させて呉れる」新橋停車場内の待合所を「最も自由で最も居心地よく、些《いさゝ》かの気兼ねもいらない無類上等のCafé《かふぇー》である。」（「銀座界隈」明治四十四年）と賞賛している。

自由な雰囲気に溢れ、多くの華やかな、あるいは悲惨なドラマに彩られた新橋停車場は、明治の厳格な家族主義に反撥した若き日の荷風にとって、唯一血縁の絆から解放される「一種の聖域」注(2)だった。だからこそ荷風は肉親の情愛と封建的な〈家〉の概念に踊らされて堕落するお浪を、新橋停車場の自由な空気の裡《うち》に度々佇《たたず》ませ、その〈場所〉と〈人物〉との対照性《コントラスト》によって、お浪の無自覚無思想な〈夢〉の如き人生の果敢なさと哀れさを、読者に印象づけたのである。

「夢の女」は、築地河岸で囲者になっている十八歳のお浪が旦那の死を知らされるところから始まり、父親の遺体を千住の墓地に埋葬して、雪の降りしきる夕べを人力車で築地の待合へ帰る二十六、七歳のお浪を描写して終っている。この間お浪は、自らの波瀾に満ちた人生を、常に〈夢〉だと感じている。つまり「夢の女」という題名には、無自覚に夢としての人生を彷徨うお浪の生き方が暗示されている。彼女は人生の節目ごとに「途法に暮れ」、結局はすべてを「諦め」、「運命」に身をまかせ、「一家団欒の幸福」を唯一の望みとして、自分を娼妓に売った両親のために、ひたすら親孝行に励む。儒教道徳の不条理を疑わぬこんなお浪の前近代性は、明治という新時代の成功者上郷によって「親だの何のと、養《そだ》てた恩を忘れずに覚えてるのは、意気地のねえ人間ばかりだ。」と笑われるが、お浪はその嗤いの意味を理解出来ない。つまりお浪は新時代での生き方を見出せない女なのである。その旧弊な女が、最も開化的な新橋停車場を舞台として人生のドラマを演じる時、その〈人物〉と〈場所〉との不調和が、一層時代に適応できないお浪の悲劇性を深めていく。

「夢の女」における新橋停車場の描写は、お浪が、名古屋の本宅へ帰る旦那の棺を停車場へ見送りにいく十一月の夕方から始まる。そして、五、六日後、わが子お種を老婢《ばアや》に託して朝六時半の急行でお浪が故郷岡崎へ帰る場面では、暖炉《ストーブ》の焚かれた新橋停車場の待合室が描かれる（ここまで第二章）。さらに第五章では、三年後、洲崎の遊女になった二十一歳のお浪が、十月初旬の晴れた朝に、新橋停車場へ上京する母を迎えにいき、横浜へ用達しにいく小田辺に出逢う場面が記される。また第九章では、身請けをせがむ小田辺から逃れるため一時実家へ行っていたお浪が、帰京した夜の新橋停車場で、お種を託した老婢《ばアや》に偶然再会し、お種のその後を知る情景が描写されている。これらの場面を総合すると、お浪にとっての新橋停車場とは、血縁関係や自らの運命を変えるきっかけが生まれる場所であり、自分と故郷とを結ぶ境界だったと考えることが出来よう。

そして、洲崎から上郷に請け出され、待合の女将となって岡崎の家族を東京に呼び寄せ、新橋停車場と縁を切って以後のお浪は、人生の本当の悲劇に対面することになる。その悲劇の一つは、旦那に捨てられ男に依存する〈夢〉としての人生が醒めたこと、もう一つは妹の裏切りと父の死によって「一家団欒の幸福」というお浪の唯一の自覚的な夢が破れたことである。つまりお浪は、彼女を前時代の幸福に満ちた故郷と結びつけていた境界である新橋停車場を訪れなくなった時点から、無自覚な夢と自覚的な夢を喪うという二重の幻滅を味わい、絶望に陥る。そしてこんな状態になった時、初めてお浪の目は、数年暮らした洲崎遊廓の実態を、冷静に捉えることができるようになる。

十三夜の日、お浪は待合の馴染客と久しぶりに古巣洲崎を訪れるが、そこで彼女は広い東京湾の端《はず》れに「丁度切子燈籠のよう」に儚《はかな》い美しさで浮ぶ洲崎遊廓を見出す。根津遊廓を移転し、明治二十一年九月から埋立地に開業した洲崎遊廓は、江戸の伝統を継ぐ吉原に比べれば、前時代の悪しき風俗をその形骸だけ持続させた、明治という時代の空虚な美を象徴する存在だった。いわば「夢の女」は、明治に残存した砂上の楼閣的江戸情緒を語るために、明治のもう一つの側面である、文明開化の象徴としての新橋停車場の情景を、巧みに描ききった物語といえるだろう。

「夢の女」のヒロインお浪が築地の待合を営んでいた明治三十四年、新橋停車場から米国への渡航の切符を求めに横浜へむかったもう一人のヒロインがいる。有島武郎の代表作「或る女」（大正八年）の早月葉子である。葉子は、恋愛もせず儒教道徳に忠実に生きたお浪に比べ、自由恋愛を繰り返し明治の家族主義と闘った女である。だがこの葉子も、米国の土を踏まずに日本へ戻った後、明治社会との闘争に敗れ滅んでいく。永井荷風と有島武郎は、明治の新橋停車場に象徴される日本の文明開化が、お浪から故郷を奪ったように〈江戸〉を切断し、葉子が米国の土を踏まなかったように〈西洋〉にも真に連続しない地点で生まれたものであることを明治の新橋停車場とヒロインとの関係によって、象徴したのである。明治は、無自覚な江戸的女にも自覚的な〈新しい女〉にも、大変生きにくい近代の陣痛期だった。「夢の女」の結末でお浪が俥上《しゃ》から眺めた雪の中の「血のような燈火《ともしび》の光」は、一見華やかな開化の時代が流し続けた、近代の分娩のための血であった。

新橋停車場は、大正三年十二月の東京駅開業後汐留貨物専用駅となり歴史的役割を終えたが、その駅舎は関東大震災（大正十二年）で焼失するまで残存した。その後も昭和六年十月二十八日まで貨物専用の汐留駅としての機能を果たしていた。そして今、平成十年の新橋停車場跡地では、「本邦鉄道起源」の地を示す0哩《ゼロマイル》標識と当時のレールとホームの一部を残し、大々的な発掘作業が続いている。注(3)明治文化を象徴し明治という時代とともに消えた新橋停車場の跡地から、果たして我々は、明治の世を哀しい〈夢〉としてしか生きられなかったお浪の血涙を発掘できるであろうか。

注1　服部誠一『東京新繁盛記』〈新橋鉄道〉（明治七年、山城屋政吉）
2　奥井智之『アジールとしての東京』（平成八年二月、弘文堂）
3　現在、「旧新橋停車場」駅舎は当時と同じ場所に復元されている。復元作業は一九九七（平成九）年にスタートし二〇〇二（平成十四）年一月二十一日に着工、二〇〇三（平成十五）年三月に完成した。

6　夏目漱石と三越

漱石は自伝小説「道草」（大正四年）の中で、漱石の分身である健三の「懐かしい記憶」の焦点が、江戸名所図会の「駿河町といふ所に描《か》いてある越後屋の暖簾と富士山」だったと書いている。越後屋とは越後屋呉服店、現在の三越百貨店の前身である。また漱石は、六、七歳の頃養父に連れられてよく「伊勢本《もと》といふ寄席《よせ》へ講釈を聴きに行つた」が、この寄席は「今の三ツ越の向側に何時《いつ》でも昼席《ひるせき》の看板が掛《か》かつてゐて、其角《かど》を曲《まが》ると」「つい小半《こはん》町行くか行かない右手《みぎて》にあつた」（「硝子戸の中」）という。幼い漱石は伊勢本へいくたびに江戸名所図会の中の越後屋を実際に目にし、江戸名所図会を見るたびに越後屋を想い、三越の存在を脳裏に刻んでいった。そのため漱石の百貨店への言及には、三越が圧倒的に多い。例えば日記には、妻鏡子が「三越の売出には屹度《きつと》出掛」（大正三年十一月八日付）けることや、鏡子が三越で買ってきた漱石の黒の頸巻を、漱石が白の頸巻にかえて届けるよう三越に電話で交渉したこと（同年十二月八日付）が記されている。また、「大阪読売新聞」に掲載された「虞美人草」（「朝日新聞」明治四十年六月二十三日～十月二十九日）連載開始の広告を「三越呉服店にも譲らざる大広告」（明治四十年六月七日、渋川柳次郎宛書簡）と述べている。注(1)「虞美人草」発表の明治四十年は、三月二十日から六月二十日まで上野公園で東京勧業博覧会が開催され、三越は博覧会参加の宣伝ポスターを、新橋名妓清香に元禄風俗をさせて作成し、それを「市内の浴場及理髪店に掲げ[注(2)]」て、派手な宣伝活動を展開した。このポスターを銭湯の板の間でみつけた三四郎が、「何所《どこ》か美禰子に似てゐる」と感じる「三四郎」(明治四十一年)の一節も有名である。因みに「虞美人草」では、この博覧会場で、ヒロイン藤尾が、許嫁を伴なった小野に出逢う印象的な場面がある。

他にも漱石は「趣味の遺伝」(明治三十九年)で、物さびた寺の境内で見つけたあでやかな令嬢の姿を「三越陳列場の断片を切り抜いて落柿舎《らくししゃ》の物干竿《ものほしざお》へかけた様」と形容し、「それから」(明治四十二年)で、嫂《あによめ》梅子が仏蘭西から取りよせた高価な織物が、実は「三越陳列所」のものだったと書いている。「行人」(大正一～二年)では嫂お直の言葉に傷ついた小姑お重を慰めるため、お重の父がお重を三越へ連れていくという描写や、友人の昔の恋人の安定した暮らしぶりを、その家に掛かっていた「小新《こあた》らしい三越《みつこし》の手拭《てぬぐひ》」で推測するという条りがある。以上のような三越への言及によると、漱石は、三越を日常的に利用し、三越を令夫人令嬢の夢をかなえ彼女らを慰撫する場所と考え、三越と関わることが平均以上の生活水準を保っている証しとみなす当時の一般的三越観を、素直にうけいれていたといえよう。

事実三越は、漱石の生きた時代に、日本一の百貨店としてめざましい発展を遂げていった。延宝元(一六七三)年、伊勢松阪の三井高利が「現銀掛け値なし」という新商法で江戸本町に開店した越後屋呉服店は、天和三(一六七六)年駿河町に移転し、「駿河町たたみの上の人通り」と川柳に詠ま

大正 3 年新築当時の三越日本橋本店

れる程繁盛した。が幕末には、大阪、江戸両本店の火事や幕府の御用金の重圧のため、経営悪化に陥る。しかし明治七年には土蔵造り二階建の店舗を新築、漱石が大学を卒業した明治二十六年には「越後屋」を「合名会社三井呉服店」に改組、漱石が松山中学へ赴任した明治二十八年には新柄開発、慶應義塾出身者採用などの改革にふみきり、漱石が英国留学に出発する明治三十三年には座売りを全廃、本店全部を陳列場とした。そして三十七年十二月に「三井呉服店」を「株式会社三越呉服店」に改め「デパートメント宣言」をし、現在の三越が誕生した。さらに翌三十八年には学者、芸術家、新聞、雑誌記者と三越重役から成る「流行研究会」を発足させ、展覧会等の文化活動によって、明治の流行を先導する「三越趣味」の基盤を築き、ついに大正三年には、地上五階、地下一階の白煉瓦ルネッサンス様式の新館を建て、正面入口に倫敦トラファルガー広場ネルソン記念塔の下のそれを型どったライオン像を置いて、英国ハロッズデパートを範とした東洋一の大店舗を完成させた。だが、「学俗協同」の「流行研究会」によって創られた高級かつ知的な「三越趣味」の時代は大正五、六年をピークとして終わり、その後三越は大正七年の米騒動、同九年の金融恐慌という暗い世相を反映して、実用呉服や雑貨を超特価で売る「さかえ日」「木綿デー」を設けるなど、大衆路線に転向していく。

このような三越の歴史は、不思議に漱石の生涯と符合している。つまり漱石誕生の慶応三年当時どん底の経営難にあった越後屋が、漱石の人生の節目とともに発展し、漱石が処女作「吾輩は猫である」注(3)の執筆を始める明治三十七年十二月に今の三越デパートとなり、漱石が「こゝろ」によって漱石文学の一頂点を示した大正三年に、新館完成によって「今日は帝劇、明日は三越」という広告文《キャッチコピー》に代表される消費文化の第一人者となり、漱石死去の大正五年頃、三越も知的かつ高級な「三越趣味」の時代を終えたという符合である。幼年の漱石が心に刻んだ越後屋の伝統を土台として漱石の文壇デビューとともに生まれ、彼の死によってほぼ終わりを告げるこの「三越趣味」は、漱石の生きた時代の象徴として、実は漱石文学にも色濃く反映されている。

「三越趣味」は、様々な構成員から成る「流行研究会」を母体としたため、二つの大きな特徴を持っていた。その一つは、巖谷小波、石橋思案など尾崎紅葉一派の〈江戸好み〉の会員と、新渡戸《にとべ》稲造、森鷗外など欧米事情に精通した会員との共存が生み出す〈和洋折衷主義〉である。もう一つは、学者や芸術家の理想主義的美意識とジャーナリストや経営者の現実的な社会性が程良く調和した余裕ある、しかしやや俗っぽい高級感である。三越はこの時期、室内装飾、家具、服飾品、ポスターなどによって、三越の顧客である中流上層階級をターゲットとした〈和洋折衷〉のライフスタイルを提案する一方、頻繁に美術展、博覧会、講演会を催して、世間に、文化と遊び心に支えられた三越の高級イメージを宣伝していった。そしてこの文化と遊び心に基づいて高級な〈和洋折衷〉のライフスタイルを楽しむ中流上層階級こそ、まさに漱石文学の登場人物だったのである。例えば「三四郎」のヒロイン美禰子は、和服でヴァイオリンをひく。「それから」（明治四十二年）の代助兄弟はフロックコートで園遊会に出席した後、うなぎ屋で用談をする。「門」（明治四十三年）に描かれる崖上の邸宅酒井家では、令嬢達にピアノを習わせる一方、正月には加留多会を催す。「彼岸過迄」（明治四十五年）の田口は洋風の応接間で一人碁盤に向い、「行人」（明治四十五～大正二年）では父親が和室で謡曲の会を催す一方、家族でデザートのプリンを食べる。「明暗」（大正五年）の岡本の令嬢は芝居の幕間に見合いをし、見合い相手の洋行談を聞く。ヴァイオリンやピアノという洋風文化と歌加留多、碁、謡曲、芝居という和風文化を享受して和洋両方の味覚や粧いを楽しみ、園遊会、観劇会に時を過ごす。学者、実業家、高等遊民、令嬢らから成るこのような漱石文学の住人達のライフスタイルは、そのまま、〈和洋折衷主義〉と余裕ある高級感を標榜した〈三越趣味〉の具象化といえるだろう。

漱石文学の拠点が、安直な日本の近代化、換言すれば表層的で俗っぽい新奇な〈和洋折衷主義〉への反撥にあったことは事実である。だからこそ漱石は「流行研究会」をブレーントラストとして〈流行〉を追い続け、独自の「三越趣味」を創造した三越に、「無暗《むやみ》に新しがつてゐる」（「彼岸過迄に附て」明治四十五年）という批判の言葉を投げかけている。そして純下町風の座敷で自我の分裂に苦悩する

「彼岸過迄」の市蔵や、純洋風の書斎でエゴイズムの地獄に堕ちる「行人」の一郎を通して、〈和洋折衷〉という〈流行〉にふり廻される日本の近代化の問題に深いメスをいれている。だが一方、流行に敏感で遊び好きな江戸っ子気質と西洋的教養を併せ持つ漱石だからこそ、高級だが少々俗っぽい〈和洋折衷〉の「三越趣味」を的確に作品化できたことも否めない。例えば漱石と常に併称される森鷗外は、明治四十三年十一月から大正二年一月まで三越「流行研究会」の会員だったにも拘わらず、短篇「流行」（明治四十四年）において、空疎な〈流行〉創りに明け暮れる三越を痛烈に皮肉っている。が「流行研究会」のメンバーではない漱石は、三越の「無暗に新しが」る俗物性を認めつつも、三越が提供する高級な商品と趣味を信頼し、三越の顧客となり三越主催の美術展にも出むいている。注(4)
漱石が活躍し三越が日本の流行をリードした明治末年から大正初年は、少なくとも東京の中流上層階級の中では、文化と遊び心に基づく〈和洋折衷〉の生活が日本の近代化を促すという幻想が、いまだ存在しうる時代だった。「三越趣味」と漱石文学の描いたライフスタイルの合致は、このような時代の反映であった。がこの「三越趣味」が頂点に達した大正五年、漱石は絶筆「明暗」の中で、お延の処女時代の夢の結晶である三越の花瓶が倒れ、そこから水が流れるという場面を描いている。この描写は、三越が創り、漱石がそれを作品に投影した「三越趣味」の終末を予告するものであった。三越が先導した〈和洋折衷〉の幻想が崩れ、「三越趣味」を享受する階級が支配する社会が〈明〉から〈暗〉に移行していく状況を、「明暗」の作者漱石はその末期の眼ではっきり捕えていたはずである。漱石の愛弟子寺田虎彦は、漱石の死後三越を訪ねた帰りに、荷上げする人足や船頭の女房を見て、三越を

「世にもつまらない無用の長物」だと感じている（「丸善と三越」大正九年）。新時代は、日本近代のライフスタイルとして漱石文学に投影された「三越趣味」の消失とともに到来したのである。

注1　三越も漱石の「虞美人草」連載にともない、六月にけしの花の「茎を以つて粗き縞を成し、之に花と葉とを上品にあしらひ以《もつ》て令嬢向きと」（「東京朝日新聞」批評）した「虞美人草浴衣」を売り出し、大好評を得た。
2　浜田四郎「百貨店一夕話」（昭和二十三年十二月、日本電報通信社）
3　「吾輩は猫である」の装丁を担当した橋口五葉は、明治四十四年、三越のポスター図案の懸賞に応募し、一等に当選した。
4　大正元年十一月十一日より開催の「洋画小品展覧会」に出かけたことが、津田青楓宛書簡（大正元年十一月十八日付）に見える。

7　佐藤春夫「美しき町」の築地居留地・日本橋中洲

日本国憲法公布の日に因んで命名された十一月三日の〈文化の日〉は元来明治天皇の誕生日で明治時代は〈天長節〉、その後敗戦までは〈明治節〉と呼ばれた。そして戦後の四月二十九日は、昭和天皇在位中が天皇誕生日、平成以降は〈みどりの日〉〈昭和の日〉と名付けられた。だが、大正天皇の誕生日だけは、本来の生誕日である八月三十一日も、大正時代に酷暑を避けて天長節を祝った十月三十一日も、現在何の祝日にもなっていない。ここには、在位期間も短く病弱だった大正天皇の印象が、強力な天皇制の下で富国強兵・殖産興業を推進した近代日本のイメージを損なうという戦前の為政者の思惑が、いまだ残存しているように感じられる。

だが実は、デモクラシーの風潮が起こり、〈子供〉と〈女性〉がクローズアップされ、サラリーマンという中間層が生まれた大正時代こそが、今のライフスタイルの基礎を築き、芸術・文化の発展に大きく貢献した重要な時代だった。一方、第一次大戦を経て、郊外の富裕層と下町の労働者街の生活環境の格差が広がり、社会主義運動も活発化した。そして生まれたのが、文化的で清潔な理想郷を構築しようとする〈ユートピア思想〉だった。佐藤春夫は、この〈ユートピア思想〉を、これも大正期特有の異国趣味と浪漫主義を駆使した「美しき町」という作品によって対象化した。

この小説では、〈築地居留地〉と〈日本橋中洲〉という特殊な空間が、作品の背景に選ばれている。

居留地とは、外国人の居住・営業を許し、治外法権を認めた地域である。新政府になった明治元（一八六八）年十一月十九日に鉄砲洲（築地）に居留地が開かれた。日本人は鑑札を持った者だけが、三か所の橋から通行を許された。明治元年夏にまず、外国人専用の築地ホテル館が完成し、十一月の居留地開設と同時に新島原遊郭ができた。だが横浜より商取引に不便な築地に進出する外国人は少なく、ホテルも遊郭も営業不振となり、遊郭は明治四年六月に取り払われ、ホテルは明治五年二月の銀座大火で焼失した。

その後も外国商社は横浜を離れず、居留地には主に、キリスト教宣教師の教会堂やミッションスクールが入った。現在この地のシンボルとなっている聖路加国際病院もキリスト教伝道の過程で設けられた病院が前身である。公使館、キリスト教会の母国は九か国に達し、最盛期には三〇〇人の外国人が住んだ。

明治三十二（一八九九）年七月十七日、条約改正によって、治外法権の居留地は廃止されたが、関東大震災で洋館が全滅するまで、東京市民にとっては、エキゾチックな感情を湧き立たせる「東京の中の外国」であり続けた。英国人宣教師ヘンリー・フォールズが日本人の拇印の習慣からヒントを得て指紋の研究に着手し、平野富二郎が活版印刷所を興すなど、近代文化と産業の発信地でもあった。

明治期の日本橋中洲（山本松谷画『新撰東京名所図会』より）

「美しき町」の舞台の一つは、この築地居留地に建つ〈Sホテル〉（精養軒ホテルがモデル）である。

もう一つの舞台であり、〈美しき町〉の建設地とされた〈日本橋中州〉は、江戸時代、隅田川と箱崎川が分かれる「三俣」と呼ばれた場所を埋め立ててつくられた。船宿・料理茶屋で賑わい「観月の名所」として有名な花街《かがい》だったが、隠れ売女召し取り騒ぎの後寂れ、寛政元（一七八九）年に埋立地の取り払いが命じられ水没した。だが明治十九年に再び埋め立てられ、二十六年に真砂座ができた。そして大正六年に真砂座が閉鎖された後も、関東大震災で焼けるまでは〈中洲〉といえば真砂座周辺の花街が連想される華やかな場所だった。

〈美しき町〉は、和洋折衷の東京の異界（居留地）と、水に囲まれた別天地〈中州〉という非日常の空間にこそ築かれる、大正の儚いユートピアだった。


この小説で東京のユートピア計画を描いた佐藤春夫

は、明治二十五（一八九二）年和歌山県の新宮《しんぐう》町（現新宮市）で代々医院をしていた佐藤家の長男として生まれた。中学の頃から文学者を志望した彼は、医師でクリスチャンの大石誠之助《おおいしせいのすけ》が町民の啓蒙活動のために開設した新聞縦覧所《しんぶんじゅうらんじょ》で、中央の文学雑誌や思想に接する機会を持った。

だが明治四十三年の五月、明治天皇暗殺を諮ったとして多数の社会主義者、無政府主義者が検挙される大逆事件が起き、大石誠之助も幸徳秋水を匿った罪で捕えられ、翌四十四年一月に死刑になった。上京して大学に通っていた春夫は、大石の死を悼み「愚者の死」という逆説的な詩を発表して、言論・思想を理不尽に封じる政府を批判した。また、当時永井荷風が教えていた慶應義塾大学文科に入った春夫は『三田文学』に十九世紀の英国作家オスカー・ワイルドの訳詩を発表するなど、退廃美を追求するヨーロッパの世紀末文学への憧憬を募らせていた。

また春夫が十代を過ごした明治四十年代は、大石誠之助の処刑に見られる閉塞的社会状況がある一方、ギリシャ神話に登場する享楽の神ＰＡＮ（山羊の脚、角、髭を持つ牧羊神）を崇める「パンの会」という奔放な芸術家集団が生まれた時代だった。ベルリンで一八九四年に結成された芸術運動「パンの会」に因んだこの会は、二十代の浪漫派、耽美派の芸術家集団で、隅田川沿岸に残る江戸情調を西欧的感性によって表現することを目的として、黄昏や日没の水辺を好み、近代建築の狭間に残る江戸情趣を愛でていた。江戸情調を「懐古趣味ではなく異国情調」[注(1)]として捉える木下杢太郎、北原白秋、吉井勇など「パンの会」メンバーの美意識は、谷崎潤一郎、芥川龍之介という大正期の作家に大きな影響を与えた。この隅田河畔の夕景を愛し、異国趣味《エキゾティシズム》としての江戸情趣に耽溺するという「パンの会」

の傾向は、佐藤春夫の文学にも継承され、「美しき町」の作品世界の支柱となっている。例えば、大正七（一九一八）年九月に発表された「田園の憂鬱」（「中外」）には、「美しき町」の原型となる〈幻の町〉が登場するが、それも「灯のきらびやかに漏れてくる窓」が並ぶ夜景の町として描かれている。

また春夫は、「自画像」「静物」（大正四年）「上野停車場付近」「猫と女」（大正六年）が二科展に入選するなど、画才のある視覚的な作家だった。「美しき町」は、春夫の画家としての特質が存分に駆使された、映像美豊かな作品でもある。


「美しい町」注(2)（後に「夢を築く人々」と改題）は大正八年八月から十二月まで「改造」に断続連載され、大正九年一月に短編集『美しき町』（天佑社刊）に収録された。この時に題名を、「夢を紡ぐ人々」から再び「美しき町」に変えている。

物語は、ある冬の夜、〈私〉が友人のO氏に連れられ、O氏の友人で画家のE氏のアトリエに行き、〈私〉の小説を好むというE氏から、次のような話を聞かされるところから始まる。

今から八、九年前の明治四十四年十月ごろ、〈私〉（注・E氏のこと）はまだ二十一、二歳だったが、ある日、築地のSホテルに滞在するテオドル、ブレンタノという見知らぬ男から手紙を受け取り、「面白い相談がある」といってホテルに呼び出された。〈私〉は気味悪く感じながらSホテルに出向いたが、会ってみるとテオドル、ブレンタノは、十六歳の時にアメリカ人の父に連れられ日本を離れた川崎愼蔵《ていぞう》という旧友だった。彼は父が死んで受け取った莫大な遺産で、東京のどこかに、商人、役人、軍人でなく、自分の好きなことを職業として選んだ百の家族の住む〈美しい町〉を造るので協力してほしいと〈私〉に語った。

川崎のこの不思議な計画に惹き込まれた〈私〉は、その後二か月ほど東京市中を歩き廻った末に、ある展覧会で日本橋の中州を描いた司馬江漢の銅版画に出会い、川崎と共に、隅田川の中州を訪れる。中州を見た川崎は、「Lucky Ideaだ！」と叫び、その後〈美しい町〉の家の一つ一つを設計する建築技師を雇い入れた。その技師は、かつての鹿鳴館時代、建築を学びに巴里に渡ったが、数年後帰国した時には既に欧化時代が過ぎていて、彼の建築技術が時代遅れになっていたという老人である。彼は、一生に一度でもいいから自分の納得のいく家を建てたいと、五十近くの家の設計図を持っていた。

そして、明治の最後の年の二月以降、毎晩七時半から十二時近くまで川崎と〈私〉と老技師は、Sホテルの一室で〈美しい町〉造りに励んだ。その間、川崎は一度だけ、紙細工のミニチュアの〈美しい町〉を造り、部屋の電燈を消して、小さな窓明かりをその模型の町のあちこちに灯した。さらに青白くかすかな電燈の光を屋根に当てて月光に照らされたミニチュアの町を〈私〉と老技師に見せた。

ところが、二年後の初秋のある晩、川崎は突然、自分には最初から〈美しい町〉を造る資金などなかったことを打ち明け、一緒に長い間夢を見てくれたことを〈私〉と老技師に感謝して、東京からどこかの外国へ去っていった。残された〈私〉はその後も〈美しい町〉の幻影を抱えながら、同じように〈美しい町〉の幻を追いつつ、良き妻、息子、孫娘と平和に敗残の人生を送る老技師と深い親交を結ぶことになった。

このようなE氏の話を聞いた〈私〉は、次のことを最後に付け加える。すなわち、老技師はその後、E氏の画室を建てたことによって「思い通りの家を最後に一軒だけ完成させる」という長年の夢を叶えたこと、また一九一六年のA展覧会で有名になったE氏の「ある老人の肖像」のモデルは老技師であること、さらにE氏と老技師の孫娘が老技師の遺言通りに結婚して、正しく〈美しい町〉の一軒のような家庭を築いたことである。ドイツのスパイとも噂される川崎がその後どうしたかはわからないが、〈私〉はいつかまた、続「美しき町」を書く気になるかもしれない。今は、この拙い未定稿を友情のしるしに、E氏と同夫人とに捧げようと思う。

この作品は、三部から成る〈伝聞体〉の枠組み小説という構造を取っている。

まずプロローグとして、作者を名乗る〈私〉が、画家E氏の話を聞くことになる事情が説明され、次に、画家E氏が〈私〉に語る話が記される。この体験談をE氏も〈私〉という主語で、八、九年前の回想として語る。そしてこの中にまた、川崎という登場人物が〈私〉を名乗って話す「語り」が入っている。そしてエピローグとして、再び作者を名乗る〈私〉が、E氏の後日談を述べている。

つまり、この小説には、作者に擬せられた聞き手の〈私〉が読者に語りかける枠組み（プロローグとエピローグ）の中に、画家E氏が〈私〉の体験として語る話が挟まれ、その話の中にまた川崎が〈私〉の想いを話す部分が入るという、三つの〈私〉が書かれている。そして、E氏の回想をさらに伝聞体で書くという二重の仕掛けによって、現実から離れた「お伽話」として設定されているとも考えられる。

「美しい町」の書かれた大正八年前後は、近代において、第二の「ユートピア小説」の流行時代だった。社会主義運動が興隆を見せた明治三十年代後半に多く書かれて以後、大逆事件を経て衰退していたユートピア小説は、大正六年のロシア革命、同七年のシベリア出兵や米騒動という社会問題に触発され、生きづらい現実の中で再び活発に発表されるようになっていた。そんな風潮の中で特に、ユートピア思想を実践した白樺派の武者小路実篤が主宰した「新しき村」運動は、「美しき町」執筆の原動力となった。
佐藤春夫は「美しき町」発表前年の大正七年に武者小路が「新しき村」の計画を「白樺」に発表すると、注(3)次のような意見を述べている。

武者小路氏のやうな真剣な理想家であり空想家である人々が集つて行はれるのに、最も望ましい計画である。白樺の人人のやうに、衣食の道が充分であれば、何でもしたいことができる。とそんな馬鹿な卑屈なことを言ふものではない。何でも出来るやうな境遇に居て、彼らのやうな道を選んで居ることこそ彼等を尊敬すべき所以でもある。
（「武者小路実篤氏に就て」「中央公論」大正七年七月）

大逆事件において逆説的な詩を著し強権的な国家を批判した春夫は、武者小路の自由平等なユートピア計画に賛同している。そして、「理想家であり空想家である人々」が「衣食の足りた何でもできるような境遇のなかで理想郷を築く」という発想は、そのまま「美しき町」の川崎らの行動に重なってくるだろう。「美しき町」という題名も「新しき村」を意識したと思われる。

さらに大正五、六年から東京で都市計画の機運と世論が盛り上がり、「美しい町」発表の大正八年四月には、都市計画法と市街地建築物法が公布された。具体的には、大正八年前後から、1　東京駒込の〈大和郷〉、2　日暮里の〈ひぐらし町〉、3　渋沢栄一の田園都市会社設立による〈田園調布〉（大正十二年）・〈成城学園〉（同十三年）・〈国立〉（昭和二年）という町づくり計画がなされた。注(4)この三つの計画に見られるような「整然とした区画の中に、庭を持つ洋風建築が並び、そこに学者や芸術家が住む」という町の形態は、春夫の「美しき町」がめざした姿に通底しているといえよう。

「美しき町」は、アメリカの作家エドガー・アラン・ポーの「莫大な遺産を相続した青年が、理想的な景観の庭を都会の傍らに造るために奔走する」「アルムハイムの地所」と、同じくポーの「理想的な家の素晴らしさを述べる」「ランダアの家―「アルムハイムの地所」の付録」の影響を指摘されている。

そして、作中で川崎が愛読する「何処にもない処からの便り」、つまりイギリスの詩人兼工芸家ウイリアム・モリスの「ユートピア便り」からも様々なヒントを得ている。例えば二十一世紀の理想的なイギリス社会を、社会主義の視点から一青年の夢物語として描く「ユートピア便り」には、「美しい夜」「美しい建物」「美しい場所」と「美しい」という言葉が頻出し、町全体よりも「美しい家」の設計が主に描かれている。また、川崎がこの「美しい町」の住人として「自分の最も好きなことを職業として選び、町の中では金銭の取引をしないという約束を守って、その不便を忍んでくれる人」を望むという箇所も、「ユートピア便り」と重なっている。さらに、モリスは十歳の時、父の投資した鉱山の株が上昇したため、父から莫大な遺産を相続するが、これは、川崎の相続した遺産が亡父の鉱山に依っていたという設定に重なるという論考もある。注(5) モリスの「ユートピア便り」は、現実的なユートピア建設の指標ではなく、美しいものを好む詩人モリスの「夢の国」を描いたものといわれるが、その点も春夫の「美しき町」に通っている。

「美しき町」の主な登場人物は、川崎慎蔵、プロローグとエピローグの語り手の〈私〉、画家E氏、老建築技師のTである。
川崎は、語り手である画家のE氏の幼馴染で、二十一、二歳。ドイツ系アメリカ人の父とその妾の日本人の母の間に生まれた混血児である。父から莫大な遺産を受け継いだことになっているが、実は一つの理想的な町を造るほどの資産はない。外国名はテオドル、ブレンタノで、これは当時春夫が読んでいた『十九世紀文学の主潮』(ブランデス著)に出てくるドイツ・ロマン派の二人の作家〈テオドール・ホフマン〉と〈クレメンス・ブレンタノ〉の合成といわれている。春夫はホフマンが昼夜逆転の生活をする「夜の憧憬家」である点と、クレメンスの「いたずら者」の性格を川崎の造型に用

いている。[注(6)]
前述したモリスの「ユートピア便り」を無政府主義者の大杉栄から紹介された春夫は、大杉を「温かみのある快活な話しぶりで、よく笑ふ男だつた」[注(7)]と回想しているが、この大杉の印象も川崎の「快活さうな話しぶり」や「愛嬌のある笑ひ顔」という人柄に生かされている。また、、川崎が町づくりをやめて、どこか外国へ遁走していく姿や、彼がドイツのスパイではなかったかという作中の一句も、社会主義者の間でスパイという噂もあった大杉の人物像に重なってくる。つまり大逆事件に憤りを感じるような春夫は、夢想的アナーキスト大杉栄への共感を、川崎の魅力的な人間像として具象化したと思われる。因みに、E氏のアトリエに〈私〉を最初に連れて行ったO氏も、大杉栄と見ることもできよう。この川崎だけが二つの名前を持つ人物であり、他の作中人物は皆、アルファベットの記号（O氏、E氏、T氏）だけで呼ばれている。この点から、川崎を主人公と見る説が主流となっている。
次に、プロローグとエピローグの語り手の〈私〉は、作中のE氏が「指紋の作者にあるいはどうして魚の口から金が出たか？　という神聖な噺の作者に是非とも、聞かせたい話がある」と言って、〈私〉に語り始めたことから、「指紋」（「中央公論」大正七年七月）と「どうして魚の口から一枚の金が出たか！？　といふ神聖な噺」（「新潮」大正八年四月）を実際に発表した佐藤春夫に擬せられている。この二作は、狂気と正気、夢と現実の曖昧さをテーマとする作品である。そして、E氏が〈私〉の著作に興味を持つとともに、〈私〉もE氏の絵画に以前から芸術的共感を抱いていたため、話を聞く気になったという設定になっている。

画家のE氏は、前述のように二十一、二歳の貧しい画学生で、川崎の幼馴染である。彼は、川崎の滞在する築地のSホテルの部屋で、自身の書いた「都会の憂鬱」という絵を発見する。つまり川崎もE氏の絵画に芸術的共感を抱き、彼を〈美しい町〉の制作スタッフに誘ったのである。

老建築技師のTは、建築界の流行に乗り遅れた六十五歳の敗残者だが、理想の家を建てたいという夢を持ち続け、既に紙面上に五十件の住居を設計している。川崎はその「外形は純然たる西洋館で、家の内部は特有の工夫を凝らした日本家屋」という老技師の設計図に感激し、〈美しい町〉の技師に採用する。無口だが「美しい町が本当に美しくなるのは、住んだ人々の心によるのだ」という川崎の言葉に反応する彼には、まだ明治の自由民権思想が残っている。医者として成功し彼に生活費を送る孝行息子と、彼の夢の実現を願う妻がおり、家庭的には恵まれている。そして彼の死後、E氏はこの老技師の設計した家で、老技師の孫娘と結婚生活を送り、〈美しい町〉の住人のような日常を手に入れる。

つまり登場人物は皆、現実社会での利益より夢を重視する人々であり、それぞれへの芸術的共感によって結ばれているのである。

こういう芸術的な夢で結ばれた人々を、さらに非日常の世界へ誘うのが、描かれている独特の時空である。

まず作品の背景となるのは、前述のように東京の異界（築地のSホテル）と水辺の別天地（日本橋中州〉である。さらにこの〈中州〉を〈美しい町〉の建設地として発見したのは、司馬江漢の〈西洋的手法を用いた江戸の「銅版画」〉という虚構空間からだった。〈築地居留地のSホテル〉も〈日本橋中州〉も、明治末から大正初期の現実から隔離された幻影としての〈美しい町〉に相応しい、月光に照らされた異次元だった。この点からも、〈美しい町〉の計画が夢で終わることは、初めから暗示されていたと考えられる。

因みに、E氏が初めてSホテルに川崎を訪ねた時（十月ごろの午後五時過ぎ）も、E氏と川崎が中州を発見した時（夕陽の下、入日の中の家々）も、E氏と川崎と老建築士がSホテルの部屋で作業をする時（午後七時半から十二時近く）も、〈美しい町〉建設の企ては、すべて、赤裸々な現実を照らす陽光の中でなく、夕方から夜の薄明と月光の下で進行していくのである。

「美しき町」の論考は、主人公を川崎と規定し、「ユートピア建設の夢が挫折する物語」と捉えるもの[注(8)]が多い。一方、E氏を主人公と見て、「〈美しい町〉を造る三年間の計画を通して、若き画学生が芸術とは何かを体得するための教養小説」と考える論[注(9)]も発表されている。

だが、春夫がこの小説で最も描きたかったのは、「パンの会」の芸術家が愛した〈水辺の和洋折衷の町の薄暮と夜景〉が醸し出す、現実の時空を超えた大正期特有の哀愁ではなかっただろうか。春夫は元来、小説「月かげ」（大正七年）や詩「水辺月夜の歌」（『純情詩集』所収、大正十年）に見られるように、水面《みなも》に映る月光を好む作家だった。

「美しき町」には、舞台（築地居留地・日本橋中州）、人物（日本名と外国名を持つ混血児の川崎）、住居（老建築士の設計図に基づく家）と、和洋折衷的存在が繰り返し描かれる。また、醜く汚れた現実を燈火や月光で柔らかく美化する黄昏や夜の世界のみが展開されていく。そんな無国籍で幻影めいた描写によって、春夫は、武者小路や大杉栄の目指した理想的で行動的な大正の〈昼の夢〉を、夢幻的で思索的な大正の〈夜の夢〉として創造し直したのではなかろうか。だからこの小説では、〈美しき町〉が、ただ川崎の紙細工としてだけ実現したという結末も挫折ではなく、作者の〈夜の夢〉の完成とも考えられよう。
大正時代は、東京の都市計画が実施され、理想主義に支えられたユートピア思想が流行した。だがその都市計画やユートピア思想の背後には、第一次大戦後の格差社会によって切り捨てられていく、スラムのような、東京の深い闇が存在した。春夫はこの悲惨な闇を正面から描く代りに、〈居留地〉と〈中州〉という非日常の空間が落日や月光に彩られる景観を、大正の美しい〈夜の夢〉として提示し、幻の〈美しい町〉を創造したのである。

注1　野田宇太郎『日本耽美派の誕生』（一九七五年、河出書房新社刊）
2　初出の題は「美しき町」ではなく、「美しい町」だった。
3　「白樺」五月号「新しい生活に入る道」、六月号『新しき生活に入る道　二』
4　南明日香「まちづくりのエクリチュールー『美しき町』をめぐって」（「国文学研究」二〇〇七年三月、

早稲田大学国文学会編）に詳細に論じられている。
5　佐久間保明「夢想の好きな男とはだれか―佐藤春夫「美しき町」の由来」（「国文学研究」一九九九年三月、早稲田大学国文学会編）
6　注5と同じ論考で、詳しく言及されている。
7「わが回想する大杉栄」（「中央公論」大正十二年十一月）
8　島田謹二は芳醇な夢を描く前半と冷徹な現実に返る後半という「美しき町」の構造に「大正初期の風潮」を読み取り（「『美しき町』と『F・O・U』」「浪漫派」一九七九年七月）、川本三郎はユートピアの挫折に大正の「人工的なデカダンス」を見ている。
9　海老名由香「佐藤春夫「美しき町」論―芸術家E氏の修業時代―」（「東京女子大学紀要論集50」一九九九年九月）

8 水野仙子「神楽坂の半襟」に描かれた神楽坂

石畳の路地が続く花柳界の情緒とフランス風のエスプリを融合したお洒落な街として近年注目されている神楽坂は、飯田橋西口前の牛込橋から北西に上がる坂の街である。坂の上に江戸時代から信仰を集めてきた「毘沙門天・善国寺」があり、その門前町として発展した。『江戸名所図会』（天保七年）にはその名の由来として「高田穴八幡の祭礼で神輿がこの坂を渡る時、神楽を奏したことによる。」「津久戸《つくど》明神がこの地に遷座した時、この坂で神楽を奏したことによる。」「若宮八幡の神楽の音が聞こえていたことによる。」という三つの説が記されている。

神楽坂近辺が繁華街となったのは、急坂がなだらかに改修された明治十年代からという。その後、明治二十四（一八九一）年に尾崎紅葉が神楽坂に住み始め、紅葉率いる硯友社の作家たちがこの地に集まってきた。二十九（一八九六）年には、飯田町駅が甲武鉄道（現中央線）の始発駅となり、続く日清・日露の戦争が招いた好景気によって、神楽坂は急速に発展した。

明治三十二（一八九九）年一月に紅葉門下の泉鏡花が硯友社の新年宴会で、神楽坂芸者桃太郎（本名伊藤すず）と知り合い、同三十六（一九〇三）年に神楽坂二丁目二二番地に、彼女と所帯を持って

明治期の神楽坂、善国寺毘沙門堂縁日（『新撰東京名所図会』より）

いる。大正四（一九一五）年、島村抱月と松井須磨子が、芸術座の本拠として神楽坂に芸術倶楽部を置くと、多くの演劇人が集うようになった。さらに明治から大正にかけての神楽坂一帯は、早稲田の学生たちの遊び場として、縁日の盛んな毘沙門天をめぐる花街とともに大いに繁栄した。大正十二年九月一日の関東大震災でほとんど被害を受けなかったため、昭和初年には三越・松屋の分店、村松時計店、資生堂、カフェ・プランタンなど銀座老舗の出店が並び、「山の手銀座」と称された。

このような神楽坂の変遷の中で、「神楽坂の半襟」の舞台となるのは、日清・日露戦後の好景気を経て盛り場となった大正初期の神楽坂である。まだ新宿が開けなかった頃の、この山の手第一の繁華街を舞台として、水野仙子は、慎ましい若妻の心理を繊細に描き、大正時代の歳末の賑わいに潜む冷気を、鮮やかに再現している。

明治二十一（一八八八）年に、福島県岩瀬郡須賀川町

の商家に生まれた水野仙子は、明治四十二（一九〇九）年長姉セツの異常出産を題材とした「徒労」（「文章世界」二月号）を田山花袋に絶賛され、上京して田山家の書生となり、自然主義的な作風で中央文壇に進出した。そして明治四十四年九月、二十三歳で「文章世界」の投稿仲間だった五歳年上の川浪道三と結婚し、渋谷に新居を定めた。結婚後、両親を相継いで喪い、結婚半年後、夫の川浪が肋膜炎を患って鎌倉に転地療養するなど苦悩の日々が続くなかで、仙子の作風は次第に心理主義的なものに傾いていった。「神楽坂の半襟」は、夫の川浪が病の癒えた後も失業中だったため、精神的、経済的に追い詰められていた大正元年十一月下旬頃の仙子の私生活が反映された短編である。大正五年に自らも肋膜炎に罹り、治癒しないまま同八年に三十一歳で夭折した仙子が、苦しいながらも束の間の新婚の楽しさに浸った時期でもあった。

大正二年二月に「婦人評論」に掲載されたこの小説は、「貧といふものほど二人の心を荒くするものはなかつた。」という一文から始まり、粗末な食事を巡る夫婦のささやかな諍いが描かれる。だが、そのあと、作者は「貧といふものほどまた二人の間を親密にするものはなかつた。恰もそれが愛情に注ぐ油ででもあるかのやうに」と綴っていく。つまり、この作品の主人公は、貧しく睦まじい若夫婦なのである。

こんな「二人」が、十一月末の曇って寒い夕暮れ、僅かの金を懐にして神楽坂へ出かける。コートのない妻のお里は身を震わせているが、久々に賑やかな神楽坂を夫と連れ立って歩くのが嬉しくてならない。夫の下駄とインキとお里の足袋とすき毛を買うのが外出の目的だったが、歳暮近い繁華な地に立ったお里は、失業して病気療養する夫に尽くす日常を一瞬忘れて、飾り窓の美しさに目を奪われ、手頃な値段の気に入った半襟を見つける。そして夫の「買えばいいよ」という一言を待つが、夫は安物で我慢する妻の気持ちを汲んでもくれず「あっちのほうがいい」と高い半襟を指さして、さっさと目的の下駄屋に向かう。

だが、下駄屋で鼻緒をすげてもらっている間に、インキを買いに行った夫が下駄屋に入らず、また坂下へ下りていくのを見て、店で待っていたお里は、「夫がさっきの半襟を買いに行ってくれた」と思い、胸をとどろかせる。しかし下駄屋を出た後も、夫からは半襟を渡してもらえない。そして先刻の半襟店の飾り窓には、あの欲しかった麻の葉模様の半襟が、もとのままに人々の目を引いているのを見つける。夫が一度下駄屋の前を素通りして坂を下りたのは、坂上の店には大瓶のインキがなかったためだったのである。

久しぶりに盛り場の華やかさに触れて夫への情熱を蘇らせた妻は、半襟を媒介として「二人の間に溶けて流れるやうな薄甘い情緒」を共有しようとした試みに挫折し、暮れきった街を、初冬の寒風に「顔の脂肪気をすつかり脱き取つてしまはれるやう」に感じながら歩き続けていく。

このような内容において第一に注目すべきは、まず「貧といふものほど二人の心を荒くするものはなかつた」と書き出し、貧しさゆえの夫婦の亀裂を著しながら、続いて「貧といふものほどまた二人の間を親密にするものはなかつた」という、冒頭の一文の内容を逆にした反復表現で、夫婦の貧しさと密着度を印象づける構成であろう。切り詰めた生活がかえって情愛を深めあう若夫婦の〈褻《ケ》〉の姿との対照によって、歳末の神楽坂という〈晴《ハレ》〉の街並の華やかさが一層際立ち、舞台を神楽坂に置いたことの意味が浮上したところから、作品世界の幕が開くのである。

また、作中の「二人」のうち、〈妻〉には「お里」という固有名詞が与えられるが、〈夫〉は最後まで〈夫〉という普通名詞で登場する点にも注目したい。この表現の相違によって、この小説が、あくまで妻の側から夫婦の心理的葛藤を描いたものであることが暗示されている。

そして、小説の大事な小道具となっているのは、やはり「半襟店の小さなシヨウウインドウ」に飾られた〈半襟〉であろう。

江戸の元禄時代以降、江戸幕府は、町人の贅沢と華美な生活を取り締まるため贅沢禁止令（奢侈禁止令）を発令した。そのため町人は、着物の下の襦袢に贅を尽くすようになり、この襦袢に、汚れたら付け替える「そぎ襟り」というものが掛けられた。最初は無地だったが、その後、唐草・麻の葉・紗綾形などの小紋染め、絞り、刺繍したものが流行するようになった。そして明治・大正は、この半襟の装飾効果が存分に発揮された時代である。和服の着付けも、染め柄や刺繍を施した半襟を、帯につぐ装飾品として幅太く見せる工夫をした。大正初期には特に刺繍襟が流行り、その専門店も出来た。半襟は明治・大正の女性のお洒落の原点であり、女性への贈答品として最も喜ばれたという。〈半襟〉は、女性の憧れであるとともに、男女の仲を取り持つ、重要なグッズだったのである。

水野仙子の作風は、明治末期の自然主義の代表的作家として活躍した前期、川浪との結婚後、充足されない男女の愛の相克を描き心理主義に傾いた中期、夫と同じ肋膜炎に罹り常に死と向きあうことで、矛盾を抱えた人間と現実を肯定し他者の心に優しく分け入る「白樺派」的心境と客観的視点を獲得した後期に分類される。[注(1)] そして「神楽坂の半襟」を含む中期の作品に関しては、「自分の持つてゐるものを現はすために不必要な多くの道具立てに依ろうとした所が見える」[注(2)]「歌舞伎役者が新派の芝居にでたやうな、わざとらしさを感ずる」[注(3)]と、同時代の評価は概して高くない。だが、「神楽坂の半襟」の〈半襟〉と〈神楽坂〉は「不必要」でも「わざとらし」くもなく、この二つの組み合わせこそ、大正期の若妻の心理に華やかな色彩を与える絶妙な道具立てだったといえよう。現在、仙子の中期作品は「自然主義の束縛から逃れ、といって死とはまだ無縁のこの期、仙子は自分自身の「女」をひたすらに解剖し、その心理の襞《ひだ》を細部までも展げる。仙子の描く生身の女のなんと懐かしく鮮やかであることか」[注(4)]と、その血の通った「生身の女」の自然らしさが称えられている。
仙子が作家として活躍した明治末期から大正前半は、女性解放を掲げる〈新しい女〉という言葉が、揶揄と反感を込めてジャーナリズムを賑わした時代である。仙子も明治四十四年九月、結婚と同時期に発刊された〈新しい女〉の拠点である女流文芸誌「青鞜」の社員となった。だが、彼女は当時の心境を、次のように記している。

新しい女といふことが大分やかましくなつてまゐりました。けれど私達は初めからそれを白眼でみました。なぜならば、すこしもそれらの運動や宣言に共鳴を感じることができませんでしたから。ひそかに自分達の考へはもう古いのだらうと肯きました。さうしてその旧さに満足を感じ、光栄を感じました。吾々は覚醒せりと叫ぶひまに、私達はなほ暗の中をわが生命の渇きのために、泉に近い湿りをさぐる愚かさを繰りかへすのでした。私達はとてもあの人達のやうな自信と誇りを持つことが出来なかつた。決して現在の自らの心の状態を是認することが出来なかつた。

（「冬を迎えようとして—桜田本郷町のHさんへ—」大正三年十二月「新潮」）


「吾々は覚醒せり」と大声をあげる青鞜運動へのこのような反発と違和感は、裏返せば、暗の中で生命の渇きをいやす泉に近い湿りを探り続ける自己の「愚かな」作風が、実は同時代の女性心理の本質に近づく手段であることを信じる「仙子のプライド」[注(5)]でもあったろう。ヒロインお里が本心を隠して貞淑な妻を演じるという無自覚な偽善こそが夫との溝を深めてしまうことを、仙子は「神楽坂の半襟」で密かに訴えている。そして、時流に踊らされない独自の手法で、表面的な時代の変化の底に蔓延《はびこ》る〈女〉という体質の旧さを、見事に暴いているのである。

明治・大正の女の夢の結晶である半襟、それも大正期の山の手最大の盛り場神楽坂に飾られた半襟を手掛かりとして貧しい夫婦のもつれを描いたこの作品には、貞淑な人妻の可憐な夢の消滅を追う中で、東京の大正庶民の日常が生き生きと再現されている。お里が見た神楽坂の明るい燈とその周囲に広がる初冬の闇は、大正という時代の具象化であろう。
人生の一場面の女性心理の微妙な揺れを、淡々と、しかしきめ細かく写したこの短篇は、確かに「貧乏の現実を、さらに深めて解明していく契機」[注(6)]を見失った視野の狭さを持っている。が、社会構造や家族制度の矛盾や女性の地位向上を声高に訴えない、この作品の地味で手堅い描写と、口ごもるような哀愁が、かえって大正の闇の深さとお里の顔の脂肪気を奪った初冬の風の冷たさを、現実のものにしてもいるのである。

注1　有島武郎は『水野仙子集』（大正九年五月三十一日刊、叢文閣）の跋文「水野仙子氏の作品について」で、仙子の芸術的生活には「當時文壇の主潮であつた自然主義の示唆が裕かに窺はれる」一期、「世相を輕い熱度を以て取り扱つて、そこに作家の哲学をほのめかさうとした」二期、「正しい客観的視覚を用ゐて、自己を通しての人の心の働きを的確に表現しようとした」三期があると指摘している。
2　注1と同じ。
3　今井邦子「水野仙子さんの思ひ出」（『明治文学全集』八二、一九六六年九月刊）
4　尾形明子『復刻版　水野仙子集』（二〇〇三年九月刊、不二出版）解説
5　伊原美好「水野仙子「神楽坂の半襟」から見えてくるもの」（『大正女性文学論』二〇一〇年十二月刊）
6　榎本隆司「自然主義と女流文学」（「国文学解釈と鑑賞」昭和四十七年三月号）

9 〈神田学生街〉の男女――芥川龍之介「葱」の方法

「葱」の視覚的魅力について

〈失敗作〉として長年〈定評〉のあった芥川龍之介の短篇「葱」（『新小説』大正九〔一九二〇〕年一月）は、近年、語り手「おれ」を作中に度々登場させる手法を巡って新鮮な論が展開されるようになった。また、「合理主義とセンチメンタリズム」という近代主義の二つの極を持つお君さんの造形によって、「文明批評としての近代主義批判[注(1)]」を試みた作品とする論も出されてきた。さらに、「『葱』は決して悪作ならず」（大正九〔一九二〇〕年三月一日付、南部修太郎宛書簡）という芥川の言葉に注目し、「葱」には「作家としての「人間苦」に満ちた「実生活」を「芸術的感激」と共にたくましく前向きに生きていこうとする芥川自身の姿勢があった[注(2)]」とする解釈も見られた。

最近の研究者を刺激するこのような技法やテーマ上の問題はさておき、研究を離れ虚心に「葱」と向き合った時、この短篇を長年の〈定評〉通りの失敗作として一蹴してしまうのは、少々無理があるのではなかろうか。いやむしろ芥川文学の重要な特色である絵画的場面がくっきりと脳裏に焼きつく好短篇の一つとして、愛読する人も多いのではと考える。著名な米国の日本文学者ジェイ・ルービンも「私にとって最高と思えるもの、そして代表作と思えるもの、（略）わかりやすく――普遍的で――一本立ちできる」[注(3)]ものという基準で編んだ『芥川龍之介短編集』（二〇〇七年六月三十日、新潮社）に「葱」を選んでいる。確かに同時代には、「五六年前の万朝の懸賞小説を思はせるやうな、極めて極めて軽いものだ。（略）勿論あれを読んでも解る通り、雑誌の編集者から攻め立てられて仕方なしに書いた間に合わせものだろう。（略）作者が二度と繰返して書くべき性質のものではない」[注(4)]という酷評が存在した。だが、この酷評は、「締切に追われて一気呵成に描き上げた小説」という作中の「おれ」の言葉を、作者芥川の言葉と同一視する、作品世界の自立性を理解できない〈批評以前の批評〉でもあった。その後の「気軽な作品」[注(5)]、「作品の出来はもう一つ」[注(6)]という研究者の言葉も、詳細な作品分析を通してのそれではなく、「発表当時からあまり高い評価を得てきた作品とは言い難い」[注(7)]「葱」の、失敗作としての〈定評〉に呪縛されたものと推量することも出来る。

だが「葱」は同時代にも「私はかういうものはなんら小面倒《こめんどう》な理屈《りくつ》なしに面白く読み得るのである。葱によって安価な空想が破られる筋は、少し陳套なやうな気がするけれど、真面目臭つた態度で下らぬことを書いて、それが芸術だと思つている者の多い現代においては、むしろ無条件に歓迎してよい小説であると思う。[注(8)]」という好意的な評価を得ている。また三好行雄は「葱」を、大正七、八年当時〈芸術家としての死〉に瀕していた芥川が、「「秋」にいたる模索の端緒」として試行した「あの頃の自分の事」（大正八年一月）、「私の出遭つた事」（のちに「蜜柑」と「沼地」、同年五月）、「路上」（同年六月～八月）という現代小説群の「最初の成功」作と規定して、次のように評している。

〈神田神保町辺の或カッフェ〉の可憐な女給仕、お君さんの愛すべき〈サンティマンタリズム〉と〈娑婆苦〉とに皮肉な眼をむけた短篇だが、葛藤にとぼしい心理と感情の劇を織りながら、いわば上澄みをかすめとって、人生の哀歓に触れた抒情をふとただよわせている。明らかに「秋」の先蹤である。

（「ある終焉――「秋」の周辺――」『芥川龍之介論』昭和五十一年九月、筑摩書房）


同時代の「小面倒な理屈なしに面白く読み得る」小説という感想と、三好行雄の「葛藤にとぼしい心理と感情の劇を織りながら、いわば上澄みをかすめとって、人生の哀歓に触れた抒情をふとただよわせている」という解説は、「葱」という小説の魅力を同じ方向から語っている。つまり「葱」は、「小面倒な理屈なしに」、カフェの女給お君さんの可憐さや愛すべき〈サンティマンタリズム〉に微笑を送りつつ、その背景に漂う「人生の哀歓に触れた抒情」を味わう現代小説として捉えられるという読みである。いやむしろこの読みこそが、芥川文学の危機や手法の転換などには関心のない一般読者が、「葱」に感じる自然な解釈といえるだろう。

そしてこの理屈とは無縁の「人生の哀歓に触れた抒情」を鮮烈に視覚化したのが、葱を片手に下げたお君さんが〈路上〉で嬉しそうに微笑むのを、ランデブー相手の田中君が悄然と眺める「葱」収束部の光景であった。一般読者はこの対照的な若い男女の〈路上〉の立ち姿によって「葱」という作品に感興を覚え、「葱」という題名に共感するのである。そしてそのヴィジュアルな感興と共感は、基本的には「牛車の中で炎に包まれる美しい上臈」（「地獄変」）や「焦げ破れた衣のひまから」露れた「ろおれんぞ」の「清らかな二つの乳房」（「奉教人の死」）や「横須賀線の車窓から子どもたちの上に投げられた幾顆の蜜柑」（「蜜柑」）や「南京の娼家で日本人の旅人に向けられた宋金花の晴れ晴れとした笑顔」（「南京の基督」）と同次元の魅力として、芥川の読者に受け取られてきたと想われる。

私は本論に置いて、技法やテーマという研究的価値を抜きにしても芥川文学の魅力を充分に湛えている「葱」を、もう一度、芥川の愛読者という立場に立って、検証してみたいと思う。恋愛小説を読んで恋愛を夢見た少女お君さんの可憐さは遠い昔に失くしてしまったが、芥川文学を読んで文学に憧れた初心に返り、歴史小説にも共通する絵画的場面が、何故「葱」では〈路上〉のカップルの姿として描かれたかということを通じて、芥川の現代小説の特色を探ってみたい。最近の「葱」論で注目される「作中に度々登場する〈おれ〉の意味」も、「葱」の持つ視覚的魅力から考察していきたい。

「葱」初出の冒頭について

初出と同じ大正九年の一月に、芥川は作品集『影燈籠』（大正九〔一九二〇〕年一月二十八日、春陽堂）に「葱」を収録している。この初版本の「葱」が現在の定稿となっているが、初出時には、冒頭に、次のような長い一節が加わっていた。

漢の大將韓信は、兩手を腰に組みながら、帷幕の中を歩いてゐる。夜は既に更け渡つて、かすかな蟋蟀の聲の外に、陣営の静かさを擾すものはない。いや、此處に燃えてゐる一盞の燈火の光さへ、餘りの静かさに気厭されたせいか、次第に陰々と暗くなつて、おごそかに金甲を鎧つた彼の姿も、今では唯影の如く朦朧と見えるばかりである。趙の成安君陳餘は、遂に廣武君李左車の計を用ひなかつたらしい。が、二十萬の趙軍は、夙に壘を堅うして、漢軍の來り攻めるのを待つてゐる。この敵を破るのは容易でない。彼はかういう問題に悩まされながら、今夜も遅くまで帷幕の中をあちらこちらと歩いてゐた。が、その内に何かふと心に浮んだ策があつたのであらう。韓信は急に足を止めると、會心の微笑を漏しながら、腰に組んだ兩手を解いて、帳前の銅鑼を三度鳴らした。誰か來いと云ふ相圖である。と同時に燈火の丁子が落ちて、おごそかに金甲を鎧つた彼の姿は、帷幕の中を罩めたうす暗から、神の如く鮮に浮かび上がつた。――と書き出すと、おれもさも歴史小説らしいが、そんなものを書く量見は毛頭ない。實は唯その時の韓信の如く、おれも新年號の小説を書く為に、七転八倒の苦しみをしたと云ふ事を、書きさへすれば好いのである。さうしてこれ又その時の韓信の如く、やつとおれの思ひついた一策が、背水の陣だつたと云ふ事を書きさへすれば好いのである。

「あまりに仰々しい」注(9)歴史小説風の書き出しを選びながら、その後に「歴史小説」を「そんなもの」と呼び、それを「書く気は毛頭ない」と続ける文脈には、自作の歴史小説の「パロディを自ら行って見せるユーモア」[注(10)]意識の影に、「葱」執筆当時、自らの歴史小説的表現を風刺してまで歴史小説からの脱皮を願った芥川の深刻な焦慮が見られよう。そして、「地獄変」や「戯作三昧」を著した芸術至上主義の歴史小説家として韓信のような名声を獲得すればするほど、芥川は「おごそかに」〈歴史小説〉という金甲を鎧つた自身の姿が、文壇で次第に「唯影の如く朦朧」としてくる強迫観念に囚われていったのだろう。「二十萬の趙軍」となって芥川を攻める大正七、八年の「恰も戦国時代の群雄の如き」（「大正八年度の文芸界」）文壇に対し、「背水の陣」を敷いた芥川の試みが「葱」だったのである。
五島慶一はこの「背水の陣」を、当時台頭してきた「通俗小説」を「度外視する」芥川が、あえて「通俗小説」的要素をヒロインお君さんの造形に持ち込み、お君さんと語り手「おれ」との距離によって「葱」で「通俗小説」を試みたことと解釈した。[注(11)]また大西永昭は、「小説の書き手自身に視線を向ける」メタフィクション的構造と「出版資本主義」を「利用することでしか実現できない表現を試行することで」、「芸術」と「生活」の二項対立を脱しようとする「実験的〈売文〉小説」を実現したことと分析した。[注(12)]
五島、大西両氏の論考は、「葱」執筆当時の〈時代〉に深い目配りがなされている。つまり、五島は芥川が「反通俗小説」を試みねばならない程、社会が「通俗小説」を歓迎し始め、文壇にも通俗小説めいた作品が増えつつある実態を、大西は、「新聞・雑誌という発表媒体が持つ制度的な影響を作品が受けざるを得な」くなった状況を、各々の論の起点としている。この「通俗小説」が流行し、新聞・雑誌というマスメディアと小説の性格が密接に結びつき始めた大正中期の社会状況を背景として、

「葱」の幕はあくのである。

〈活動写真〉的描写法について

『影燈籠』掲載以来の現行の「葱」は、「締切日を明日に控え」「一気呵成に小説を書か」ねばならなくなった作家の「おれ」の登場から始まり、小説を書き上げた「おれ」の感想で終わる。芥川得意の枠組み小説である。だがこの枠組み小説は、近年の研究者がその技法に注目するように特異な形態をとっている。つまり、作品の語り手である「作者」「僕」「自分」が「誰かから聞いた話」としたもの（「片恋」「西郷隆盛」「春の夜」）や、その変形として誰かの話を聞かされながら、その話が聴き手の「私」も巻き込んでいくか（「妖婆」）「私」にも関係してくるもの（「妙な話」）ではなく、「おれ」はお君さんと接触することなく、しかし枠組み内の話の中にも度々顔を出して、作中人物の容貌や心理や行動を説明し、感想を述べるという形態である。語り手の意見や解説が作中に挿入される表現は芥川の歴史小説ではおなじみであり、江戸戯作から二葉亭四迷「浮雲」初編にまで続く〈語り〉の伝統でもあるが、この手法が戯作風の文体にではなく、内容、表現ともに〈モダン〉を描く小説に使用される時、そこには、〈活動写真〉の映写機となって物語全体を俯瞰するような、新鮮な視覚世界が現出する。また、ストーリーを語る「おれ」の声と「物語」の場面をだぶらせる、映画手法での〈ボイス・オーバー〉的効果も付加される。勿論当時は無声映画であるから、「おれ」の声は、まさに日本の〈語り〉の伝統を継承した活動弁士の声ともいえるだろう。

例えば、「カッフェ」におけるお君さんを描いた後、「おれ」の〈語り〉は「ではそのお君さんの趣味と云ふのが、どんな種類のものかと思つたら、暫くこの賑かなカッフェを去つて、近所の露地の奥にある、或女髪結の二階を覗いて見るが好い」と、作中のお君さんを置き去りにしたまま、読者の視線を一気にお君さんの下宿に向けさせる。そしてお君さんの部屋の様子を、窓からの光景、机、置かれた書物、茶箪笥、壁に貼られた雑誌の口絵と、あたかも映画のショットのように描写する。あるいは、その部屋の中で恋愛に苦しむお君さんを語った後、「ではお君さんは誰に心を寄せてゐるかと云ふと――幸お君さんは壁の上のベエトオフエンを眺めた儘、暫くは身動きもしさうはないから、その間におれは大急ぎで、ちょいとこの光栄ある恋愛の相手を紹介しよう」と、ストップモーションのような手法も使っている。そして恋愛相手である田中君の人物像を述べた後、「おれが書くのはもう真平御免だ。第一おれが田中君の紹介の労を取つてゐる間に、お君さんは何時か立上つて、障子を開けた窓の外の寒い月夜を眺めてゐるのだから。」と、ナレーションにお君さんの行動をだぶらせる。また、「瓦屋根の上の月の光は、頸の細い硝子の花立てにさした造花の百合を照らしてゐる。（略）さうして又お君さんの上を向いた鼻を照らしてゐる」とクローズアップのカットを重ねる技法も用いている。さらに、田中君との明日の逢引を想って轟くお君さんの胸の内が「橄欖《かんらん》の花の匂ひの中に大理石を畳んだ宮殿では、今やミスタア・ダグラス・フェアバンクスと森律子嬢との舞踏が、愈佳境に入らうとしてゐるらしい」と、いかにもハリウッド映画の豪華な一場面のように、お君さんの立ち姿と二重写しで描写される。

芥川は、自伝的作品「少年」（大正十三〔一九二四〕年）や「追憶」（大正十五〔一九二六〕年）で、幼少期に大川端の二州楼で〈活動写真〉を観た思い出を語っている。青年期には、デンマーク映画「アトランティス」（大正五〔一九一六〕年、帝劇封切り）を観たこと（大正五年八月一日付、山本喜誉司宛書簡）を友人への書簡で告げ、「此頃は時々活動写真をみにゆく。今日はポオマルシェのフィガロをみに行つたのだ。古いフランスの喜劇は鷹揚でいい　フィガロが小姓と二人でギタアをひきながら月夜にセレナアドをうたふ所なんぞはしみじみしてゐた」（大正五年付〈年月推定〉、山本喜誉司宛書簡）と〈活動写真〉への関心を述べている。その後も「カリガリ博士の部屋」（一九一九年制作、日本公開は大正十〔一九二一〕年）や「ゲニーネ」（一九二〇年制作）というドイツ表現派の映画を観ている。

芥川の生涯が映画の誕生から発展への過程に重なるとして、芥川と映画との関係を詳細に論じた安藤公美は、芥川の「片恋」「影」など「一連の映画を引用する小説の表現が、一九一〇年代後半から興った日本の「純映画運動と不可分な〈映画的〉表現」[注(13)]に通じると指摘した。また「純映画運動」の興る「一九二〇年前後に映画に対する人々の認識の制度が変化」すると同時に「小説の中に『映画』性を見出す読者」が誕生したと説く寺内信介の論[注(14)]も紹介した。

「純映画運動」とは、それまで演劇から自立していなかった映画を「欧米の劇映画形式（純映画劇とよんだ）へ転換する運動」のことで、その目的は「弁士の廃止と撮影・編集による独自な表現形式の追求、女形の廃止と映画女優の採用、内容の同時代への適応であり、世界に通用する日本映画の製作を目的とする近代化運動」（千葉伸夫）であった。[注(15)]

安藤公美は、「映画を引用する」芥川作品を〈映画的〉と論じることへの危惧も語るが、「葱」は「片恋」や「影」のように「映画を引用した」作品ではない。しかし、まさに一九一〇年代後半から興った「純映画運動」と重なる時期の作品であり、ヒロインお君さんは「活動写真に出る亜米利加の女優メリイ・ピックフォードに似ている少女である。又彼女は女給勤めの疲れを、『不如帰』を読んだり、造花の百合を眺めたりしながら、新派悲劇の活動写真の月夜の場面よりもサンティマンタアルな、芸術的感激に耽る」ことで癒す女性でもある。

つまりお君さんは、当時注目され出した西欧の芸術映画や日本の「純粋映画」のヒロインではなく、あえてハリウッドや新派悲劇の通俗的〈活動写真〉の主人公に重ねて造形されることで、「葱」の〈活動写真〉的叙述を一層効果的にする存在だった。いわば「葱」は、「影」のようにシリアスな〈映画的〉作品ではなく、「純映画運動」以前の邦画の通俗性や娯楽性を残しつつ、芥川が欧米の映画鑑賞によって身に付けた技法も駆使する、芥川流〈活動写真〉と呼べる短篇だったのではなかろうか。

「葱」の背景となる大正八（一九一九）年以前、日本の映画界では既に多くの〈活動写真〉が制作され、浅草六区を賑わしていた。例えば、女形役者として日活向島撮影所で人気を博した衣笠貞之介が大正七、八年に出演したものだけを挙げても、「生ける屍」（トルストイ原作）という「純粋映画」を除き、他には「暁」（岡本綺堂原作）、「金色夜叉」（尾崎紅葉原作）、「続金色夜叉」（長田幹彦原作）、「黒水晶」（渡辺霞亭原作）、「乳姉弟」（菊池幽芳原作）、「夕潮」（長田幹彦原作）、「侠艶録」（佐藤紅緑原作）、「子煩悩」（伊原青々園原作）、「女一代」（柳川春葉原作）、「恋の浮島」（江見水蔭原作）――以上大正七年――、「不如帰」（徳富蘆花原作）、「新野崎村」（伊原青々園原作）、「新橋情話」（小島孤舟原作）、「新聞売り子」（菊池幽芳原作）、「野蛮人（吾妻照之助）」（江見水蔭原作）、「己が罪」（菊池幽芳原作）——以上大正八年——、などが数えられる。ここに列挙した映画の原作者はほとんど、明治、大正期に通俗的家庭小説を新聞というメディアに掲載して大衆に迎えられた作家である。特に芥川に「氏の創作が所謂通俗小説の領域に存する以上、且又その通俗小説が花袋氏などの長篇より更に非芸術的である以上、此処には多くを語るべき必要を見出さない」（「大正八年度の文芸界」）と文壇での存在を無視された元耽美派の〈情話作者〉長田幹彦の原作が二つもあることは興味深い。

芥川は、「通俗小説」が流行り、マスメディアと小説の内容が密接に結びつき、映画にも芸術性が要請され始めた大正八年の暮れに、「通俗小説」を原作とする日本の〈活動写真〉風女優お君さんを造形し、彼女を欧米映画から学んだ映画的手法で描写することによって、鮮やかな視覚的短篇を試みたのである。「作中に現れる〈おれ〉」も芥川が監督する〈活動写真〉の弁士と仮定すれば、「葱」は、「弁士と女形を排し、撮影・形式の独自の表現形式を追求し、内容を同時代に適応」させることをめざした「純映画運動」の一面を取り入れつつ、弁士や通俗性という大正期〈活動写真〉の特徴は巧みに残した、〈活動写真〉的短篇と考える事ができよう。

お君さんの通俗性について

通俗的〈活動写真〉のヒロインとして造形されたお君さんは、「おれ」によって次のように紹介される。
「神田神保町辺」のカッフェの女給仕で、年は十五、六歳。色白で眼が涼しく、「髪をまん中から割つて、忘れな草の簪をさして、白いエプロンをかけて、自働ピアノの前に立つてゐる所は」竹久夢二の画中の人物が抜け出したようで、カッフェの常連は彼女に「通俗小説」という渾名をつけている。また簪の花から「わすれな草」、「活動写真に出る亜米利加の女優に似てゐるから、ミス・メリイ・ピックフオオド。このカッフェに欠くべからざるものだから、角砂糖」など、様々な愛称で呼ばれている。ミス・メリイ・ピッグフオオドに似た通俗的〈活動写真〉のヒロインであると同時に、通俗小説の挿絵で人気を博した竹久夢二の画中の人物に似ていることから「通俗小説」とも呼ばれるお君さん。そんな通俗的美人の彼女の読書傾向は、次のように語られる。

（彼女の部屋の）机の上には、これも余り新しくない西洋綴の書物が並んでゐる。「不如帰」「藤村詩集」「松井須磨子の一生」「新朝顔日記」「カルメン」「高い山から谷底見れば」――あとは婦人雑誌が七、八冊あるばかりで、残念ながらおれの小説集などは、唯の一冊も見当たらない。

ここに記された書物については五島慶一の綿密な調査があり、それによると『新朝顔日記』は、伊原青々園作の小説（明治四十年刊、春陽堂）で、法学士尾形俊助と、女学校出の旧幕臣の娘加賀美静子の恋愛・結婚問題を「同時代の社会事件や新風俗」を背景として描く「通俗的メロドラマ」注(16)だという。また、『高い山から谷底見れば』は、「『婦女界』『主婦之友』に執筆し、「新風俗を描いてユーモア小説の草分けとなった」[注17]大衆作家奥野他見男のエッセイ集だと説かれている。
そして徳富蘆花著『不如帰』（明治三十三〔一九〇〇〕年一月、民友社）は、川島男爵の長男で海軍少尉の武男と陸軍中将片岡の長女浪子が、家族制度と結核と戦争のために引き裂かれる悲劇である。衣笠貞之助が浪子を演じる前述の〈活動写真〉「不如帰」（大正八年）以前にも、明治四十〔一九〇九〕年頃から数多く映画化され、「金色夜叉」と並んで大衆に受ける〈新派悲劇〉の代表作でもあった。「大正から昭和初期にかけては新派は不振」（武蔵野次郎[注18]）という状況の中で、舞台に変わるものとして、「不如帰」のような「新派の古典」を原作とする〈活動写真〉が、いまだ旧弊な道徳にしばられて生きる巷の紅涙をしぼり、その〈活動写真〉への共感が、庶民も小説「不如帰」に関心を寄せるきっかけをつくっていた。
また五島慶一は、お君さんの蔵書にある『松井須磨子の一生』と『カルメン』とは、大正八年一月五日、有楽座の「カルメン」公演中に、島村抱月の後を追い縊死した松井須磨子に関する書物『松井須磨子の一生』（秋田雨雀・仲木貞一『須磨子の一生　恋の哀史』大正八〔一九一九〕年一月、日本評論社出版部）と、『カルメン』（布施延雄訳「エルテル叢書」大正八〔一九一九〕年三月、新潮社）だとして、芥川の「〈同時代〉を作中に挿入する姿勢」に注目した。[注19]
お君さんの机上の書物として他に「婦人雑誌が七、八冊」あるが、ここでの「婦人雑誌」も、先述した読書傾向から鑑みて当然、進歩的知識階級を対象とする「婦人公論」（大正五〔一九一六〕年一月創刊）や家庭婦人向けの実用記事を売りとする「主婦の友」（大正六〔一九一七〕年二月創刊）ではなく、センチメンタルで通俗的な恋愛小説を満載するものだったことが推量されよう。

　このような「お君さん的趣味」を検討して、彼女の「芸術的色彩」の通俗性を述べた五島慶一の論は大変説得力がある。だが、ここでその容貌、趣味ともに「通俗」と規定したお君さんへの「おれ」の視線は、作品の結末で彼女一人を「「批評家」のもとへと突き出」す冷めたものではない。何故なら「おれ」は、芥川が制作した通俗的〈活動写真〉の弁士として、「葱」を片手に下げ無邪気に微笑むヒロインお君さんのビジュアルな魅力を、最後まで観客（読者）に伝えているからである。そして、その後も誘惑の多いだろうお君さんの日々に想いを馳せ憂鬱になりながらも、田中君とのランデブーに向かう時のお君さんのように「いそいそと」、書き上げた作品を「批評家」のもとへ提示し、その「通俗性」への批判をお君さんと共有しようとしているからである。だからここでの「左様なら。お君さん」という言葉は、「おれ」が「通俗小説」の具象化としてのお君さんと交わす別れではなく、「おれ」が語った〈活動写真〉の如き通俗的短篇を、メリー・ピックフォードのような、また竹久夢二の挿絵のような通俗的美人お君さんに準え、その魅力を理解できないだろう高尚な「批評家」への揶揄も込めて、文壇に送り出す挨拶となっているのである。

お君さんの魅力について

お君さんはお松さんという同僚が「尋常小学を出てから、浪花節を聴いたり、密豆《ママ》を食べたり、男を追つかけたりばかりしてゐ」ることを内心軽蔑している。しかし、十五、六でカフェの女給仕をしなければならないお君さんも実家は貧しく、その学歴は尋常小学卒か、よくて高等小学校卒であろう。例えば大正半ばに十五、六歳で浅草のカフェで女給をしていた「痴人の愛」（大正十五年）のナオミは、浅草近くの「貧民窟」出身だった。お君さんが女髪結の二階に下宿していることを考えれば東京近郊の貧家出身であることも想像できる。そんな彼女が、たとえ〈活動写真〉や大衆演劇で親しんでいたにしても、日清戦争の戦闘場面も描かれた文語調の「不如帰」を愛読して浪子に慰問の手紙を書き、韻文の伝統を継承した「藤村詩集」を読んでいるという設定には、彼女の芸術的趣味を揶揄するだけでない、彼女の健気な向上心に対する「おれ」の敬愛も見出される。
男性客への性的サービスが一般的となる前の大正中期のカフェの女給は、「ナイフやホークの磨きや、客室の掃除、コック部屋の下働き[注(20)]」を交代でして、普段は酒、洋食、珈琲を運ぶウエイトレスだった。勿論、大正四年頃から始まった和服に白いエプロンの可憐な姿は、その女給が美少女だった場合は店の看板となり、彼女を張りに来る客でそのカフェは繁盛した。また、「お君さんとお松さんとは、祝儀の収入が非常に違ふ。」とあるように、女給仕は、雇い主からの固定給よりも、チップの報酬で働く場合が多かったという。[注(21)]
女給とカフェ営業者との間に「事実上、何等の雇用関係が結ばれていない[注(22)]」不安定な職場で働きながら、お君さんは第一次大戦後の物価暴騰の中で「間代、米代、電燈、炭代、醤油代、新聞代、化粧代、電車賃」に悩まされつつ、「藤村詩集」の恋愛や「不如帰」の夫婦愛を守ろうとしているのである。

芥川には「芥川龍之介」が、若い女性の私信を日比谷公園で拾う「文放古」（「婦人公論」五月号、大正十三〔一九二四〕年）という短篇がある。そしてその女性の手紙の「この市の知識階級はやつと徳富蘆花程度」という一句に着目し、この地方婦人を「一知半解のセンティメンタリスト」と罵り、「そんなことをいう暇があったら自活の道を見つけよ」と忠告している。芥川には元来、女学校出や女子大出の中流女性は風刺的に描き、娼婦や女給という下層女性を可憐に描写する傾向がある。それにしても、大正の婦人雑誌に溢れていた書簡体小説や投稿欄の影響が見られる「お君さんの」感傷的な「浪子さんに与ふべき慰問の手紙」には「おれ」も「サンティメンタルになり兼ねない」と同情を示し、女学校出の未婚女性の私信には残酷な批評を下す芥川の筆法を比較する時、そこに「葱」で描きたかった世界が明確に浮上してくる。それは、通俗趣味の中で自足し通俗的美人に甘んじながら、「通俗」と「高尚」などを意識しない必死の生き方が、自然に通俗性を凌駕してしまうような「お君さん」的世界である。

「葱」収束部の印象的な〈路上〉の光景は、まさに、この通俗的美人お君さんが、通俗性を無意識に乗り越えた瞬間の、鮮やかなワンショットだったのである。

お君さんの恋愛について

お君さんの愛読する「通俗的」な書物には、一つのパターンがあった。それは描かれる女性が、「不如帰」や「新朝顔日記」のように華族や士族出身の有閑階級か、松井須磨子やカルメンのような破滅

大正期の神田・万世橋周辺
(『明治・大正・昭和の東京写真集成』より)

型ファム・ファタールだということである。だが、お君さんは、このどちらにも属さない。属さないからこそ、自分には未知の、しかし永遠に至りつけない世界として、結核の浪子夫人に同情し、松井須磨子の情熱に憧れている。芥川は、裏長屋のおかみさんが華族を描く通俗小説を愛読する不思議を説いているが、カフェの貧しい女給仕であるお君さんの恋愛への夢も、通俗恋愛小説と、通俗〈活動写真〉の場面を組み合わせた、まさに紛《まが》いの翡翠をちりばめた、芝居の書き割り世界として描かれていく。だから、その恋愛相手の田中君も、学生街神田のカフェにふさわしい誠実な大学生などではない。「詩も作る、ヴァイオリンも弾く、油絵の具も使ふ、歌骨牌も巧い、薩摩琵琶も出来る」才人だが、何一つ本職にはできない、まことにいかがわしい芸術家として登場する。そんな田中君がある年末の一夜に、お君さんをサーカス見物に誘う。しかし、これは口実で、実はこの日、田中君は純情なお君さんを待合に連れ込もうと目論んでいたのである。「処女の新鮮な直観」で田中君の「頗怪しげな正体」を薄々感じながらも真剣に田中君を愛し始めていたお君さんの運命やいかに！　ああ花の乙女の貞操の危機よ！　と通俗的〈活動写真〉の弁士が叫ぶ場面であろう。そして、この後、田中君に貞操を奪われ、淪落して波瀾の生涯を送るのが「通俗小説」のパターンである。だが、ここで芥川独自の、〈活動写真〉風短篇は、最も日常的な、ラブシーンには決して使われない「葱」という小道具を使い、お君さんの貞操を救う。「通俗小説」を原作とする大正期の〈活動写真〉を装いつつ、〈活動写真〉や「通俗小説」のステレオタイプが「実生活の如く辛辣な、眼に滲む如き葱の匂」によって小気味よく粉砕される瞬間である。
日々、生活苦に悩まされるお君さんは、田中君と師走の往来を歩く時、普段の〈娑婆苦〉を忘れ、完全に〈活動写真〉か「通俗小説」のヒロインになりきっている。

お君さんの眼にはまるで「不如帰」を読んだ時のやうな、感動の涙が浮んできた。この感動の涙を透して見た、小川町、淡路町、須田町の往来が如何に美しかったかは問ふを待たない。歳暮大売り出しの楽隊の音、目まぐるしい仁丹の広告電燈、クリスマスを祝ふ杉の葉の飾、蜘蛛手に張つた万国々旗、飾窓の中のサンタ・クロス、露天に並んだ画葉書や日暦——すべてのものがお君さんの眼には、壮大な恋愛の歓喜をうたひながら、世界の果てまでも燦びやかに続いてゐるかと思はれる。今夜に限つて天上の星の光も冷たくない。時々吹きつける埃風も、コオトの裾を巻くかと思ふと忽ち春が返つたやうな暖い空気に変わつてしまふ。幸福、幸福、幸福……

大正期の神田の賑わいが、〈活動写真〉の移動撮影のように、音と光と色彩によって伝わってくる描写である。そして、いつのまにか田中君とともに横町に入っていたお君さんは、そこの八百屋の店頭に「一束四銭」の札を見つけ、「さすらひ」の歌でもうたうような声で「あれを一束くださいな。」と告げてしまうのである。

「不如帰」の浪子のように、田中君との恋に酔いしれ、師走の街を歩くお君さん、松井須磨子演じたジプシー女が歌う「さすらひの歌」の声で、「葱」を買うお君さん、そしてその「葱」を下げてにこやかに、悄然と往来へ立つ田中君のもとへ戻ってくるお君さん、この「不如帰」↓「さすらひの歌」↓「葱」↓「哀れな田中君と嬉しそうに葱を持つお君さんの対照的な〈路上〉での立ち姿」というカットの組み合わせは、お君さんの浸っていた「通俗小説」とそれを原作とする〈活動写真〉を下敷きにしつつ、その両者を見事に風刺する、新しい視覚世界を生み出したのである。

芥川の現代小説におけるカフェと〈路上〉について

大正七年は、芥川が「戯作三昧」や「奉教人の死」によって歴史小説の頂点を極めた年だった。だがその年の暮れに芥川は既に、「毛利先生」（「新潮」大正八（一九一九）年一月）と「あの頃の自分の事」（「中央公論」同年同月）という現代小説を執筆している。この「毛利先生」は、神田駿河台のカフェで給仕たちに無償で英語を教える老残の教師〈毛利先生〉のことを、〈路上〉で「自分」が友人から聞くという話である。また「あの頃の自分の事」は、銀座のカッフェ・ライオン、歌舞伎座の立ち見席、帝劇のフィル・ハアモニイ会、友人の下宿などが描写された後、凩の吹き荒れる本郷の〈路上〉で、「どつちへ行こうかなと考え」る「自分」の姿で結ばれる作品である。
この「毛利先生」と「あの頃の自分の事」以来、芥川は現代ものにおいて、東京の〈路上〉とカフェを意識的に作中に登場させている。例えば、本格的に長編現代小説に挑戦し未完に終わった「路上」（「大阪毎日新聞」大正八（一九一九）年六月三十〜八月八日）は、題名自体が〈路上〉であり、作中に繁華な都心のカフェが描かれる。しかし、題名の割には、東京の路上風景はあまり見られない。明治四十年の東京を背景とした夏目漱石の小説「三四郎」の影響が見られる「路上」に著されるのは、大学図書館、大学近くの喫茶店「鉢の木」の二階、築地精養軒の音楽会場、本郷森川町の下宿、銀座尾張町から神田須田町までの市電の車内、東京駅構内、瘋狂院という屋内である。唯一の印象的な〈路上〉描写は、主人公の俊助がひそかに慕う辰子と電車で別れた後、興奮して日暮れの往来を歩く場面と、友人大井と、灯のともる繁華な通りを歩く場面である。そしてこの二つの〈路上〉風景の間に、次のようなカフェの描写が挟まれている。

彼はその通りの或珈琲店《カツフエ》で、食後の林檎《りんご》を剥いてゐた。彼の前には硝子の一輪ざしに、百合の造花が挿してあつた。彼の後では自働ピアノが、しつきりなくカルメンを鳴らしてゐた。彼の左右には幾組もの客が、白い大理石の卓子《テーブル》を囲みながら、綺麗に化粧した給仕女と盛に饒舌《しやべ》つたり笑つたりしてゐた。

「葱」のカフェ風景につながる描き方である。このカフェに勤める、子供らしく健康そうな女給仕「お藤さん」も、その素直で思いやりのある雰囲気が、どこかお君さんに通じている。

そしてその後、大井と一緒にカフェを出た俊助は、〈路上〉で大井から、看護婦の恋人と別れた顚末を語られ、「相手が自分に惚れると、その相手が厭になって別れを繰り返す」という大井の恋愛観を聴かされる。

「路上」という題名は勿論只の「道の途中」ではなく、大正のインテリ青年の人生行路の途上を象徴するものだっただろう。しかしそれにしても、この「路上」という作品では、いまだ印象的な〈路上〉風景が描かれないまま、作品は俊助の恋愛を〈路上〉に置き去りにして閉じられる。

それに対し「路上」に続いて書かれた現代小説「葱」は、葱を片手に下げたヒロイン「お君さん」が〈路上〉で嬉しそうに微笑むのを、ランデブー相手の「田中君」が悄然と眺める印象的な〈路上〉風景を描く短篇となった。

芥川は習作期にも、東京を舞台にした現代小説を書いている。柳川隆之介の署名で発表された「老年」と「ひょっとこ」である。だが、浅草橋場の茶式料理屋と隅田川に浮かぶ花見船を舞台とすることの二作は、〈明治末から大正初期に残存した江戸の匂いのする東京〉を著したものであり、その描写も室内や船中が中心である。そんな芥川が、大正七、八年に、歴史小説からの転換を図るため意識的に現代小説に取り組んだ時、〈現代〉を最も視覚的に伝えられるのが、大正期から東京の各地に増えつつあったカフェであり、都市風景が完成しつつある〈路上〉だと考えたのではなかろうか。

カフェも〈路上〉も人が離合集散する場所である。人と人が出逢い、すれ違い、立ち止り、一つの絵となり、そこから物語が生まれ、物語が消えていく。「葱」は「路上」で描かれるはずだった大学生とインテリ女性の恋の話ではない。神田の小さなカフェの幼い女給と、怪しげな芸術ゴロの話である。でもだからこそ、彼らは通俗という衣装をまとうことで、大正の〈路上〉に絵画として定着することが出来た。また「一束四銭の葱」という現実的小道具を媒介として、〈路上〉の埃風を、読者に伝える事が出来た。「路上」の失敗は、学生と令嬢と云う、いまだ〈路上〉の埃風をまともに受けずに暮す青年男女を、大正期の現代小説として描いたことにあったのではなかろうか。明治の「三四郎」のリアリティは、大正の〈路上〉には既に不調和だったのである。

三好行雄は「葱」を「秋」の先蹤のような作品と述べていた。「秋」もまた、作品の収束部で、人力車の窓を挟んで二人の男女が〈路上〉ですれ違い、そのすれ違いの場の絵画性が、読後にくっきりと胸中に残る現代小説だった。

さらに最晩年の芥川は、ほとんど〈路上〉だけのシネ・ポエム「浅草公園」と、銀座・日本橋の〈路上〉風景が重要な意味を持つ遺稿「歯車」を書いている。この二作品の〈路上〉風景は余りに暗く、逢い引きの最中に葱を買って、恋人に微笑むお君さんの明るさとは遠く隔たっている。だが、「葱」において視覚化に成功した現代小説の〈路上〉への思いは、「歯車」までしっかりと伝わって行ったはずである。

注1　山下明「お君さんの世界に見る大正的近代―芥川龍之介『葱』の総合読み」（「文学と教育」「文教研」第80号、一九七三年五月）
2　斎藤香「芥川龍之介「葱」論―龍之介と「ルスティッヒエヒストリエンー」（「同志社國文学」第63号、二〇〇五年十二月）
3　ジェイ・ルービン編・村上春樹序『芥川龍之介短編集』の解説「芥川龍之介と世界文学」。この解説の中でジェイ・ルービンは「葱」を「技法上の遊び心が見られる」「コミカルな力作」とし、次のように続けている。「ロマンチシズムと懐疑主義のどちらもが茶化され、小説を書くことの芸と仕事ぶりが惜しみなく披露される。まずヒロインの女性が、読者の心をくすぐるよう実に魅力的に描かれる。そしてしかも彼女は雑誌の締め切りに間に合わせるために作られた産物にすぎないということが繰り返し言及される。この二つの要素の調和は見事だ。ある箇所では、このヒロインが醸し出すロマンティックな世界に作者自身魅入られていることを嘆いたりしながら、最後は彼女が恋人の男、そして世の批評家たちの双方から押さえつけられてその処女性を失うことを憂いている。」（畔柳和代訳）
4　廣津和夫「新春文壇の印象」（「新潮」一九二〇年二月）
5　吉田精一『芥川龍之介』（一九四二年十二月、三省堂）
6　海老井英次『葱』解説（菊池弘・久保田芳太郎・関口安義編『芥川龍之介事典』一九八五年十二月十五日、明治書院）
7　友田悦生『葱』解説（関口安義・庄司達也編『芥川龍之介全作品事典』二〇〇〇年六月一日、勉誠出版）

8　太田善男「初春の文壇」（「読売新聞」一九二〇年一月十日）
9　注5と同じ。
10　注6と同じ
11　「左様なら。お君さん。――芥川龍之介「葱」と通俗小説」（「日本近代文学」第69集、二〇〇三年十月）
12　「戦略としての〈売文〉小説――芥川龍之介「葱」試論」（「日本近代文学」第80集、二〇〇九年五月）
13　『芥川龍之介　絵画・開化・都市・映画』（二〇〇四年三月二四日、翰林書房）
14　寺内伸介「小説と「映画」」（「待兼山論叢」二〇〇〇年十二月）
15　「純映画劇（運動）」解説（『大衆文化事典』一九九四年六月三〇日、弘文堂）
16　注11と同じ。
17　注11と同じ。
18　注15と同じ。
19　注11と同じ。
20　村嶋歸之『カフェー考現学』（一九三一年十二月、日日書房）、のち「大正・昭和の風俗批評と社会探訪」『村嶋歸之著作選集』第1巻（二〇〇四年十月二十五日、柏書房）
21　注20と同じ。
22　注20と同じ。
23　安藤公美「「文放古」の女性読者と男性作家―私信と公論、そして小説」、嶌田明子「或恋愛小説―或は「恋愛は至上なり」―論　恋愛小説を生産すること・消費すること」（両論とも「芥川龍之介研究年誌3」二〇〇九年三月）は、大正時代の婦人雑誌の傾向と読者像を、詳細に検討している。

10 〈浅草十二階〉という迷宮――犀星「幻影の都市」・乱歩「押絵と旅する男」

危うく妖しい高塔　十二階

明治大正時代、凌雲閣、通称十二階注(1)は、その影を映す瓢箪池とともに、浅草の象徴として、東京名所の絵葉書に必ず登場した。エッフェル塔が一八八九年にパリ万国博覧会の目玉として建設されたように、十二階は明治二十三（一八九〇）年の東京上野内国博覧会を当て込んで建てられた。その意味では、確かに開化の記念碑としての塔なのだが、一方でこの高塔は竣工当時から、煉瓦造りの堅牢さや進取性と裏腹の、「危うさ」と「妖しさ」を漂わせていた。

〈十二階〉はイギリス・エジンバラ出身のウイリアム・K・バルトンの設計により、明治二十三年十一月十一日に開業した。エジンバラ工業専門学校を卒業した設計師バルトンは、素人写真家としても名高く、日本の大学で写真研究室を設けていた。浅草第五区で写真館をやっていた江崎礼二もこの研究室に通っていて、十二階建設を思いつき、バルトンに設計を依頼した。当時、西洋らしさを出すため物見の塔屋を建物に載せることが流行していたこと、また高いところに人を乗せる施設が各地に造られていたことが、娯楽場としての十二階建設の動機だった。
開業時はエレベーターもあり、最上階の展望台には、三十倍の望遠鏡が備えてあった。二階から七階までは世界各国の風俗を模した四十六の売店、九階には美術品を陳列した。ただ「各国の風俗を模した売店」の大半は、浅草の名産品や東京の工芸品を売る店だったという。その意味で十二階は「垂直に立ちあがった仲見世」や「高く積み上げられた銀座の煉瓦街[注(2)]」という性格も持っていた。

浅草十二階（凌雲閣「東京名勝絵ハガキ」）

だがこの売店は流行らず、エレベーターも故障続きで、開業半年後の明治二十四年五月二十八日に操業停止に追い込まれた。それで長い螺旋階段を上る入場者を飽きさせないよう、四階から七階まで「百美人の写真」を展示する企画が始まった。著名な写真家小川一馬撮影の美妓百人の写真を飾り、入場者に美のコンテストを行わせたのである。写真家でもあるバルトンや江崎につながる企画だったといえよう。このイベントによって、十二階は、展望台から望遠鏡で下界の美人を探すという楽しみに塔内部の「百美人の写真」観賞が加わり、「美女を発見する塔」という性格が印象付けられた。

また明治二十七年六月二十日の「明治東京地震」では五階から七階まで亀裂が入り、八十日間の修復工事が行われた。その後地震のたびに人々は十二階の倒壊を案じた。[注(3)] いわば「物はいつか壊れる、という宿命を見る人々に喚起し続けた塔[注(4)]」だった。さらに明治二十七、八年の日清戦争以降は、薄暗い塔内に凄惨な戦場の油絵が並べられた。このような「危うさ」と「妖しさ」を持つ凌雲閣は、しりとり歌でも「高いは十二階　十二階は恐い　恐いはお化け　お化けは消える　消えるは電気」と唄われた。吉井勇は戯曲「浅草観音堂」に、十二階をしきりに恐がる「迷える少女」や塔内部の壁の汚染《しみ》に塔の涙を感じる「眠れる男」を登場させている。この戯曲が書かれた明治四十二（一九〇九）年には、一月に二十六歳の職人が十一階から、三月に十六歳の少女が七階から、七月に二十代後半の女性が九階から身を投げた。既に、誰の目にも触れず投身自殺ができるほど入場者の少ない、寂れた〈死の塔〉になっていたのである。

明治四十五年には塔下に余興演芸の常設館をつくり、九階で甘酒の無料接待をし、大正三年に六階までエレベーターを復活させるなどの経営努力が続けられたが、ついに創業時の賑わいを取り戻すことはなかった。そして大正後半の十二階は「始末にをへなくて、時の方があきらめをつけて、唯だ一つぽつねんとして取り残され[注(5)]」、「角力上がりのボケた爺さんと云つた体で唯ノッソリと立つてゐる[注(6)]」敗残の塔になり果てていた。

さらにエッフェル塔が空間に鉄骨を組み上げてパリの空気に同化しているのに対して、十二階は周囲を煉瓦で囲まれ、下足番に履物を預けて入場する密室空間だった。つまり街路から隔てられているという点で、パリという都市に溶け込んだエッフェル塔と決定的な相違があった。前述のように煉瓦造りの仲見世や銀座に類似する開化な商店街という性格を持ちながらも、仲見世が浅草の、煉瓦街が銀座の中核をなしているのに比べ、十二階は盛り場から煉瓦によって隔てられた異空間であり、浅草という現実の街と別次元に立つ異界でもあった。エッフェル塔が、第一次大戦で電波塔として重要な軍事的役割を果たし、二十世紀、二十一世紀とパリの歴史に参加していくのに対して、十二階は、煉瓦の壁に隔てられることによって、明治大正の浅草の激動から取り残され、人々の不吉な予感通り、大正十二年九月一日の関東大震災で崩壊していったのである。

このように十二階は、常に両義的なイメージとともに存在した。明治期に新奇な高塔として出発しながら、大正期には旧弊の代名詞的建物となった。眼下の景観を望遠鏡で見せ、写真によって客を呼ぶ近代的・西欧的娯楽性を備えつつ、提供する写真は美妓百人の肖像という前近代的なものだった。展望台からの明るい陽光とパノラマを楽しむためには、薄暗い塔内部に飾られた血みどろな戦場絵画の周囲を通り過ぎなければならなかった。浅草の象徴として絵葉書に登場しながら、密室空間として浅草の街路から遮断されていた。煉瓦建築の堅牢さを誇りつつ、いつも倒壊の怖れを人々に抱かせていた。聳える姿は男性的ながら、注(7)「美人を発見する塔」という女性的妖しさにも満ちていた。

この十二階の「危うさ」と「妖しさ」を核とする両義性を鮮やかに対象化した小説が、室生犀星の「幻影の都市」と江戸川乱歩の「押絵と旅する男」である。十二階が存在した大正期と、塔不在後の昭和初期に書かれたこの二つの作品によって、十二階という不可思議な高塔の正体と、この塔に託された犀星と乱歩の想いを探っていきたい。

池に映らぬ高塔　十二階　室生犀星「幻影の都市」

金沢から明治四十三（一九一〇）年五月五日に上京した室生犀星は、その夜すぐ友人に浅草に案内され、当時「六区の淫売窟」として有名だった〈十二階下〉を彷徨した。犀星の東京の第一印象は、投身自殺の名所ともなった明治末の無気味な十二階と、その下に蠢く娼婦たちの群れだったのである。この体験は当時二十歳の犀星に強烈な印象を与え、その後彼は浅草十二階周辺を、度々「都会の底の底」という言葉で表現することになった。注(8)
「幻影の都市」（「雄弁」大正十年一月号）もまさに、十二階とその周辺という「都会の底の底」としての浅草を舞台とした小説である。上京当時の自身を犀星は「質屋を覚え、飲酒を覚え、書物を売ることを覚え、遊びを覚え、気持ちの中に初めて烈しい都会をも発見し」た（「弄獅子」）と語っているが、この作品に描かれた「烈しい都会」の様相は、「まさしく近代的な意味での都市の発見」であり、「そこに近代人の憂愁と疲労をまじえた心理が影のようにさまよい、近代文明を象徴する都会のイメージがひろがってい」た。注(9)

この小説の主人公の「かれ」は、浅草を放浪していた頃の犀星を思わせる無名詩人である。「かれ」は、昼間は雨戸を閉めた下宿の密室で、呉服店やサイダアの広告画、あるいは婦人雑誌や活動写真の絵葉書に描かれた女を眺め、その女たちと街路ですれ違う現実の美人とをだぶらせて、孤独感を慰めていた。夕ぐれになると、下宿近くの花柳界をぶらついて、「何かしら色紙ででも剪って作りあげたような」芸者たちの艶めかしい姿と声に癒されていた。つまり「かれ」は、広告画や絵葉書の女性に現実の美女を重ね、生身の芸者に「色紙で作り上げた」女を想ってしまうような、虚構と現実の境界に自らの居場所を置く男として登場するのである。

そんな「かれ」はある冬の晩、人々が「電気娘」と呼んでいる不思議な女性と邂逅する。近所の使い走りで暮らす貧しい彼女は、「触れるとエレクトリックの顫動を感じるほど肉体に強い電気性を持ち、異常に青白い皮膚とすらりと高い背丈とちぢれ毛から、西洋人との「雑種児」を思わせる娘だった。そのような彼女と出逢う時、「かれ」は常に、「界隈にあるふしぎな十二層の煉瓦塔が」、目の前に黒ずんで「星を貫いて立っている」ように感じる。そしていつしか「電気娘」と十二階とを切り離しては考えられないようになっていく。

「かれ」が二度目に「電気娘」に逢ったのは、「苛苛した貧しさをたたえた」人々が佇む、浅草公園の池のまわりだった。その池のほとりで「かれ」は、水の上に映っている建物の窓々や、窓を覗く女たちの姿をながめる。そしてアメリカの映画女優アニタ・スチュワードの絵葉書が波打ち際に浮かんでいるのをみて、「電気娘」のことを思い出す。また「かれ」は池の底の、純金の指輪やいかがわしい絵画や、「両方から縛められ錘をつけられた男と女の人形」を想像し、「この都会の底の底の忌わしげな情痴の働きが、なおかつこの水中のなかに春のように濃く、あるものは燦然と輝いて沈められて」いることを夢想する。

その時、側を通った「電気娘」を、再び目撃するのである。「かれ」を見つけて微笑んだ彼女は、昼間の光で見ると一層「雑種児」の特徴を備えており、やはり塔の様に背高い姿で突っ立っていた。その後も「かれ」は、同郷の友人歳太郎たちの街頭音楽隊が池のほとりで警吏の目を盗んで演奏している姿に遭遇したりしながら、凍えるような雑踏の巷を、「幽霊のように」さまようのである。

そして或晩、「かれ」は初めて「十二階のラセン階段を上って行」く。まず九階では「明治四十五年十月五日武島天洋」という壁の落書きを発見する。この実在しない日付を認めることから、「かれ」は不可思議な塔内の時空に巻き込まれていく。

頂上の展望台で投身自殺したいという欲望を何とか抑えた「かれ」は、階を降りるごとに必ず番人がいて「淋しい時計がときを刻む」異様な迷路を辿っていく。その間、常に、誰かが後ろから歩いてくるような、反対の階段から誰かがぎしぎしと登ってくるような幻覚に囚われる。そして「絶え間なく影燈籠のようにくるくると廻っている」迷宮としての塔内を、ひたすら走り下りるのである。さらに、やっと地上に降り立って塔から締め出された瞬間、十二階が「あたかも四囲なる電燈の海にひたっているため、影というものがなく、周囲のすべてを拒否するように、呼吸《いき》をのんで立ちあがってい」る姿と対峙する。

それから間もなく「かれ」は、身重になった「電気娘」が塔の上から投身したことを聞き現場に駆けつけるが、死体は既に運ばれてしまっていた。「幾晩かのあとに[注(10)]」、「かれ」は、塔のふもとの投身自殺の現場で、再び歳太郎たち街頭音楽者の一団に出くわす。そして彼らが演奏を止めたあと、「かれ」と歳太郎は玉乗り小屋の前で死んだはずの「電気娘」とすれ違う。[注(11)]彼女を見て真っ青になった歳太郎の様子から「かれ」は、「電気娘」を妊娠させたのが歳太郎であることに気づく。その時「かれ」は、「背後に大きな重い十二階の建物がのっそりと立ちあが」る姿と、「射落された鴉のように」「塔の上から飛下する」自身の影を、衰弱した神経によって捉えるのである。

作中の「電気娘」は、背が高く混血を思わせる青白い容貌と強い電気性を持っているという描写によって、十二階の分身であることが暗示されている。明治大正期、電気は文明の象徴であり、「電気娘」という作者の命名には、開化の塔である十二階の化身としての女性を造形した意図が伺われる。前述の「しりとり唄」にも「十二階は恐い　恐いはお化け　お化けは消える　消えるは電気」と、十二階からの連想で、「恐く消えるモノ」としての電気が登場していた。そのような「電気娘」が現れる時、「かれ」は彼女の背後に、必ず十二階の存在を感じる。日本と西洋の血を受け継ぎ、裏街でその日暮らしをする惨めさとアメリカ女優を思わせる美貌を併せ持ち、「得体のしれなさ」を漂わせる彼女は、まさに十二階と同じ両義性を持つ、「危うく」「妖しい」存在だった。その上「電気娘」は、物語の最後で十二階から飛び降り、彼女の胎内に宿った新しい生命も消滅させてしまう。そんな「電気娘」の死様も又、新時代の東京と浅草から取り残され倒壊していった十二階の最期と重なるものだろう。
さらに、この「電気娘」は、十二階の展望台から飛び降りたい衝動に駆られた「かれ」自身の分身でもあった。「塔の上から落下する「射落された鴉のよう」な自身の影は、「電気娘」の投身の姿とも二重写しとなっている。虚構と現実の境界を彷徨う男として造形され、浅草の雑踏の底で自己分裂に陥っていた「かれ」は、浅草の歴史に置き去りにされた十二階や、その十二階に重なるように胎児と共に消えていった「電気娘」の哀しい生涯に、自身の悲惨な末路を垣間見てしまうのである。
またこの小説は、浅草公園の池に、密集する活動写真館や、その窓を覗く女たちを映しながら、浅草の象徴のような「瓢簞池の水面に映し出される逆さまの十二階」注(12)だけは決して描かない。前述のように、十二階は壁に囲まれた密室であり、浅草から隔離された異界として存在していた。そのような、現実の浅草と十二階との時空の相違を、犀星は、池に十二階だけは決して映さない、あるいは映らないという描写によって暗示したといえよう。注(13)
さらに作中の十二階は、浅草六区のきらびやかな電燈の海に浸っているため、「影というものがない」高塔としても描かれている。「影を持たない」存在とはつまり、存在そのものが「幻の虚像」と考えられる。壁に「明治四十五年十月五日」という実在しない年月を落書きされ、「寂しい時計」を階ごとに持ちつつ現実の時の流れを追うことも出来ず、いくら降りても同じ階に戻ってしまう迷宮としての塔内の様相は、十二階が、いかに近代の歴史から切り離された空虚な建物であったかを語っている。

「幻影の都市」は、近代の時空から離れ異界となっていた十二階と、その化身である妖しい混血美女との悲惨な末路を自己の未来像として幻視した無名詩人の心象を、幻想の都市風景に託した小説である。そして、この「池に映ら」ず影を持たぬ虚像としての十二階の形象によって、両義性に翻弄され空洞化していった日本独自の虚ろな「近代文明を象徴する都会」を、切実な危機感と共に訴えた作品でもあった。

時を止めた高塔　十二階　　江戸川乱歩「押絵と旅する男」

乱歩の「押絵と旅する男」(『新青年』昭和四年六月号)も、「幻影の都市」同様、十二階の「危うさ」と「妖しさ」を核とする両義性を、〈分身〉と〈謎の美女〉という媒体によって著した作品である。

江戸川乱歩は大正三年頃から浅草に通い出し、同八年には浅草オペラのスター田谷力三の後援会を主宰する程の浅草ファンになっていた。その後、乱歩は、「屋根裏の散歩者」「一寸法師」(大正十四年)「闇にうごめく」「モノグラム」「木馬は廻る」「鏡地獄」(大正十五年・昭和元年)などの小説で、度々浅草を作中に登場させている。特に「猟奇の果」(昭和五年)に「愛之助は、十二階を失い、江川娘玉乗りを失い、いやにだだっ広くなった浅草には、さして興味を持たなかった」という一節があるように、十二階の「奇怪なる魅力」(「猟奇の果」)には強く惹かれていた。

乱歩は「一寸法師」を発表した頃から自身のあくどい作風に嫌気がさし、心機一転をめざして昭和二年六月から、日本海沿岸と千葉の海岸を数か月放浪する旅に出る。その旅の途上、富山で蜃気楼を見た経験をもとに、そこに贔屓の浅草と十二階の情景を合わせて創作されたのが「押絵と旅する男」である。だから「押絵と旅する男」には、十二階とその周辺だけが描かれる「幻影の都市」と違い、三つの空間が描かれている。それは、蜃気楼見物の帰りの車中と浅草観音堂裏手の奥山、そして十二階である。

富山県魚津に蜃気楼を見に行った「私」は、上野へ向かう帰りの汽車の中で、大風呂敷を持った「西洋の魔術師のような」老いた「男」と乗り合わせる。その「男」は「私」に、風呂敷の中の「洋装の老人に振袖姿の美少女がしなだれかかる押絵」を見せてくれるが、それを見た「私」は「奇妙」な感じを抱く。なぜなら、描かれている二人が巧緻な押絵細工で出来ていただけでなく、古風な双眼鏡で覗くとまさしく「生きていた」からである。驚きのあまり茫然となった「私」に、「男」は、次のような不思議な物語を聞かせる。
絵の中の老人は「男」の兄である。明治二十八年の春、二十五歳だった兄は、浅草凌雲閣（十二階）から遠眼鏡で浅草寺境内を覗いていた時、眼鏡に映った美しい娘に一目惚れしてしまう。その後、恋煩いで痩せ衰えながら毎日どこかに出かけていく兄の後をつけた「男」は、十二階の展望台に立つ兄を見い出す。そしてそこの望遠鏡で、もう一度恋する娘を見つけた兄とともに、見世物小屋の並ぶ観音堂裏手にやってくる。すると、兄の探していた娘は現身の女でなく「覗きからくりの八百屋お七」だったことを発見する。注(14) だがどうしてもこのお七と語りあいたいと思った兄は、「男」に「遠眼鏡を逆さにして、そこから自分を覗いてくれ」と頼み、「男」がそのようにすると、遠眼鏡の中でスーッと姿を消してしまう。「男」の兄は、遠眼鏡の魔力によって、押絵の中の吉三に成りかわってしまったのである。

「その後押絵の中で、お七と兄は幸せでした。それから、東京から故郷に引っ込んだ父とともに私も富山近くで暮らしていましたが、三十年余りたって東京を兄にも見せてやりたくなり、こうして押絵と旅をしているのです。ただ最近は、いつまでも若いお七に比べ、人間である兄は絵の中で老いていくため、いつも悲しそうな顔をしています。」そう語り終わった「男」は、その押絵をまた風呂敷に包み、「押絵の老人そのまま」の後姿を見せて、山間の小駅に降りたち、闇の中へ消えていく。

このような内容の「押絵と旅する男」は、入れ子構造で書かれている。つまり、「「私」の語り」の中に、さらに、車中で出遭った謎の老人である「男」の語りが含まれるのである。「「私」の語り」で始まり、「「私」の語り」で終る枠組み小説となっている。

「私」の語りの特徴は、車中で押絵を持つ「男」と出逢い奇怪な話を聞くという体験を、「大気のレンズが創造した蜃気楼」を見た後の、「夢」か「一時的狂気」だったと強調している点である。そのような設定のため、「私」の語りは、この不思議な体験をした日時を明確にしていない。「いつとも知れぬ、ある暖い薄曇った日」の「靄の奥深く、黒血の色の夕焼けが、ボンヤリと感じられ」る頃、「親不知の断崖」という非日常の場所を通過する時、「私」は、押絵を持った奇妙な同乗者に気づくのである。そしてその間、窓外も「夢のよう」な舟の白帆が見え「幽霊のよう」なそよ風が吹く怪しげな情景となり、現実から遊離した時空が構築されていく。

さらに「私」の体験を「夢」か「狂気」に近づけるため、二等車には、「私」と「男」の二人しか存在させていない。「二人だけを取り残して、全世界が、あらゆる生物が、跡形もなく消え失せてしまった」車内は、どの駅からも乗降客がなく車掌もこない異界となっている。宮沢賢治の死者だけが乗る「銀河鉄道」を思わせる空間でもある。近代化の象徴だった鉄道の車内は、日常では決して出逢わない者同士を長時間同席させ、人々の生き方を一変させるきっかけとして、よく近代文学の舞台とされたが、[注(15)]この車中は見知らぬ同士の邂逅どころではない、魔との遭遇の場に設定されている。

作品の枠組みとなる「「私」の語り」が日時を明確にしないのに対して、「「男」の語り」は「身の上話」という言葉に見られるように現実の出来事として述べられていく。そのため、「男」の兄が遠眼鏡を逆さに覗くトリックによって押絵に入った時を、はっきり「明治二十八年四月二十七日の夕方」と限定している。二等車の車内を描く現在の「私」の語りを「夢」のように、人間が押絵に入ってしまう三十余年前の奇怪な物語を「事実」として描出する逆説的手法によって、謎の「男」の語りは、「着色映画」めいた鮮やかな色彩を帯び、その怪異譚の枠組みとなる「「私」の語り」は、蜃気楼のようなモノトーンの幻像に化してしまうのである。

「男」の兄が押絵の中に入り、現実の時の流れから消えた明治二十八年四月二十七日は、日清戦争が終結した十日後である。「「男」の語り」にも、「日清戦争の当時ですから」「毒々しい、血みどろの」戦争の「油絵が十二階の一方の壁にずっと懸け並べて」あったという一節がある。日清戦争が終わるまでの十二階は、近代の歴史に寄り添った高塔だったのである。しかし、その後はいつしか明治大正の激動から忘却され、東京名所の絵葉書としてだけ価値のある、廃れた建築物となっていった。

こう見てくると、「飛び切りハイカラ」だった洋服を着ながら押絵の中で老いていく「兄」は、新奇な煉瓦塔として出発しながら、次第に敗残の様相を呈していった十二階の分身とも考えられよう。「兄」は、明治二十八年四月までは、「新らしがり屋」の青年として舶来の遠眼鏡を持ち、馬車鉄道で日本橋から浅草へ通う、新時代の典型だった。だが、そんな開化な彼が恋したのが、旧時代の押絵に描かれた八百屋お七だったのである。さらに「兄」は、最先端の遠眼鏡によって、「歌舞伎芝居御殿の背景」のような江戸の空間に入り、お七との恋を遂げ、押絵の中で老いさらばえていく。「兄」のこの不可思議な生涯も、両義性を持つ十二階の消滅と重なっている。さらに「兄」と十二階のこの悲劇的運命には、両義性に翻弄され空洞化した明治開化の限界も浮彫にされている。

また、「「私」の語り」は、「押絵の老人そのまま」の後ろ姿で、「男」が小駅の闇に消えていく場面で終わる。この結末から、「押絵の兄」は語り手の「男」と同一人物であり、「男」は、自ら押絵から抜け出して、「私」に奇怪な話をしたという解釈もなされている。注(16)「兄」そのものではないとしても、兄と同じ時代遅れの服装をして、東京から地方に移転してしまった「男」も、日清戦争後の近代の歴史から置き去りにされた点で、「兄」の分身であることは間違いないだろう。日本の近代化を推進したはずの鉄道も、過去の亡霊のような「男」が乗車することで、時間を逆流する魔性の乗り物に化している。つまり「押絵と旅する男」は、十二階の分身としての「兄」、そして「兄」の分身としての「男」、さらに押絵の中で永遠に若さを保つ「前近代の美女お七」という登場人物を使い、現実の時空を離れて迷宮化していった十二階の闇と、この「危うく」「妖しい」塔に象徴される近代日本の悲劇を、具象化した短篇なのである。

十二階が存在する大正期に書かれた「幻影の都市」には、「私」が明治四十五年十月五日という架空の落書きを発見する場面がある。そして十二階崩壊後の昭和初期に発表された「押絵と旅する男」には、「兄」が押絵の中に入ったのが明治二十八年四月二十七日だという「男」の語り」があった。この二つの年月日には、十二階という高塔の本質が暗示されている。十二階は、存在していた時には虚像であり、消滅後は、歴史上の哀しい役割を再認識させる高塔だった。明治三十年には早くも飽きられていたといわれる十二階が、真に東京と浅草の歴史に参加し、近代化の象徴となり得ていたのは、「兄」が現世から消える日清戦争直後までだった。十二階の壁に書かれた架空の年月日は、空洞化した虚像として、人々を彼岸の時空に誘い迷宮に陥れる十二階の実態を暗喩する間接表現でもあった。

金子光晴の詩「浅草十二階」には、「塔の上から見下ろすと、自分が瓢簞池のベンチにあおむけに寝ている」という一句がある。室生犀星の師である宇野浩二が〈十二階下〉を描いた「子を貸し屋」（大正十二年）では、娼婦たちに雇われていた子どもは、最後に行方不明となってしまう。十二階は、その両義性において、そこに近づく人々を自己分裂させ、脱出不可能な迷宮へと導く魔性の高塔だったのだろう。犀星の「幻影の都市」と乱歩の「押絵と旅する男」は、「分身」と「謎の美女」との関係によって、十二階の両義性と「美女を発見する塔」という「危うく」「妖しい」本性を、見事に暴いた作品だったといえよう。

注1　明治四十五年から、所有者は「十二階」を正式名称とした。
2　前田愛「塔の思想」（加藤秀俊・前田愛『明治メディア考』一九八〇年、中央公論社）
3　佐藤健二は十二階には「煉瓦建築の堅牢さへの基本的信頼と、倒壊するかもしれないという拭いがたい不安とが、両義性をたもって相互依存的に結びついていた。」と述べている（『浅草公園　凌雲閣十二階　失なわれた高さの社会学』二〇一六年二月十五日、弘文堂）。
4　細馬宏通『浅草十二階―塔の眺めと近代の眼差し』（二〇〇一年九月一日、青土社）
5　権田保之助「ポスターの衢」（『大観』一九二二年二月二十一日、実業之日本社）
6　森暁紅「十一月菊見（浅草公園）」（『気軽な旅：日帰り一二泊』一九二四年）
7　金子光晴は十二階を「東京名物の奇妙なすっぽん茸。皮被りの包茎。」と喩えている(詩「浅草十二階」)。
8　犀星は随筆「浅草公園の印象」（大正九年七月）では、「ふしぎに其処にこの都会の底の底を溜めたをりがあるような気がする」と述べ、十二階下の娼婦を描いた小説「青白き巣窟」（大正九年十一月）では、「この都会の底の底まで下りてこなければならなかった彼女をむしろ当然の運命のように思った」と書いている。

9　伊藤信吉『室生犀星作品集　第二巻』解説（昭和三十四年一月三十日、新潮社）
10　作中の少し後には「昨日ここに身投げがあったというじゃないか。」という「かれ」の言葉があり、「幾晩かのあと」と矛盾している。
11　犀星の生母は、犀星の父の小畠与左衛門が亡くなった後、そこの使用人だったので小畠の家を出て行方不明となった。そのため自伝的小説「幼年時代」には、主人公が母は「生きているの、それとも死んでしまったの」と問いかける言葉があるが、この問いかけを東雅夫は「犀星怪異譚の多くに共通する、幽暗な無気味さと透徹した哀しみの源泉」（『文豪怪談傑作選　室生犀星』解説、二〇〇八年九月十、ちくま文庫）と述べている。
12　能地克宜「隠蔽する十二階／暴露する瓢箪池　室生犀星「幻影の都市」（『浅草文芸ハンドブック』二〇一六年五月二十七日、勉誠出版）
13　注12と同じ論文で、能地は、「十二階が瓢箪池に映し出されないのは、両者が相互にその働きを否定しあいながら、浅草公園の一部を構成しているからだ。十二階と瓢箪池が組み合わさった絵はがきは、こうした異質性が浅草公園を浅草公園たらしめていることを逆に隠蔽してきたともいえるのだ。」と述べ、「幻影の都市」という小説を、「瓢箪池と十二階を一体化した絵はがきの風景としては見えてこない浅草公園の特徴を描きたかった作品」としている。
14　助川徳是は「パノラマやディオラマの先蹤である西洋絵覗きからくりは、もと、忠臣蔵や八百屋お七の絵をのぞかせるカラクリの改良されたもので、明治五年夏、浅草寺奥山花屋敷の脇にはじまったものである由。本作の若い娘が八百屋お七であることを思えば、乱歩の幻想は、意外なほど実証的である」としている（「江戸川乱歩—「押絵と旅する男」を視座として」「国文学　解釈と観賞」

一九七九年九月、至文堂)。また片岡あいは「愛する男との再会を夢見て梯子を上ったお七と、見初めた女性をもう一度見つけるために螺旋階段を上って行った「兄」、その二人が「レンズ」の魔力を通して一緒になった」と、「兄」が恋した相手が八百屋お七であることの必然性を説いている(「江戸川乱歩「押絵と旅する男」論—閉じ込められた隙間—」「あいち国文」六、二〇一二年九月)。
15　熊本から大学入学のために上京する車内で、三四郎が謎の女と中年男に出逢う夏目漱石「三四郎」(明治四十一年)、横須賀線の二等車で、「私」が同乗した小娘が、窓から送りに来た弟たちに蜜柑を投げる姿を目撃する芥川龍之介「蜜柑」(大正八年)などがある。特に、汽車で出遭った高僧が、宿で、山間の魔女の怪異譚を若い「私」に話し、近代人が忘れがちな人生の不可解さを読者に訴える泉鏡花の「高野聖」は、「押絵と旅する男」に影響を与えているといわれている
16　助川徳是は注14と同じ論文で、「この短編は、乱歩の変身願望に由来する一人二役の形式を持っている。入れ子などという見やすい構造の外にいる作者という真の語り手は、夕暮れの山間の駅にまぎれこんでいった男こそ、「兄」と欺いた「兄」自身であると暗示して、裏返しトリックをここでも使っている。」と論じている。

11　芥川龍之介「歯車」の銀座

「歯車」の背景となる昭和二年は、銀座が浅草にかわって日本一の盛り場となった時代である。江戸幕府の銀貨の造幣局を意味する〈銀座〉が、正式な町名になったのは明治二年、同五年に銀座は、築地居留地までも焼失する大火にあったため、この地を不燃質の煉瓦造の街並にする計画がたてられ、同七年に、〈煉瓦地〉銀座が完成した。その後銀座は、新聞社、唐物屋、洋服屋、貴金属店、時計屋が並び、富裕な知識階級が上品なカフェで芸術を語りあう街として、近代化、西洋化の象徴的役割を担ってきた。だが、関東大震災後丸の内が日本最大のビジネス街となり多くのサラリーマンが銀座に立ち寄るようになったこと、大正十三年に松坂屋、翌十四年に松屋が開業し、デパート目当ての客が大量に押し寄せたこと、カフェ・タイガーが震災の翌年春に開業したのを皮切りに、美人女給のサービスを売物とするカフェが乱立しつつあったことにより、銀座は、高級な仏蘭西《ふらんす》風の街から、労働者、安会社員、地方人、郊外の主婦と子供、モボ、モガ、マルクスボーイが錯綜する大衆的な亜米《あめ》利加《りか》風の街に変化し、日本各地の「〇〇銀座」の出現に窺われるような、地方性と画一性を備えた都会に移行していった。いわば銀座は、昭和二年当時、庶民の手が届く地方人憧れの街として発展しつつあったのである。

しかし「歯車」の舞台として描かれるのは、デパートや女給のいるカフェから成る新時代の銀座ではない。「歯車」の主人公〈僕〉が銀座で訪れるのは、女給の特殊なサービスのないカフェや書店であり、基督教信者の老人が住む聖書会社であり、芸術家がたむろするバアであり、仏蘭西語で〈僕〉の噂をする新聞記者がいるレストランである。「電燈の光に輝いた、人通りの多い往来」という一行があっても、その繁華な光景はあくまで〈僕〉を憂鬱に、不快にするものとして著わされる。〈僕〉は「努めて暗い往来を選」んで歩き、時には運河に沿った通りに出て、達磨船の底から洩れる薄い光に、水上生活者の家族を思い気力を奮いたたせている。

昭和初期の銀座のモダンガール（京橋図書館蔵）

このような芥川の銀座描写は、むしろ、仏蘭西文化の洗礼を受けた知識人や芸術家が集い、三十間堀、山城河岸、大根河岸などに浮世絵風な江戸情趣も残存した震災前の銀座を彷彿させるものである。つまり芥川は「歯車」において、故意に現実の大衆的、地方的、先端的な銀座風景を避け、旧時代の知識人である〈僕〉の心象風景としての銀座を描いていたことが窺われる。〈僕〉が銀座通りで擦れ違う断髪の女性も、潑溂としたモダンガールではなく、「小皺《こじは》のある上に醜《みにく》い顔をし」た妊婦である。彼女もまた、自らの性的罪悪感や出生の秘密に怯える〈僕〉の内面の具現化であり、〈僕〉の心象風景の中の銀座の通行人なのである。

それでは何故芥川は、「歯車」の主要舞台を銀座に設定したのだろうか。その理由としては、「歯車」という独自の〈私小説〉の手法と密接に関わる、当時の銀座の特質が考えられる。昭和二年一月四日、芥川の義兄で弁護士だった西川豊の家が全焼し、西川は巨額の火災保険に入っていたため放火の疑いをかけられ、一月六日に鉄道自殺をした。「歯車」は、この不祥事の後始末に奔走しつつ、帝国ホテルを仕事場として創作に打ち込んでいた芥川の姿を素材とし、当時の彼が陥っていた精神的地獄を形象化した〈私小説〉といわれている。芥川は、ストリンドベルクの自伝的小説「地獄」「伝説」を主な粉本《ふんぽん》として、作中に日本銀行のある常磐橋界隈、青山の墓地・斎場・精神病院、銀座通り、日本橋通り、丸善、帝劇という東京の近代性《モダン》を代表し死と狂気を孕んだ不吉なイメージを喚起する地名、店名、劇場名をちりばめ、銀座を中心とする東京を、聖書に記された悪徳の街ソドムに見立てる〈私小説〉を試みた。つまり、〈私〉の危機を自然との一体感によって止揚し、静かな心境を得て再生への道を辿る過程を描く日本の〈私小説〉の手法を捨て、悪魔に誘われ罪を犯した〈私〉が人生の地獄を神を求めて彷徨う姿を描く西洋の自伝的小説の手法を借りて、神と悪魔、光と闇、自然と人間という基督教的二元論に基づく独自の〈私小説〉を創造したのである。そしてこの独自の〈私小説〉の手法は、昭和二年の銀座の特質と深く結びついていた。

その特質の第一は、銀座という都会の二元性である。舶来品を扱う高級店の前に屋台の夜店が並ぶことに代表されるように、当時の銀座は大衆化、地方化の過渡期として、貴族趣味と大衆気分、日本趣味と欧米趣味、旧時代と新時代、富者と貧者、都会人と田舎者、老人と若者が不思議な調和を見せていた。このような銀座は西洋の二元論を取りいれた「歯車」に、うってつけの作品空間だったのである。第二は、カフェやビヤホールの女給、デパートのマネキンガール、街頭のモダンガール、有閑マダムが醸し出す新時代のエロスと、金春《こんぱる》芸者が発散する旧時代の色気によって構成される「一種の性的気分」[注(1)]である。銀座のこの性的気分も、暗い性の深淵を見据える「歯車」の〈僕〉が彷徨う街として相応しいものであった。第三は、アメリカの「浅間しい模倣」（生田葵山）と「資本主義の演出」[注(2)]が齎したバラック文化の果無《はかな》さと虚しさである。この震災後の銀座の砂上の楼閣的危うさは、無暗に街頭を歩き廻る〈僕〉の捕らえどころのない不安感に、見事に対象化されている。第四は、「無省察な其の日暮しの東京陶酔者の群」[注(3)]が漂わす病的雰囲気である。都会文化の伝統に根ざした近代的不健康さは、いかに大衆化しようともいまだ銀座以外のどの街にも見出せないものであり、その意味で、外国文学を下敷きとして心身共に衰弱した〈僕〉の西欧世紀末的都会彷徨を描く「歯車」の舞台は、銀座しかありえなかったのである。第五に、当時の銀座には多くの犯罪が横行していたが、銀座のこの悪徳の街のイメージも「ソドムの夜」[注(4)]としての東京を描こうとした「歯車」の意図に適っていた。

このように芥川は、銀座を「歯車」の主要舞台とするにあたって、現実の銀座の表層的様相は〈僕〉

の心象風景として脚色しつつ、当時の銀座の深層的様相を、「歯車」という独自の〈私小説〉の手法に巧みに利用したといえよう。

芥川は明治五年の銀座の大火で類焼した築地居留地に生まれ、明治四十四年三月に銀座初の本格的カフェとして開店したプランタンのある日吉町に親戚を持っていた。また、銀座「山城河岸の津藤」と称された幕末の大通細木香以は、芥川の養母儔《とも》の叔父であった。このような自らの銀座との深い因縁から、芥川は、北村透谷、島崎藤村が少年時代を送り、国木田独歩、森鷗外、夏目漱石、永井荷風らが描き「パンの会」の詩人達が謳いあげた明治、大正の銀座の雰囲気を非常に愛していた。例えば、高等学校や大学時代には、「銀座通馬車の金具のひゞきより何時しか秋はたちそめにけむ」（大正二年）、「香油よりつめたき雨にひたもぬれつゝたそがれの銀座通をゆくは誰が子ぞ」（大正三年）、「金春の小路々々に灯はともり二上りなして夕立す今」（大正五年）という北原白秋、吉井勇ばりの歌を詠み、東京のモダンと江戸の粋が混在した銀座情調に酔っていた。また、「開化の良人」（大正八年）や「雛」（大正十二年）では〈煉瓦地〉銀座への憧憬を語り、「彼・第二」（大正十五年）では粉雪の舞う大正五年頃の銀座が、青春の追憶として美しく再現されている。「路上」（大正八年）では、俊介が銀座通りを走る市電の中で、辰子と再会する場面が甘美に描出され、「妖婆」（大正八年）では、銀座通りのアスファルトの上に舞う紙屑の超自然的な動きが「夜咲く花のやうに」神秘的に描かれ、「お律と子等と」（大正九年）では、地方の高等学校へ赴く前日に、尾張町の服部の大時計に別れを告げる慎太郎が描写されている。「寒山拾得」（大正六年？）と「東洋の秋」（大正九年）では、銀座通りや日比谷公園に、苛酷な売文生活の疲れをいやす「懐しい古東洋の秋の夢」としての寒山拾得を登場させている。つまり芥川にとっての銀座は、近代文明の神髄に触れるとともに洗練された江戸情緒に浸る場所であり、近代社会の疲労と倦怠を慰撫する〈夢〉が存在する空間であった。

だがその芥川が関東大震災後の銀座を描く時、そこには常に〈近代化〉と〈自己〉への救い難い不安が漂うようになる。例えば「少年」（大正十三年）の主人公保吉は、銀座尾張町のバラックのカフェで、震災後「お姫様の淫売」が出ると噂する商人の言葉を耳にする。また「鷺《さぎ》と鴛鴦《おしどり》」（大正十三年）では、鷺と鴛鴦のように後ろ姿の良い銀座の美人姉妹に抱いた強烈な幻滅を語っている。そしてこの〈近代〉と〈自己〉への不安の究極の姿が、「歯車」に描かれた銀座だったのである。芥川は創作に行きづまり日本近代の滅びの予兆を震災後の現実に見出した時、自己の従来の小説作法の対極にある〈私小説〉を独自の手法で創ることを試み、その〈私小説〉の舞台として、自己の裡なる近代の具象化であった銀座を選択した。だから「歯車」の銀座は、表層的には芥川の夢が生きていた震災前の銀座を反映させつつ、深層的には〈近代〉の滅びを暗示するソドムの街として描かれることになったのである。

明治、大正、昭和の銀座を描き続けた反近代主義のモダニスト永井荷風は、芥川の自殺をカフェ・タイガーの帰途、銀座を行く市電の中で知った。そしてその四年後カフェの女給を主人公とした「つゆのあとさき」において、近代の夢が破れた後の銀座の殺風景な素顔を、淡々と描ききった。新時代の銀座への直視を避け、銀座をソドムに見立てた遺稿「歯車」を残し、近代の滅亡を予見して自裁した芥川と、〈近代の夢としての銀座〉の崩壊を透視しつつ生き残った荷風の姿には、近代の象徴〈銀座〉を通して日本近代と真摯に対峙した二人の文学者の対照的人生が、鮮烈に浮き彫りにされているといえないだろうか。

注1　松崎天民『銀座』（昭和二年五月、銀ぶらガイド社、のち一九九二年十一月、中公文庫）
2　安藤更生『銀座細見』（昭和六年二月、春陽堂、のち昭和五十二年九月、中公文庫）
3　注1に同じ。
4　「歯車」の原稿には、題名を「東京の夜」↓「ソドムの夜」↓「歯車」と変更した跡が残されている。

12　川端康成「虹」の浅草

観音様の境内から六区へむかう五重塔通りのとば口に、雷おこし経営の奥山茶屋がある。上野桜木町に住んで浅草に通った川端康成が、「浅草紅団《あさくさくれないだん》」（昭和四～五年）に登場させた水族館二階のレビュー団カジノ・フォーリー[注(1)]の跡地である。

中篇小説「虹」（「中央公論」昭和九～十一年に分載）の舞台となるレビュー団は架空のものだが、「三晩か四晩の稽古で五六曲のジャズ・ダンスをまとめる」という作中の一節に、川端が浅草で唯一その「楽屋裏を見」（「文学的自叙伝」昭和九年）たカジノ・フォーリーの面影を窺うことができる。現実のカジノ・フォーリーは、水族館前の共同便所の臭気と「壁、椅子、床にしみついた」「乞食の匂ひ」（「浅草紅団」）が漂い、椅子の「覆ひに大きな孔《あな》があいてゐて、そこから藁屑《わらくず》がはみ出してゐ[注(2)]」る「色褪《あ》せた、埃《ほこり》ッぽい小屋[注(3)]」の中で、「黄色い素足[注(4)]」とペシャンコの胸を持つ「裏店《うらだな》の娘[注(5)]」が「ガタガタな楽隊[注(6)]」にあわせて踊るインチキレビュー団にすぎなかった。だがこんな浅草場末のレビュー団を、川端は「浅草紅団」で現代的《モダン》で小粋《シック》なレビュー団として変身させた。「虹」のレビュー団は、川端が「浅草紅団」で創造したこの幻のカジノ・フォーリーのイメージを下敷きとして、作中に描かれていく

カジノ・フォーリーの踊子たち

のである。

「虹」は数え年十八歳の踊り子銀子をヒロインとする、昭和初期の浅草のレビュー団に生きる人々を描いた物語である。

「虹」を「浅草の残りの夢を追ふやうな書き方」(『虹』あとがき、昭和二十二年、四季書房)と自ら評した川端は、「虹」を発表した昭和九年三月から十一年四月の間に、次第に浅草を離れていく。昭和九年六月には越後湯沢を訪れ浅草から雪国へと関心を移行させ、翌十年十二月には、浅草に近い上野桜木町から鎌倉に転居している。昭和八年発表の短篇「寝顔」では、既に、元水族館の踊り子の美しい寝顔を、彼女等の自分への「別れの挨拶」と書いている。「浅草紅団」続篇の「浅草祭」(昭和九年)では、「紅団」の美女春子が守銭奴になり果てた姿を描いて、浅草への幻滅を語っている。大正六年の春に一高受験のため浅草蔵前の伯母の家に居候して以来、浅草オペラ、カジノ・フォーリー時代の浅草を愛し続けた川端は、徐々に浅草への情熱を失いつつあった。その意味で「虹」は確かに、川端が「浅草の残りの夢」を美しく結晶させた最後の作品なのである。

川端が「虹」に描いた「浅草の残りの夢」は、ヒロイン銀子の造型に託されている。

銀子は、川端が一連の〈浅草もの〉で描写した、「霞のやうな悲しみ」と「暗い底」（「浅草」昭和五年四月）を感じさせる、浅草という盛り場の象徴であるとともに、「鋭い、そしてこぼれやすい刃物のやうな」（「浅草紅団」）魅力を持つ〈浅草の少女〉達の結晶でもある。銀子には母も家も財産もない。銀子は、月に二、三度彼女の月給の前借に来るやくざな父親にも会おうとしない。将来の設計や出世や人の噂には無関心だが、化粧と踊りには異常な情熱を示す。楽屋での薄汚なさに比べ、舞台では一座の花形である。早熟なのに大人になりそこねている。「人でなしの女のよう」に見えながら、恐ろしい程の愛情を持っている。脆《もろ》いくせに「底冷たい現実の強さ」を感じさせる。こんな対極的な性格をあわせ持ち、日本の家族制度から解放された銀子は、多くの浅草好きの文学者にその捕え難さを指摘されるアナーキーで複雑な〈浅草〉の体現者である。

その複雑さは、「浅草紅団」のヒロイン弓子が、女でありつつ男、モダンな不良少女でありつつ〈龍女〉や〈弁財天〉の化身でもあるというように、〈浅草〉の劇的な多義性を体現していたのとは異質の、より内面的なものである。それは作中で銀子を理解する、つまり〈浅草〉を愛する者にしか見えない。

また銀子は、度々「可哀想な人形」「氷の人形」と形容される。そんな銀子の所持品は、母のかたみの異常に大きな寝台一つである。つまり銀子は、かたみの寝台という自身の寝棺を唯一の財産として、「人形」のように生きる仮死状態の少女である。一瞬にして消える虹が好きという彼女は、自身の現実での仮死状態を自覚している。だからこそ、舞台の上での舞踏と化粧という虚構に、情熱を傾けている。

同時に、「私が一番先きに赤ん坊を産む」と踊り子達に語り、「誰だって、みんな嫌いなんです。」と言いながら涙を流す姿に見られるように、誰かを激しく愛したいという想いも抱いている。銀子はこの想いを、舞台上での恋人木村に託し、「浅草紅団」の弓子のような、現実の浅草そのものを舞台とするヒロインとして生まれかわることを試みる。だが木村は、年増女優に誘惑されてレビュー団入りし今も飛行家になることを夢みる十七歳の空虚な美少年であり、銀子以上に、慢性的不景気を抱え、ファシズムにむかう社会情勢の中で虚無的賑《にぎ》わいを誇っていた当時の仮死的〈浅草〉を体現する存在である。だから、銀子の激しい愛情の対象には、とうていなりえない。銀子はこの木村との関わりによって現実の〈浅草〉そのものに絶望し、運命が自分に与えた寝棺である〈母のかたみの寝台〉の上で自裁する。この「異人が寝た」「お化けみたいな寝台」には、「ラシャメン」だったらしい母親の、唯一の懐しい匂いが残っている。

江戸城の鬼門にあたるため浅草寺が将軍家の祈願寺となり、その門前町として開けた浅草は、明暦三年の浅草田圃《たんぼ》への吉原遊郭移転、天保十三年の浅草猿若町への芝居町移転とともに賑わいを増し、観音様境内の奥山に見世物小屋が並んで、江戸一番の盛り場となった。そして明治六年、東京府は浅草を公園に定めて一区から六区にくぎり、六区に奥山の見世物を集めて興行街とした。この六区を窓口として、近代の浅草は、パノラマ館・十二階（明治二十三年）、活動写真（明治三十六年）、ルナパーク（明治四十三年）、浅草オペラ（大正中期）、和風レビュー（昭和初期）、と、常に欧米の文化を「浅草型に変形して」（「浅草」）発展してきた。つまり浅草は、銀座のように欧米を〈師〉としてではなく〈客〉として扱い、自ら「ラシャメン」となって、外国製の寝台の中で異人と寝て、そこから新しい活力を取りいれてきた。このような浅草の姿勢が、逆に江戸以来の悪場所・聖域・非難所《アジール》としての浅草の伝統を守らせ、近代の東京の中で仮死状態となった人々を再生させる盛り場となったのである。

　だがその浅草自体が既に仮死状態であることを木村を通して知った銀子は、自らの死骸を、「ラシャメン」だった〈浅草〉と〈母〉のかたみの寝台に横たわらせ、〈浅草〉の仮構のヒロインの役目をおりるのである。そしてそのかつての活気ある〈浅草〉に育てられ現在の虚無的な〈浅草〉に殺された銀子の亡骸《なきがら》の傍らで、虚無的〈浅草〉の体現者である木村もまた「生ける屍《しかばね》」と化し、物語の幕が閉じられていく。

　「虹」には、花見時、藤の咲く五月、梅雨の六月、盛夏、初冬という季節の変化を背景として、鳩に豆をやる五重塔の下の赤ん坊、桜が咲き鷗が飛ぶ隅田公園、瓢箪池の周りのラムネ屋、列を作る映画館の割引客、ひけ時の劇場前の番傘売りなど、昭和初期の浅草独自の賑やかな光景が描かれている。だが、不思議に、その作品世界は暗く淋しい。それは、これらののどかな光景以上に、川端が、行き倒れの浮浪人、夏枯れの剣劇一座の屋上での汗みづくの凄惨な宣伝、老朦朧《もうろう》車夫のみじめな最期という〈浅草〉の死の風景を、作中で繰り返し描写しているからである。

「虹」の世界は、十一歳の門付けの少女花子の、昨夜の化粧が残る寝顔に始まり、十八歳の銀子の化粧した死顔で結ばれる。十一歳と十八歳との七年の年齢差は、川端がカジノ・フォーリーを見出した昭和四年から、「虹」を書きおえ浅草を離れる昭和十一年までの七年間をも暗喩している。川端がカジノに通いだした頃、生き生きと化粧して初々しい寝顔を見せてくれた〈浅草〉の少女は、虚無的な繁栄の背後に忍びよる〈浅草〉の死を予告するかのように、七年後、木村への、つまり〈浅草〉への恋に敗れて、美しく化粧した死顔を、浅草を愛した読者達に捧げたのである。

「虹」完成後、一挙に軍国主義に突入した昭和十年代にも、浅草は、やはり東京庶民の最大の盛り場であり続けた。だがカジノ出身のエノケンが昭和十三年六月に浅草を捨て丸の内に進出した行動に暗示されるように、この時期浅草はもはや、すべてを「浅草型」に創造し直す、東京で最も生きのいい、川端の愛した空間ではありえなかったのである。

カジノ・フォーリーのあった四区は、浅草寺と六区を結ぶ林泉区域で、水族館、昆虫館（のち木馬館）、瓢簞池があり、「聖が遊に、遊が聖に移行するまがまがしい境界」注(7)地帯だった。浅草出身の山田太一原作の映画「異人たちとの夏」（一九八八年公開）では、この四区で孤独な中年男が、三十年程前に死んだ両親に出逢う不思議な体験が描かれていた。四区のカジノ・フォーリーを下敷きとして創造された「虹」のレビュー団の踊り子銀子の美しい死顔に、川端が浅草への〈残りの夢〉を託してから約六十年、浅草はその死臭を年々増していきつつ、今もなおその死臭によって一層懐かしい、〈虹〉

のような幻想的空間なのである。

注1　カジノ・フォーリーは昭和四年七月十日から九月十日までの第一次、同年十月二十六日からの第二次があり、川端が「浅草紅団」に描いたのは、ひいきの梅園龍子など若手の踊り子が参加した第二次である。
2　堀辰雄「水族館」（昭和五年五月）
3　添田唖蟬坊『浅草底流記』（一九三〇年）
4　注3に同じ。
5　注2に同じ。
6　注3に同じ。
7　前田愛「劇場としての浅草」（『都市空間のなかの文学』一九八二年、筑摩書房）

13 「濹東綺譚」の東京——麻布・浅草・玉の井・銀座

都市小説としての構造

「濹東綺譚」は、主人公の「わたくし」が、東京の四つの空間、麻布・浅草・玉の井・銀座を往還する物語である。

まず麻布は、「わたくし」こと老作家大江匡と、大江に己を託す作者永井荷風の居住地である。大江は〈山の手〉麻布から、〈下町〉浅草を経由して〈川向う〉の「私娼窟」玉の井を訪ねる。〈都心〉の銀座は、〈場末〉の盛り場玉の井の美点を印象づけるために登場する。そして作品世界は、「わたくし」が浅草を歩く場面から始まり、「濹東綺譚」の終章といえる「作後贅言」で、荷風が玉の井に通う直前までの銀座が描かれ、麻布の自宅で作者が死を予感しつつ、友人の墓参りに行こうと思いつく場面で結ばれる。

また麻布は、書見・執筆・蔵書の虫干し・庭の落葉焚きという行為が相応しい、市井を超越した場所として設定され、玉の井も溝の悪臭が充満する私娼窟の光景を取り入れつつ、為永春水の人情本や

『濹東綺譚』挿絵（木村荘八画、岩波書店、昭和 12 年）

鶴屋南北の「狂言などから感じられる過去の世の裏淋しい情味」に溢れた夢の安息所として描かれていく。さらに浅草は、夢の場所である玉の井への通過点として、銀座は、日々軍国化する昭和初期の東京の唾棄すべき現実を象徴する場所として登場する。つまり麻布と玉の井という非現実な空間と、銀座という現実的空間を対比させ、その中間地点に、玉の井への入り口としての浅草を配して、昭和初期の東京を浮彫にしていく。「わたくし」は、いつも自宅から地下鉄で浅草に出て、雷門から乗合自動車で玉の井に赴くのである。「濹東綺譚」は、〈山の手〉〈下町〉〈川向う〉〈都心〉という昭和初期の東京の構造が、そのまま物語の核となる小説なのである。

「濹東綺譚」には、主人公の老作家大江匡が、自作の特徴を語る次のような一節がある。

小説をつくる時、わたくしの最も興を催すのは、作中人物の生活及び事件が開展する場所の選択と、その描写とである。わたくしは屢《しばしば》人物の性格よりも背景の描写に重きを置き過るような誤《あやまち》に陥ったこともあった。

荷風文学を論じる時に必ず引用される部分だが、近代の私小説に〈見立てられた〉「濹東綺譚」は、まさに、「老作家」永井荷風が「作中人物の生活及び事件が開展する場所の選択とその描写」に心血を注ぎ、選ばれた場所とその描写が、最も成功をおさめた作品であった。荷風は「濹東綺譚」執筆に先立ち、昭和七（一九三二）年一月二十二日に初めて玉の井を訪れて以来、四年を経て昭和十一（一九三六）年三月三十一日から頻繁に玉の井に通い、そこでの観察を巧みに「濹東綺譚」に織り込んだ。また、東京の多くの地名を、主題へ向かう道標としてこの作品に散りばめた。『荷風と東京『断腸亭日乗』私註』[注(1)]の著者川本三郎は、荷風を「花柳小説を装いつつ、都市小説という総合的なものを作った唯一の人」[注(2)]と評したが、「濹東綺譚」は確かに、新開の「私娼窟」玉の井の情景と、麻布、浅草、銀座の風物との対照によって、昭和十一年の東京を俯瞰的に眺めた都市小説と見ることができよう。
また、「濹東綺譚」では、作中小説の挿入、作者自身の小説・俳句や漢詩の引用、長いあとがき「作後贅言」の付加など、様々な表現の工夫がなされている。そして、主人公兼語り手の「わたくし」は、或時は荷風の分身大江匡として、或時は荷風そのものとして作中で語り始める。このような多彩な創作手法と私小説の常道を破る「私」の二重構造も、東西文化と江戸を包括する大都市東京を炙り出す作者の、意識的装置と考えられる。

序章としての〈浅草〉

「濹東綺譚」の主な舞台は、その題名に見られるように隅田川の東側、向島寺島町一帯の玉の井という私娼窟である。だが、まず物語は、主人公が浅草を訪ねる次のような文章から始まる。

わたくしは殆ど活動写真を見に行ったことがない。（略）然し活動写真は老弱の別なく、今の人の喜んでこれを見て、日常の話柄にしているものであるから、せめてわたくしも、人が何の話をしているのかと云うくらいの事は分るようにして置きたいと思って、活動小屋の前を通りかかる時には看板の画と名題とには努めて目を向けるように心がけている。（略）活動写真の看板を一度に最多く一瞥する事のできるのは浅草公園である。（略）わたくしは下谷浅草の方面へ出掛ける時には必ず思出して公園に入り杖を池の縁に曳く。

「濹東綺譚」（昭和十二年四月十六日〜六月十五日、「東京朝日新聞」「大阪朝日新聞」夕刊。のち「作者贅言」を加え、昭和十二年八月、岩波書店）[注(3)]の背景になっている時代は、昭和十一年初夏から十月までである。昭和十一年といえば、邦画では山中貞夫の娯楽時代劇「河内山宗俊」、溝口健二のリアリズム映画「浪華悲歌」、内田吐夢の社会派ドラマ「生命の冠」などの傑作が次々と封切られた時である。いわばこの当時の映画は、「濹東綺譚」の冒頭に見られるような「サンフランシスコ市街の光景を写したもの」という、明治大正の実験的な〈活動写真〉の時代を終え、小説や演劇に拮抗できる、芸術としての地位を確立していた。そして、それらの芸術作品を次々と上映する浅草公園六区は、松竹座、帝国館、富士館、常磐座、電気館、大勝館など、多くの洋画・邦画の封切館を擁し、当時、最も先端的な話題を提供する街でもあったのである。

しかしこの時代の芸術的映画さえ、あえて〈活動写真〉という「廃語」で呼び続ける「わたくし」こと大江匡は、この六区の映画館を素通りして瓢簞池の畔を抜け、「山谷堀の流が地下の暗渠に接続するあたりから、大門前日本堤のたもとへ出ようとする薄暗い裏通にある」古本屋の硝子戸をあける。そして東京の下町風俗を残す古本屋の老人から、明治十一年創刊の『芳譚雑誌』を買い、来合わせた古着屋から維新前後の胴抜きの長襦袢を購う。その上その長襦袢を大江は浮世絵肉筆物の表装、手文庫の中張り、草双紙の帙などに使おうと考える。読者はここで、主人公大江匡が求める空間が、浅草六区の映画街が賑わう昭和十一年の東京ではなく、胴抜きの長襦袢が似合う浮世絵や草双紙の世界であることに気づき始める。

古本屋を出た「わたくし」は、荷物を風呂敷に包み直しているところを巡査に捉まり、言問橋際の派出所で「何処から来た。」と尋問され、「向の方から来た。」と答える。この皮肉な返答は、巡査への反感を表すだけでなく、大江が現代の「向う」、いわば浮世絵や草双紙の世界からやって来た人物であることも暗示している。さらに、「向の方とは何方のほうだ。」「堀の方からだ。」「堀とはどこだ。」

「真土山の麓の山谷堀という川だ。」という問答によって、昭和十一年の東京が、言問橋際の交番に勤めながら、「堀」が「山谷堀」を指すことを知らない移住者たちの寄り合い所帯になっていることも示していく。また、名前を聞かれて「大江匡。一タビ天下ヲ匡スと論語にある字です。」と答える老作家には、江戸以来の景勝の地「堀」にも無関心な公僕たちが蠢く新時代への、強烈な嫌悪があることも匂わせている。さらに荷風は大江に現住所を「麻布区御箪笥町一丁目六番地」と答えさせ、彼が隅田河畔をうろつくのに相応しくない山の手人種であることを明らかにする。

そして最後に、怪しげな胴抜きの長襦袢を発見された大江は、偶々戸籍謄本と印鑑証明書と実印を持っていたために、「豚箱」入りの難を逃れる。〈実在〉を証明する公的書類や印鑑に救われる現実空間である言問橋の浅草側、つまり隅田川の此岸の出来事を序章として、老作家大江匡は、いよいよ二章から、隅田川彼岸の新開の街、幻想の玉の井に分け入っていくのである。

幻想としての〈玉の井〉

だが、二章では玉の井探訪の前にまず、老作家大江が執筆中の「失踪」注(4)という小説の粗筋が紹介される。「失踪」の主人公種田順平は、中学の英語教師をして家族を養ってきたが、妻は日蓮宗に凝り、息子はスポーツマン、娘は映画女優となり、家の中に居場所をなくしている。そしてついに五十一歳の春、家出して、以前、種田家の女中だったが今は浅草駒形町のカフェの女給となっているすみ子を訪ねる。家庭に失望し、若い女すみ子と駆落ちするこの種田の潜伏場所を探すために、大江は、玉の井の迷宮に入り込んでいく。

六月末のまだ梅雨の明けぬ夕方、「わたくし」は、雷門から乗合自動車に乗り、吾妻橋、源森橋を渡り、玉の井へやってくる。そして、まず東武鉄道玉の井駅の線路の左右に広がる、かつて寺島村にあった五代目菊五郎の別荘を想起させる樹木の生い茂った廃園を目にする。次に昨年頃まで京成電車の玉の井駅だった、雑草に覆われた土手を発見する。さらにこの土手の上から「わたくし」は、夕日と月光とネオンサインに照らされた玉の井の、幻想的な佇まいを見下ろす。

自然美に満ちた往時の寺島村を思わせるこの二つの廃墟と夢のような土手下の夕景は、現実の玉の井を美しい幻想空間に化す巧みな仕掛けとなっている。荷風は吾妻橋、源森橋、五代目菊五郎の別荘風廃園、廃駅という複数の境界を設け、読者を徐々に江戸と東京、明治と昭和が混在する、不可思議な物語空間へ誘い込んでいく。「荷風の散策は日常から非日常に至る道行であるといえる。そこには人を別世界へ誘う水や樹木があり、そこで人は己の過去や宿命と対面させられる。」注(5)と言われるが、境界を一つ越えるごとに、玉の井は、荷風の好む「荒廃の詩情」(「日和下駄」)を漂わせる東京の夢の場として、読者の眼前に提示される。路地のいりくんだ玉の井の私娼窟は、母胎の迷宮の暗喩として、あるいは人体の臓腑の象徴として、読者を過去の東京の記憶へ導いていく。

廃駅の土手を下った「わたくし」は、そこがすでに、「ぬけられます」「安全通路」「オトメ街」「賑本通」などと書いた灯が路地口についている玉の井の真中であることを知る。

そして急に雷雨に見舞われ傘をさすと、「檀那、そこまで入れてってよ。」といきなり傘に入ってきたのが、ヒロインお雪である。お雪は、驟雨雷鳴から始まる伝統的な男女の出会いに相応しい純朴な過去の美女である。自ら宇都宮で芸者をしていたと「わたくし」に告げるが、実は吉原か洲崎の中程度の家で花魁をしていたと思われる。潰島田に結い「明治年間の娼妓」を連想させ、まさに「荒廃の詩情」を体現する夢の女である。「わたくし」は、現代の銀座のカフェの女給のように悪ずれしていないこの古風な娼婦を「倦みつかれたわたくしの心に、偶然過去の世のなつかしい幻影を彷彿たらしめたミューズである。」と考え、母胎のような迷宮玉の井と彼女の存在に刺激されて、この一篇の草稿を完成させたと語る。この時「わたくし」は、まさに作中で「失踪」を執筆する老作家大江匡であるよりも、「濹東綺譚」の作者永井荷風となっている。読者はこの「わたくし」という存在の混乱によって、玉の井という濹東の町とお雪という濹東の女への荷風の強い愛着を感じ取るのである。

夢を紡ぐ〈玉の井〉の音

作者の玉の井への愛着は、この町に響く様々な「音」と、作中の他の場所の「音」との比較によっても伝えられる。まず玉の井を代表するのは、「溝の蚊の唸る声」である。そして、梅雨時から秋への季節の推移を暗喩する雷の響、雨の音、下駄の音、秋風の音であり、客を呼ぶ娼婦の声であり、路地裏に流れるお雪の鼻歌である。それに対し、麻布の大江の自宅では、隣家のラジオから「九州弁の政談、浪花節、洋楽を混ぜた学生の朗読」が聞こえ、その音を避けるためにも、彼は玉の井のお雪のもとに通うことになる。また白髭橋の上で大江は、下流の公園から響いてくる音頭踊の歌声を聞く。さらに銀座には、ラジオの軍歌、野球見物の後の三田の学生たちの騒音、日比谷公園の東京音頭、服部時計店の鐘の声、地下鉄工事の凄じい響き、飲食店で卓子を叩き、杖で床を突いて給仕を呼ぶ声などが流れている。

つまり玉の井で聞こえる「音」は、明治中期までは風光明媚な東京の〈郊外〉だったかつての向島を連想させ敗残の詩情を掻き立てる「自然と個人の声」である。だが、麻布、白髭橋、銀座の「音」は、軍国化を推進し力づくで競争社会を勝ち抜こうとする「人工と集団の声」である。荷風は作中に描く「音」によっても、場末の「私娼窟」玉の井を、懐かしい夢の空間と化す工夫を施しているのである。

希求する〈東京〉

しかし、荷風は決して玉の井の現実の姿を見落としているわけではない。夢の空間といっても、その夢は憧憬の対象としてのそれではなく、現実と隔絶したという意味での夢である。例えば語り手の「わたくし」は、玉の井の溝を「むかし北廓を取り巻いていた鉄漿溝より一層不潔に見える」と述べている。また玉の井に出掛ける時は、古ズボンに古下駄を穿き、安煙草のゴールデンバットを持って、麻布に住まう〈山の手〉族から〈川向う〉の住人に身をやつす。また、玉の井から家に帰ると、まず「顔を洗い髪を掻直した後、すぐさま硯の傍の香炉に香を焚い」て、「中絶した草稿の末節を読み返」す。玉の井の俗悪な匂いを麻布の書斎の清浄な空気で浄化させるのである。過去の美しい夢の象徴として登場させたお雪にたいしても、「わたくし」は一方で最初から「白粉焼がしている」「生際もまだ抜け上がってはいない」「乳房の形で、まだ子供を持った事はないらしい。」と冷たく値踏みしている。そして彼女からの求婚を巧みにかわし、別離の感傷にだけ酔っている。

いわば荷風は「濹東綺譚」で、昭和十一年の東京の空間的格差を、人情本や幕末狂言の情趣を借りて鮮やかに摘出したと言ってよいだろう。荷風はまず、「わたくし」こと大江の住居のある麻布を、自身の帰属する空間として最上位に置き、玉の井周辺を、無様な身なりが似合う最下位とした。そして、元来玉の井の前身の私娼窟があった浅草を、玉の井の上位に置き、紳士や文士が集う銀座を麻布の下位に置いた。つまり、荷風は、〈山の手〉〈都心〉〈下町〉〈川向う〉という昭和十年代の東京の土地格差を、物語の展開の中で見事に対象化した。だからこそ〈山の手〉からの越境者である「わたくし」は、決して〈川向う〉の私娼と結ばれることはなかったのである。

だが、その常識を枠組みとしながら、「わたくし」の感性は、当時東京の底辺にあった玉の井の「荒廃の詩情」をどこまでも慕い、軍歌が響き、震災後の時流に迎合して栄える銀座を最も憎んでいる。換言すれば荷風は、二二六事件を経た日中戦争前夜の東京の現実を嫌悪し、いくつもの境界の先に存在する東京の過去の夢を希求していた。「濹東綺譚」に登場する夥しい東京の地名も、その地名が喚起する東京の過去の夢を、読者に告げる荷風特有の仕掛けだったのである。

注1　平成八（一九九六）年九月、都市出版。のち、二〇〇九年十月、上・下に分けて岩波現代文庫。

2　川本三郎・鹿島茂「徹底討論『近代』の誕生、『荷風』の成立」（「ユリイカ」平成九（一九九九）年三月号）
3　私家版『濹東綺譚』は、昭和十二年四月、荷風が撮影した玉の井の写真を入れ出版。
4　「失踪」では、アパート、横浜までのドライブ、松屋デパートなどが登場し、「濹東綺譚」の大江とお雪の古風な舞台設定と対照的な、昭和の東京が描かれる。
5　古谷健三『永井荷風　冬との出会い』（平成九（一九九九）年十一月、朝日新聞社）

14　東京駅と山手線――志賀直哉「灰色の月」

処女作「網走まで」（「白樺」明治四十三年四月）以来、様々な作品で〈駅〉と〈車中〉を描いてきた志賀直哉は、戦後第一作として再び、〈駅〉と〈車中〉を舞台とする短篇「灰色の月」（「世界」昭和二十一年一月）を発表した。この小説には、敗戦直後の東京駅と山手線内の描写を通して、焦土の日本の惨状が、残酷なほど鮮やかに剔出されている。そしてこの敗戦風景の鮮烈さは、東京駅と山手線が持つ、濃密な歴史的心象《イメージ》に基づいている。小品「灰色の月」が、大部の戦後文学の描く〈戦後〉より生ま生ましく焦土の光景を今も我々に伝えるのは、作品の舞台となる東京駅と山手線の、重い象徴性に負っているのである。

「灰色の月」は、「屋根のなくなつた」東京駅の歩廊で、〈私〉が「品川まわり」の「電車」を待っている場面から書き出される。作中には山手線という言葉は使われないが、この「電車」とは、明治四十二年十月十二日に鉄道院によって命名され、同年十二月から運転を開始し、大正十四年十一月一日以降環状線となった山手線である。また「屋根のなくなつた」東京駅とは、昭和二十年五月二十五日の空襲で焼け落ちた丸の内駅舎をさしている。作中の時間は、夜八時半から始まる。「冷え冷えと

1945年、空襲で焼けた東京駅丸の内口（ジャパンアーカイブスより）

した」屋根のない歩廊から〈私〉は、「灰色の月が日本橋側の焼跡をぼんやり照ら」す廃墟の東京を見下ろしている。そこへ到着した山手線に乗り込んだ〈私〉は、「もんぺ姿の女」と「少年工と思われる十七八歳の子供」の間に腰かける。少年工は、眼をとじ、口を開け、上体を前後に大きく揺り続けている。その姿を不気味に感じた〈私〉は、少し子供との間を空けてすわる。有楽町、新橋では、「買出しの帰りらしい」「丸顔の若者」と「四十位の男」が乗ってきてお互いの荷物の置場を譲りあい、〈私〉はそれを「一ト頃とは人の気持も大分変つて来た」と心持よく思う。品川を過ぎた頃、会社員風の男が少年工を見て「まあ、なんて面《つら》をしてやがんだ」という声を発し、連れの四、五人も皆一緒に笑い出す。しかし車内に明るさが漂っていたのはここまでで、丸顔の若者がうしろの男に少年工の顔や仕草が餓死寸前の兆候であることを小声で告げてから、周囲の関心は一挙にこの哀れな少年工に集中する。そして少年工が上野へいくことを聞いた乗客の一人が、この電車が逆方向であることを彼に告げる。その途端、窓外《そと》を見ようとして重心を失い〈私〉

に倚りかかってきた少年工を、〈私〉は反射的に「肩で突き返し」てしまう。この自分の気持を裏切る動作に驚いた〈私〉は、少年工へのすまなさから彼に乗車駅を聞く。すると少年工は渋谷からと答える。さらに、「渋谷からじゃ一トまわりしちやつたよ」という誰かの言葉に対し少年工は、漸《ようや》く聴きとれる低い声で「どうでも、かまわねえや」とつぶやく。この「少年工の独語」を深く心に残しつつ、〈私〉は、夜九時、「暗澹たる気持のまま渋谷駅で電車を降り」る。そして小説は「昭和二十年十月十六日の事である。」という一行で結ばれる。この最後の一行によって、志賀は読者に、「屋根のなくなつた」東京駅や、山手線内の餓死寸前の少年工を見殺しにせざるを得ない状況の描写が、すべて敗戦二ヵ月後の焦土の日本を語るものであることを確認させる。志賀は「続々創作余談」(昭和三十年)で、「あの通りの経験をした。」と述べており、東京駅と山手線内という作品の舞台も当然経験そのままであった。しかし、この経験を敗戦の実態を映す戦後第一作に選んだ志賀の心情には、明治、大正、昭和を生き抜いた志賀が東京駅と山手線に抱いていた無意識の印象が、微妙に作用していたことも否めないだろう。

東京駅と山手線の歴史は、明治十七(一八八四)年十一月、東京府知事吉川顕正が内務大臣山県有朋に「新橋駅と上野駅をつなぐ鉄道を建設し、その中央に停車場を設置すべき」とする東京市区改正計画案を提出したことに始まる。この新橋、上野間の鉄道路線はのちの山手線と重なり、中央の停車場は現在の東京駅と一致している。つまり東京駅と山手線は、明治初期から、近代都市東京を生みだす最大の要素と考えられていたのである。その後、明治二十二年五月には、皇居と広い道路で結ばれた「中央停車場《ステーション》」建設が計画され、日清戦争、北清事変、日露戦争での中断を経て、東京駅は明治四十一年三月に基礎工事に着手し、同四十三年十二月、辰野金吾事務所が、駅舎設計のすべてを鉄道院に提出した。この辰野金吾、葛西万司の共同設計による東京駅舎は、ドイツ人技師フランツ・バルツアーの「中央停車場計画案」から「駅舎中央部分の皇室専用空間の存在」を継承しつつ、バルツアーの「和風」の外観を廃し、明治政府の欧化政策に適った赤煉瓦・三階建・丸屋根の壮麗な「ルネッサンス様式」に改め、さらに鉄道院所有のステーションホテルを加えたものであった。いわば東京駅は、皇居と向きあい、帝室専用出入口から一直線に皇居への大道路が設けられた天皇の駅として、また欧化をめざす皇都東京のシンボルとして計画されたのである。この天皇の駅、皇都のシンボルとしての東京駅の特質は、その開業式が、大正三（一九一四）年十二月十八日、第一次大戦でドイツ領青島を陥落させた総司令官神尾光臣《かみおみつおみ》陸軍中将の東京凱旋日にあわせて開催されたことで一層明白となった。このように天皇制軍国主義の様々な演出のもとで誕生した東京駅は、大正七年にはシベリア出兵の軍事輸送に貢献した。また、大正十年十一月四日には原敬《はらたかし》首相が丸の内南口で大塚駅の転轍手に短刀で刺され、昭和五年十一月十四日には浜口雄幸《はまぐちおさち》首相が第四ホームで右翼青年に狙撃されるという、テロ事件の現場ともなった。まさに東京駅は、大正、昭和の皇都の表玄関として、日本の政治を転換させる舞台となってきたのである。そしてこの東京駅開業によって山手線は、大正八年に〝の〟の字運転、同十四年に環状運転を開始させ、その結果東京は、近郊を包括する大都市へと変貌していった。東京駅と山手線は、戦前の皇都東京を支える最も重要な二本柱だったといえよう。

志賀の処女作「網走まで」は、気むずかしい「七つばかりの男の子」と赤子を連れた二十六、七の〈女の人〉と〈自分〉との、東北線内の淡い交渉を描いた話である。この「網走まで」でも〈女の人〉は「灰色の月」の少年工同様、彼女の将来の〈死〉を〈自分〉によって予感されている。しかも〈自分〉は最後まで「灰色の月」の〈私〉のように〈女の人〉の運命の傍観者のまま、彼女と別れていく。だが少なくとも、この作品では、〈女の人〉は、網走という目的地にむかうために東北線に乗っており、家族があり、彼女の〈死〉もあくまで〈自分〉の想像の範囲内である。そして〈自分〉も、気むずかしい男の子に窓側の席を譲ってやり、〈女の人〉の端書をポストにいれてやり、肩のハンケチを直してやるために彼女に触れて、ほのかな「相互浸透のエロスの誕生」[注(1)]（小林幸夫）を楽しんでいる。それに対し「灰色の月」の少年工は、上野へ降りることも「どうでもかまわ」ず山手線を二廻りもしている。甘える者のいない戦災孤児であり、彼を捕えているのは確実な〈死〉なのである。さらに作中の〈私〉は、身体を揺り続ける少年工を気味悪がって少し離れてすわったあげくに、窓外《そと》を見ようとして寄りかかってきた彼を肩でつき返すという一瞬の拒否反応を示している。ここにはかすかな「相互排除のタナトスの力学」とでもいうような雰囲気が漂っている。このような「網走まで」の東北線〈車中〉と「灰色の月」の山手線〈車中〉の光景の相違には、二つの作品の書かれた時代の差異がはっきりと現れている。つまり、鉄道に近代化という日本人共通の目的地を見出せた時代と、目的地を喪失し自らの生を守るために触れあいを排除して、死の同心円に捕えられていく時代との差異である。

鉄道は、古い共同体ではありえなかった様々な出逢いを提供し、個人を「それまでの論理とは全く異なった近代国民国家の論理の中で動かしていく機能を担っ」注(2)たといわれる。明治十六年に生まれてその生涯を東京、松江、京都、我孫子、奈良と日本各地で過ごした志賀直哉も、他の鉄道成長期の作家同様、〈駅〉と〈車中〉という鉄道時代の空間を舞台として多くの優れた作品を残した。だが〈個〉の作家志賀の描く〈駅〉や〈車中〉の風景は、そのほとんどが日露戦争後の「国民国家」の論理とは遠い、「網走まで」のような、私的交渉を扱うものであった。そんな志賀が戦後第一作の「灰色の月」ではじめて、「もんぺの女」や「買出し」という敗戦の符号《コード》を散りばめ、「天皇制国民国家」という戦前の共同幻想の崩壊を、国民国家成立に最も貢献した東京駅と山手線を舞台として描いたのである。「灰色の月」に登場する屋根のない東京駅と餓死する少年工を乗せた山手線は、そこに戦前の東京駅と山手線の歴史的意義を重ねる時、その悲惨さを一層増加させるのである。
前田愛は、石川淳の「雪のイヴ」、田村泰次郎の「肉体の門」が描く焦土の聖的神話の対極に位置するのが志賀直哉の「灰色の月」であり、焼跡を照らす志賀のリアルな〈灰色の月〉こそが敗戦の『闇の深さ』を実感させる」注(3)と述べている。志賀の創造した「灰色の月」の作品世界では、焦土の日本を忘却していく戦後七十余年の日本を嘲笑するかのように、灰色の月に照らされた屋根のない東京駅が現在《いま》も残存し、餓死寸前の少年工を乗せた山手線が、廃墟の東京の深い闇の中で、永遠に廻り続けている。

注1　「「網走まで」論――〈生きられる時間〉の破綻と隠蔽」(「作新学院短期大学紀要」9号、一九八五

年十二月）
2　小森陽一「『帝国』というネットワーク」（『文学の方法』一九九六年四月、東京大学出版会）
3　「焦土の聖性」（『都市空間のなかの文学』一九八二年十二月、筑摩書房）

15　境界としての井の頭公園
――太宰治「花火」「ヴィヨンの妻」と又吉直樹「火花」


井の頭公園（東京都武蔵野市）が登場する太宰治の小説には、不思議な共通点がある。それは、この公園に関わるヒロインが述べた一言《ひとこと》が、彼女の人生や当時の社会規範を根底から覆すという構造である。家族や恋人同士の憩いの場として知られる井の頭公園が、太宰の作品ではなぜ、それまでの日常を一変させる空間として描かれるのか。その謎を、戦中から戦後に書かれた「花火」と「ヴィヨンの妻」によって解き明かし、太宰を敬愛する現代作家又吉直樹の「火花」に言及しつつ、太宰文学と井の頭公園との関係に迫っていきたい。

太宰は、昭和十四年九月一日に新婦の美知子と転居して約五年（山梨県甲府、青森県津軽への疎開期間を除いて）、また昭和二十一年十一月から二十三年六月の山崎富栄との心中まで約一年半、東京都三鷹市下連雀に住み、近くの井の頭公園を度々作中に描出している。

西北から東南へ延びる池を中心としたこの公園は、弁財天のある井の頭池と、自然文化園のある御殿山という二つの区域からなる。周辺の湧き水の内この池の水質が最も優れていたので、「三代将軍

現在の井の頭公園（著者撮影）

家光がこの池から江戸城に水を引くことを命じ」[注(1)]、池畔の木に「井頭」と彫り付けたといわれる。御殿山の名も、将軍が鷹狩りの際に使う館があったことに因むと伝えられている。〈三鷹〉の名が示すように、江戸期は徳川御三家の鷹狩りを行う場所であり、井の頭の池は江戸の町の水道を担う神田上水の源泉だった。そのため、井の頭池にある弁天様は、霊験あらたかなパワースポットとして、江戸っ子が多く参詣した。弁財天は、インド・ヒンズー教の河神で梵天の妃だったサラスヴァティーを漢訳し、仏教に取り入れたものである。サラスヴァティーとは豊かな川という意味で、水の神とされ、流れる水音が音楽や言葉を連想させるので、芸術、学問の神としての信仰があった。井の頭公園の弁天様も池の中に浮かぶ、水・芸術・言葉の神である。八本の手に、武器、宝珠などを持ち、頭上には、蛇体に人間の顔のついた宇賀神を戴いている。明治以後、帝室御料地だったが、大正二年十二月に東京市に下賜され、同六年四月から井の頭恩賜公園となった。自然文化園は、昭和十七年の開園である。

昭和十年代の「三鷹は都市化への第一歩を踏み出したばかりで、東京の郊外ということもあり、まだ、広い地域にわたって畑や雑木林が広がりを見せ」、「その緑を求めて」「多くの作家、文芸関係者が井の頭公園の周辺に移り住[注(2)]」んだ。

そのような作家の一人だった太宰は、生活圏となった井の頭公園を、乳母車に乗った娘を自然文化園に連れていき（「小さいアルバム」昭和十七年）、あるいは中年作家の青春時代の〈夢〉を紡ぎだす（「乞食学生」昭和十五年）、幸福で希望に満ちた場所として描くとともに、日常の暗黒を非日常の光明に反転させる境界的空間としても造形している。


そんな境界としての〈井の頭公園〉は、まず太平洋戦争中に発表された「花火」（「文藝」昭和十七年十月号）に印象的に描写される。

「花火」は、発表直後に内務省警察局の命令で全文削除された。その理由は「登場人物悉ク異状性格」で主人公の青年は「親、兄弟ノ忠言ニ反抗シ、マルキスト□（欠字、ヲか？）友トシ」「放恣、頽廃的ナ生活ヲ続ケ、為メニ家庭ヲ乱脈ニ導キ、遂ニ其青年ハ不慮ノ死ヲ遂ゲルト謂フ経緯ノ創作ナルガ」「一般家庭人ニ対シ悪影響アルノミナラズ、不快極マルモノト認メラルル[注(3)]」というものだった。

太宰はこの削除を高梨一男宛書簡で「「花火」は、戦時下に不良の事を書いたものを発表するのはどうか、といふので削除になつたのださうです。」（昭和十七年十月十七日付）と説明している。戦後、作品集『薄明』（昭和二十一年十一月刊　新紀元社）に、「日の出前」と改題して収録された。昭和十年の「父母と妹が不良の兄を謀殺して保険金詐欺をたくらんだ」「家族による日大生殺し事件」に取材し、この殺人に加わった妹の手記をヒントとして創作された「花火」の内容は、次のとおりである。注(4)
東京四谷に住む高名な洋画家鶴見仙之助の長男勝治は、学業も振わず芸術的才能もなく、強引に医者にしようとする父親に反抗し、マルキシストの苦学生や無名の作家という悪友たちと放蕩を繰り返し、家族から忌避すべき存在とみなされていた。だが妹の節子だけは、小遣いを捕られ着物を質に入れられながら兄を信じ、彼を献身的にかばい続けた。そして真夏のある日、節子は、その兄に呼び出され、母がくれた百円を持って、井の頭公園・御殿山の料亭に向かい、居合わせた作家の有原、兄勝治とともに、公園に散歩に出る。半月が浮かび、「薄い霧が、杉林の中に充満する」中を三人で歩いていると、突然「老杉の陰から白い浴衣を着た」父が現れる。その後、雨のために水量が増して黒く光る井之頭の池に、勝治と父はボートを漕ぎだすのである。

すっとボートが岸をはなれた。また、ピチャとオールの音、舟はするする滑って、そのまま小島の陰の暗闇に吸い込まれて行った。トトサン、御無事デ、エエ、マタア、カカサンモ、勝治の酔いどれた歌声が聞えた。
（略）パチャとオールの音がして、舟は小島の陰からあらわれた。舟には父がひとり、するする水面を滑って、コトンと岸に突き当たった。「兄さんは？」「橋のところで上陸しちゃった。ひ

ど く酔っているらしいね。」父は静かに言って、岸に上がった。「帰ろう。」節子はうなずいた。

翌朝、勝治の死体は、橋の杙《くい》の間から発見せられた。

ここで勝治の唄う「トトサン、御無事デ……」は、大正初期から流行した「新どんどん節」冒頭の「駕籠で行くのはおかるじゃないか　わたしゃ売られて行くわいな　父さん御無事で　又かかさんもお前もご無事で　折々は　たより聞いたり聞かせたり」という歌詞からとったものである。遊女として売られるおかるが父母と恋人の勘平に別れを告げる俗謡を口ずさむ勝治には、すでに自殺の覚悟があったとも考えられる。注(5)だが作者はその後、勝治の父の仙之助が二年前に勝治名義の多額の生命保険に加入しており、次第に仙之助の陳述が乱れ始めたことも書き添えていく。つまり「花火」は、勝治の死因をあかさないまま幕を閉じるのである。そしてその幕引きの直前に、誰よりも先に釈放された妹節子に検事が「悪い兄さんでも、あんな死に方をしたとなると、やっぱり肉親の情だ、君も悲しいだろうが、元気を出して」と慰めの言葉をかけると、彼女は、「いいえ、兄さんが死んだので、私たちは幸福になりました。」という衝撃的な一言を口にする。この言葉を作者は「エホバをさえ沈思させた」「世界文学にも、未だかつて出現したことがなかった程の新しい言葉」と表現している。作品を締めくくるこの節子の言葉は、多くの評家が既に、当時の新聞記事を調査して検証しているように「新聞紙上に掲載された妹の告白の言葉をそのままに写したもの」（小山清）ではなく、「花火」一篇の主題を凝縮した、太宰の独創と考えられる。

戦中の教養ある良家の長男としての生き方を強いられ壊れていく勝治、家長としての体面維持に専心する著名画家の父仙之助、その兄と父の狭間で〈家庭〉の体裁を保つため汲々とする母、無条件に兄を信じることでしか生きられない妹節子、こういう家族構成が兄の死によってすべて崩壊し、全員が容疑者となり、中流家庭の仮面がはがれて、それぞれ個としての素顔が露わになった時、そこには思いがけない血縁の絆の地獄からの解放が待っていた。この偶然の解放こそ、節子のいう〈幸福〉であり、既成の偽善的な〈家庭の幸福〉という夜空を照らし出す〈花火〉だったのである。

当局がこの小説の全面削除を命じた真の理由は、不良やマルキシストを登場させて風俗を乱すことではなかった。戦前の淑徳を血肉化した良家の子女・節子が発した、理想的〈家族〉像を無化させる末尾の一言だったのである。不良息子の勝治は、自殺・他殺に関わらず放蕩児としての苦悩の〈生〉を終えることで、社会から再び中流家庭の〈家族〉の一員と認識された。名声ある紳士の父、教養ある貞淑な母、温順なる良家の令嬢の地位を剝奪され、〈肉親殺し〉の嫌疑を受けた家族たちは、死者となった勝治と同列の、汚濁の世に蠢く罪人《つみびと》の意識を持つことで罪悪感に塗れた勝治の苦悩を共有し、図らずも彼を再び〈家族〉として迎え入れることになったのである。

「兄さんが死んだので、私たちは幸福になりました」と検事に告げる節子は、〈良家の子女〉という無意識の縛りから解き放たれ、〈個〉としての心身を獲得した〈自由な少女〉として再生する。戦時中の当局が最も恐れたのは、不条理な国家体制を天啓のように受け入れていた国民が既成概念から脱皮し、自己の価値観を持った〈個〉として生き始めることだっただろう。その意味で、節子の作品末尾の一言と、その言葉を発する彼女の変身は、天皇制国家の底辺を支える戦中の家族像を根底から焼き払う、危険極まりない〈花火〉だったといえよう。

明治維新から五十年が過ぎた大正八年、永井荷風は、祭典と革命の区別さえつかずに〈花火〉を揚げ続けた日本近代の不気味さを、「花火」という小説に綴った。太宰は、この荷風の小説を逆手にとり、新時代の祭典と革命を内包する節子の一言で結ばれる作品を、「花火」と名付けたのではなかろうか。この作品は、直接的に〈花火〉の描写を書かないことで、かえって、戦争の泥沼にはまっていた当時の国家体制という闇に、言葉による鮮やかな〈花火〉を打ち上げたのである。

そしてこのような社会的価値観の逆転劇は、すべて、半月が東の空に浮かび、薄霧が充満して「夜明けだか、夕方だか、真夜中だか」わからない、異界めいた井の頭公園で演じられた。この時の井の頭公園は、人々が憩い癒される日常的空間から飛翔し、節子一家を、旧時代の〈偽りの家庭の幸福〉から新時代の〈真の家庭の幸福〉へ導く、不可思議な境界として描かれていたといえよう。


時代が要請する従順な女性像を体現するヒロインが、収束部の一言によって社会的価値観と家族像を根底から覆し、自らも〈個〉を持つ〈女〉として再生する太宰の傑作が、もう一篇ある。戦後に発表された「ヴィヨンの妻」(「展望」昭和二十二年三月号)である。この作品は、ヒロイン〈私〉の〈語り〉の中に、「直接会話を自在に象嵌し」[注(6)]さらに主人公大谷を追ってくる「椿屋の主人」の語りが挟まっている。昭和十二年頃から始まる太宰の〈女性独白体〉の完成版といえる、巧緻な文体である。

大谷の内縁の妻である〈私〉は、発育不全な〈坊や〉と荒れはてた廃屋のような家に暮らしている。だが〈私〉は、家庭を顧みず毎晩複数の愛人や取り巻きの記者と飲み歩く大谷に忠実に仕え、天才肌の詩人で男爵の次男である彼を敬愛している。

そしてある深夜、中野の小料理屋「椿屋」の飲み代を踏み倒した上、その店から五千円盗んだ大谷は、「椿屋」の夫婦に追われて帰宅し、ナイフを出して夫婦を脅した末に、家から逃亡する。その後、〈私〉は、「椿屋」の主人から、盗んだ五千円以外にも店に多額の借金があり、飲み仲間や複数の女性に金銭的迷惑をかけていることを知らされる。

夫の乱行を聞いた〈私〉は、その晩は何とか「椿屋」夫婦に引き取ってもらい、翌朝、いてもたってもいられず坊やを背負って電車に乗ると、思い立って吉祥寺で下車し、「本当に何年振りかで井の頭公園に歩いて」行く。


池のはたの杉の木が、すっかり伐り払われて、何かこれから工事でもはじめられる土地みたいに、へんにむき出しの寒々した感じで、昔とすっかり変わっていました。坊やを背中からおろして、池のはたのこわれかかったベンチに二人ならんで腰をかけ、家から持ってきたおいもを坊やに食べさせました。「坊や。綺麗なお池でしょう？　昔はね、このお池に鯉トトや金トトが、たくさんたくさんいたのだけれども、いまはなんにも、いないわねえ。つまんないねえ。」坊やは、何と思ったのか、おいもを口の中に一ぱい頬張ったまま、けけ、と妙に笑いました。わが子ながら、ほとんど阿呆の感じでした。

だが、この荒涼として池に魚のいない井の頭公園のこわれかけたベンチで、「ほとんど阿呆の感じ」の坊やと絶望的な一時《ひととき》を過ごした後、〈私〉は意を決して中野の「椿屋」に行く。そしてその日から、不実な男の貞淑な妻から、小料理屋の奔放な女給「椿屋のさっちゃん」に変身する。そこで〈私〉は、浅草で父親が出していたおでんの屋台を手伝う娘時代に戻り、生き生きと働いて、二日おきに店に来る大谷と連れ立って帰ることに幸福を覚えるようになる。と同時に、「椿屋」にやって来る客たちが皆、必ずうしろ暗い罪を隠す犯罪人ばかりということにも気づいていく。陋屋に閉じこもって、ひたすら夫を待つだけの人生を送っていた〈私〉は、再び世間に出て、悲惨な境遇への無意識な恨みを相対化していくのである。さらに、〈私〉は、雨宿りのために深夜家に入れた客に犯され、自らも夫を裏切る姦通の罪を負うことになる。

客に犯された翌朝、〈私〉がいつもとかわらず坊やを背負って「椿屋」に行くと、そこでコップ酒を飲みながら新聞を読んでいる夫を見出す。夫が、昨夜は〈私〉が帰った後で店に来たのだが、雨が降っていたのでここへ泊ってしまったというと、〈私〉は、自分も今度から店に泊まることにする、家を借りているのは意味ないと夫に告げる。夫大谷は黙って「人非人」と書かれている新聞の大谷評に眼をそそぎ、自分が五千円を盗んだのは、〈私〉と坊やにいい正月をさせたかったからで、人非人でないから、あんな事も仕出かすのだと弁解する。だが、この言葉を聞いた〈私〉は「格別うれしくもなく」、「人非人でもいいじゃないの。私たちは、生きていさえすればいいのよ」という強烈な一言を発するのである。

物語の収束部に置かれたこの言葉は、「花火」同様に、作品の主題の凝縮であるとともに、ヒロインの辿りついた世界の暗示でもある。生活費も入れずに遊び廻る夫の大谷は、十五世紀フランスの泥棒詩人フランソワ・ヴィヨンの如き無頼な日々を送っているのだが、そんな不貞の夫に忠実に仕え家庭を守る〈私〉の生き方は、泥酔して深夜に帰宅した夫にも「おかえりなさいまし。ごはんは、おすみですか？　お戸棚に、おむすびがございますけど」と丁寧に問いかける言葉に象徴されるように、まさに旧弊な淑徳をなぞったものだった。だが、敗戦後の荒れ果てた井の頭公園での〈どん底の時間〉を経て、「椿屋」で女給として働き始めた時点から、〈私〉は徐々に、戦後を逞しく生きる〈個〉としての〈女〉に変わっていく。そして、客に犯された朝、〈私〉は、夫に無視されながらもあれ程必死に守り続けていた〈家〉を、ついに放棄する言葉を夫に投げつける。


「あたしも、こんどから、このお店にずっと泊めてもらう事にしようかしら。」

「いいでしょう。それも」

「そうするわ。あの家をいつまでも借りているのは、意味ないもの」


どれほど荒廃していようと、どれほど不実であろうとも、最後には自分を守ってくれる〈家〉であり〈夫〉であると信じていた〈私〉の家庭への夢は、夫の不在中にあっけなく貞操を奪われる体験によって完璧に消え去り、街路にも等しい我が家の実態を自覚した〈私〉は、形骸だけの〈家〉も〈夫〉も捨て、高らかに家庭放棄宣言をするのである。己の放埒三昧を全て許して、子供と家を守ってくれる〈私〉の懐《ふところ》こそが安らぎの場であり、泥酔して世知辛い娑婆から逃げこんでくる自分を抱きとめてくれる〈私〉の揺るぎない貞淑さこそがオアシスと思っていた夫は、この時から帰る場を失ってしまう。だからこそ夫は、〈私〉の家庭放棄宣言のあとで、はじめて、自分が五千円を結んだ理由を明らかにし、胸中の家庭願望を語る。俺は決してお前達を顧みない人非人ではない。遊びながらいつもお前達のことばかりを思い、苦悩しているのだ。だから、それがあるからこそ馬鹿な放浪もできる〈家〉を捨てないでくれという内心の焦りから、彼は必死に我が身を弁明する。が、不幸な家庭生活の唯一の支えであった貞淑という誇りを夫の留守に奪われ、夫一人を信じて家を守ることこそが女の幸福であるという家庭幻想を剝ぎ取られた〈私〉には、女の忍従の上にかろうじて成立していた〈家庭〉という蜃気楼をいまだに信じ、ふやけた〈炉辺の幸福〉の夢に縋っている夫の口説《くど》きは、もはや何の感動も呼び起こさない。既に彼女は、たとえ不可抗力な事故であれ、夫以外の男と接触したという自らの罪意識によって、従順を装いつつ心のどこかに夫への無意識の怨念を秘めていたかつての自己を省みる余裕を得、夫を心から許している。だから、この夫の弁明に答える〈私〉の最後の言葉には、犯される以前の〈私〉が持っていた、わんぱく坊主を無限に許す母のような無自覚な優しさのかわりに、犯されるという過失をきっかけとして、自己を相対化させる能力を身につけた女のみが持つ、罪多き存在を罪多きまま愛する、人間の真の優しさが籠められているのである。が、自ら罪の意識を持ち、自己の相対化によって夫と同位置に降りたった〈私〉に、もはや夫を救済する力はない。

何故、罪なんかにおびえて自棄になるの。あたし達人間はみんな、ある意味で罪人で、人非人でなければ生きられない哀しい宿命を負ってるのよ。だからその宿命に従って偽善的な〈清く正しい炉辺の幸福芝居〉をやめ、家庭を捨てて、もう一度一人ずつ正直に生き直してみましょうよ。あたしはあたしの人生を、あなたはあなたの人生を、お互いに人非人であることの苦しさに耐えて生きていった果てに、もしまたお互いが必要になったら、その時こそ本当に新しい男女と親子の関係が創れるんじゃないかしら。

妻として〈私〉が夫に発した最後の一言には、このような、救うことをあきらめた上で、あくまでも夫を理解しようとする優しい決別の情と、新しい人生へ出発する〈個〉としての〈女〉の生命《いのち》の強さが、漲っていたのである。
そして、古臭い家庭幻想を抱いてひたすら放蕩三昧の夫に仕えていた〈私〉が、心から夫を許すとともに偽りの〈家〉を捨てて〈個〉としての〈女〉に変身するきっかけとなったのは、荒廃して生物の影のない異界めいた井の頭公園での一時だった。敗戦後の寒々とした井の頭公園は、ここでもまた「花火」同様憩いと癒しの場から離脱し、〈私〉と坊やと大谷を、新しい〈家族〉の再生へ導く、境界としての役割を担っていたのである。

又吉直樹の芥川賞受賞作「火花」(「文學界」平成二十七年二月号)は、熱海の花火大会で出会った若手漫才師〈スパークスの徳永〉と〈あほんだらの神谷〉を、度々井の頭公園に赴かせ、公園の平穏な空気を破る不可解な行為をさせている。例えば秋の夕暮れ、神谷は、公園の池のほとりで、赤い帽子をかぶり細長い太鼓を叩く若者のそばで「太鼓の太鼓のお兄さん！　真っ赤な帽子のお兄さん！　龍よ目覚めよ！　太鼓の音で！」という意味不明な詩を大声で唄う。また公園のベンチに座り、乳母車の中で泣き止まない赤ん坊を、「尼さんの右目に止まる蝿二匹」「蝿どもの対極にいるパリジェンヌ」「母親のお土産メロン蝿だらけ」という狂的な〈蝿川柳〉であやし、母親の顔を恐怖で引きつらせる。「緩やかな時間の流れの中を」「目的を持たない様々な種類の人々が」そぞろ歩く平和な公園の風景を一変させるエキセントリックな言動である。井の頭公園の長閑で穏やかな日常性への破壊的表現は、まさに、太宰の「花火」や「ヴィヨンの妻」に描かれた井の頭公園の境界的属性を継承したものと考えていいだろう。

だが、「火花」には、〈あほんだらの神谷〉の昔の同棲相手〈真樹さん〉が、十年後に、井の頭公園の池に架けられた七井橋を、「皆を幸せにする笑顔を浮かべて」「少年と手を繋ぎ」「ゆっくり、ゆっくりと歩いてい」く姿を、〈スパークスの徳永〉に目撃させる場面も描かれている。太宰文学を愛読する又吉は、太宰が〈井の頭公園〉という空間に見出していた小市民の幸福や希望も、巧みに自作に取り入れたのである。

太宰の昭和の小説「花火」は作中に〈花火〉を登場させることなく、荷風の大正の小説「花火」の皮肉な諦念を覆す新時代の〈言葉の花火〉を、井の頭公園を舞台に打ち上げた。そして又吉直樹の平成の小説「火花」は、冒頭と結末に〈熱海の花火〉を描きながら、あえて「花火」ではなく「火花」という題をつけ、太宰の描く井の頭公園の不可思議な二面性を再現した。かつて、歪な日本近代の幕開けを、「鹿鳴館に揚がる〈花火〉の刹那の美」によって対象化した(「舞踏会」大正九年)芥川龍之介は、遺稿「或阿呆の一生」(昭和二年)に「人生を見渡しても、何も特に欲しいものはなかつた。が、(略)――凄まじい空中の火花だけは命と取り換えてもつかまへたかつた」とも記している。芥川文学の「スパークする刹那の輝きに強く惹かれる」[注(7)]又吉は、一方で、十九歳の時、「太宰の百歳の誕生日に太宰を偲ぶライブ」をやることを「井の頭公園を歩きながら自分に誓った」[注(8)]という。芥川の希求する芸術の〈火花〉を憧憬し、太宰が創造した〈言葉の花火〉に共鳴する又吉は、芥川賞受賞作の「火花」によって、荷風、芥川、太宰が描いた、日本近代のいかがわしさを照らし出す〈花火〉を、太宰文学が創造した〈井の頭公園〉の明暗を下敷きとして再現したといってよいだろう。

井の頭公園の池に祀られた弁天様は、八本の手に敵と戦うための弓矢・刀剣と、人生を豊かにする宝珠を携え、頭上には蛇体に老爺の顔が付いた宇賀神を戴いていた。井の頭公園を舞台に「花火」の節子と「ヴィヨンの妻」の〈私〉という衝撃的な一言を発するヒロインを造形した太宰は、この二人の〈言葉の武器〉によって、旧弊で偽善的な〈家庭の幸福〉を征伐し、新しい〈宝珠〉のような世の中を誕生させようと試みたのではなかろうか。

「家庭の幸福は諸悪の本《もと》」（「家庭の幸福」昭和二十三年）という言葉で終わる小説を遺作とした太宰が最期に希求したのは、井の頭公園の弁財天のような、既成概念と戦う強さと、全ての罪人を許す優しさを併せ持つ女性だった。強烈な言葉によって古びた概念を焼き払い、家庭から脱出し〈個〉として生き始める〈節子〉と〈私〉は、太宰にとって、言葉の女神・弁財天に通う存在でもあった。だからこそ、二人のヒロインの価値観と生き方の反転を促す境界となるのは、弁財天を祀る井の頭公園でなければならなかったのである。

太宰文学を愛する又吉もまた「火花」で、弁財天の水・音楽・言葉の女神としての属性を、水の精としての龍をめざめさせる歌を言葉のプロである若手漫才師に歌わせ、井の頭公園の境界性を作品化したといえよう。

井の頭公園は、その池の水が江戸っ子の生命の源だったように、日常的には、幸福と希望に満ちた癒しと憩いの空間として親しまれている。だが、この公園の池に鎮座する女神・弁財天の多面性が時に非日常の彼方へ我々を誘い、人生や世相を一変させるという秘密も、女性の強さと優しさに翻弄されつつ井の頭公園に通い続けた太宰は、切実に感じ取っていたに違いない。

注1　槌田満文編『東京文学地名辞典』（一九九七年九月二十五日刊　東京堂出版）
2　相原悦夫「太宰治のトポス・三鷹―風土と太宰」（『展望　太宰治』二〇〇九年六月十九日刊　ぎょ

うせい)
3　「出版警察報第一四五号」(昭和十七年十・十一・十二月合併号、内務省警保局編　『出版警察報四〇』)
4　小山清「日の出前によせて」(『定本太宰治全集』昭和三十三年二月　筑摩書房)
5　荒川澄子は「「どんどん節」の一節で、おかるが遊女として売られていく内容を指し示」し、「遊女の別離という意味を当てはめて考えれば、父母や妹に対するそれとして捉えることができよう」と指摘している。(「太宰治「花火」論―〈新しい言葉〉の真義―」「日本文学論究」六七　平成二十年三月二十日刊)
6　三好行雄「「ヴィヨンの妻」」(『作品論　太宰治』(昭和四十九年六月二十日刊　双文社出版)
7　『東京百景』〈九十二　田端芥川龍之介旧居跡〉(令和二年四月二十五日刊、角川文庫)
8　『東京百景』(六十　井の頭公園)(注7と同じ、角川文庫)

16　村上春樹の東京――芥川文学の出口を探して

「一人称単数」の都市

「空には明るい満月が浮かぶ」「気持ちの良い春の宵」、久しぶりに洒落たスーツを着て地下のバーに入り、ウオッカギムレットを飲みながら読書をしていた〈私〉は、隣席の見知らぬ女性に「三年前に、あなたがどこかの水辺で、あなたの親しかったお友達にしたひどいことを考えてごらんなさい。恥を知りなさい」とからまれる。そんな身に覚えのない糾弾を受けた〈私〉は、バーを出て、次のようなおぞましい街の光景を目撃する。

階段を上りきって建物の外に出たとき、季節はもう春ではなかった。空の月も消えていた。そこはもう私の見知っているいつもの通りではなかった。街路樹にも見覚えはなかった。そしてすべての街路樹の幹には、ぬめぬめとした太い蛇たちが、生きた装飾となってしっかり巻きつき、蠢《うごめ》いていた。彼らの鱗《うろこ》が擦れる音がかさかさと聞こえた。歩道には真っ白な灰がくるぶしの高さまで積もっており、そこを歩いていく男女は誰一人顔を持たず、喉の奥からそのまま硫黄のような黄色い息を吐いていた。空気は凍りつくように冷え込んでおり、私はスーツの上着の襟を立てた。

「恥を知りなさい」とその女は言った。

芥川龍之介は「歯車」で、〈火と硫黄に滅ぼされた旧約聖書の悪徳の街ソドム〉のような東京を描いた。短編「一人称単数」で描かれた、街路樹に無数の蛇が巻き付き、舗道に灰が積もり、人々が硫黄のような黄色い息を吐くこの街は、まさに、「歯車」の〈ソドムとしての東京〉を継承する光景であろう。

村上春樹は、その最新の短編集で、芥川の遺作「歯車」に描かれた東京をなぞっている。

村上の最新短編集『一人称単数』（二〇二〇年七月二十日刊、文藝春秋「一人称単数」はこの短編集巻末に書下ろしで所収）は、村上春樹の「特徴や伝記的事実を多分に備え」ながら「一人称単数の装いのもとに現出する人物像を好んで作者自身に重ね合わせて読もうとする」読者の「反応を見越したうえで、虚構と事実の間で自由に戯れる」注(1)〈私小説〉と評されている。芥川の「歯車」も、伝記的事実を虚構によって鮮やかに作品化した芥川独自の〈私小説〉だった。そしてこの遺作はまた、日本橋、銀座、青山という日本近代史にとって重要な空間を彷徨する主人公〈僕〉を通して、末期の目に映る芥川の東京観を、巧みに形象化した都市小説の傑作でもあった。

村上は、芥川が晩年の「蜃気楼」や「歯車」など〈私小説〉的作品で試みた方法を、次のように分析している。
芥川は西欧と日本の伝統文化に意識を引き裂かれた一人の知的エリートとして出発し、その境界的な領域において、生き生きとして優れた物語世界を立ち上げることに成功した。更に成熟して、その二つの異なった文化を自らの中で、より高度な次元で融合させようと試みた。私小説という日本的な土着文学スタイルと、彼のスタイリッシュな小説作法とを、構造的に一つに合わせようと試みた。より新しい、日本独自の serious literature〈純文学〉を開拓しようと望んだわけだ。しかし彼の繊細な神経と体力は、そのような苦労の多い、長期的作業にとても耐えることができなかった。
そのようにして彼は絶望し、闇から這い出してくる暗い幻想に追いつめられ、ついには自らの命を絶つことになる。(ジョイ・ルービン編『芥川龍之介短編集』序文　二〇〇七年六月三十日刊　新潮社)
芥川は、その初期の歴史小説「羅生門」(一九一五年)から最晩年の「河童」や「歯車」(一九二七年)に至るまで、都市空間とその背後の闇に注目し、主人公が都市空間からの脱出を模索する姿を通して、近代的都会人の閉塞された自我の葛藤を作品化する作家だった。作品には常に、自我脱出の願望が暗喩されているとともに、分裂する自我の象徴のように、主人公の〈影〉や〈分身〉が、都市の二重性を通して描かれていた。

一方「風の歌を聴け」（一九七九年）で主人公〈僕〉の分身〈鼠〉を造形してデビューした村上春樹も、「世界の終りとハードボイルド・ワンダーランド」（一九八五年）や「ねじまき鳥クロニカル」（一九九五年）などにおいて、先端的景観とその背後の混沌とした闇という現代都市の二重性を、分裂した自我を抱える主人公の〈影〉や〈分身〉と共に描く作家である。また、多くの作中に、都市の〈入口〉と〈出口〉という言葉を使い、迷宮的自我からの解放を描こうとしている。

本論では、「歯車」で自らが描いた東京の地獄的様相に絡めとられて自死した芥川への村上春樹の深い共感を、村上が描く東京の諸相によって探究していく。そして、東京という都市の闇から這い出して来る暗い幻想からの脱出を、芥川文学へのオマージュを込めて模索する村上文学の〈東京〉の諸相を追求してみたい。

東京での住まい

大学入学のために神戸から上京した村上春樹は、目白台の和敬塾という男子寮に入る。目白台にはかつて大名屋敷が並び、黒田豊前守の下屋敷を手に入れた明治の元老山県有朋の椿山荘や、熊本藩細川越中守の広大な下屋敷を継ぐ細川侯爵邸があった。そしてその細川侯爵が一九三六（昭和十一）年に建立した洋館を本館として、和敬塾が設立された。いわば和敬塾近辺は、江戸から東京への変遷を主導した権力者たちの空間だった。その上和敬塾の「経営者は札付きの右翼で、寮長は陸軍中野学校出身」（『村上朝日堂』、「引越しグラフィティ（3）」）だったという。

だが、この和敬塾から早稲田大学に通った村上の遊び場は、戦前の右翼的雰囲気を漂わす寮とは対極の、当時学生運動と前衛芸術のメッカとされていた新宿だった。村上が入塾していた一九六八年十月二十一日の国際反戦デーには、学生が新宿で機動隊と衝突し、深夜騒乱罪が適用される大事件が起きている。デビュー作「風の歌を聞け」にも「新宿で最も激しいデモが吹き荒れた夜、地下鉄の新宿駅であったヒッピーの女の子と寝る」という一節がある。

村上はこの体質に合わない男子寮を半年で出た後、西武新宿線「都立家政駅」から徒歩十五分の練馬の下宿に移り、ロックアウトされ授業のない大学へは通わず、新宿でレコード店のアルバイトをし、歌舞伎町のジャズ喫茶に入り浸っていた。この練馬の三畳間住まいの半年を「人生で一番暗い時代」と振り返り、翌一九六九年の春に、三鷹市のアパートに再移転している。

「ごみごみとしたところにはもううんざりしたので郊外に移ることにしたのだ。（略）二階角部屋でまわりは全部原っぱだから実に日当たりが良く空気がきれい」で、「武蔵野の雑木林が残り、すごくハッピーだった」が、その幸福は「たらたらと生きる」虚無感も伴っていた（『村上朝日堂』「引っ越し」グラフィティ」（5））。このアパート周辺は、「1973年のピンボール」で、〈僕〉が同棲する双子の女性とロストボールを捜しながら夕方のゴルフコースを散歩し、「羊をめぐる冒険」で、ICU（国際基督教大学）のラウンジで、三島由紀夫が市ヶ谷の自衛隊駐屯地のバルコニーで憲法改正を自衛隊員に呼び掛けるテレビ映像をガールフレンドと見た場所として登場する。さらに、この頃の村上の心境は、「1973年のピンボール」に、次のように投影されている。

世界中が動きつづけ、僕だけが同じ場所に留まっているような気がした。（略）何度も夜行列車の夢を見た。いつも同じ夢だった。煙草の煙と便所の匂いと人いきれでムッとした夜行列車だ。足の踏み場もないほど混みあっていて、シートには古い反吐がこびりついている。僕は我慢しきれずに席を立ち、どこかの駅に下りる。それは人家の灯りひとつ見えぬ荒涼とした土地だった。駅員の姿さえない。時計も時刻表も、何もない――そんな夢だった。

現代文学に描かれる鉄道は「都会のざわめきの反対側の荒野に消え未来へも過去へもあの世へも」「人々を連れ去っていく」[注(2)]ものの象徴とも言われるが、村上も作中の夜行列車の悪夢によって、一九七〇年前後の自身を、〈激動の東京〉という列車から置き去りにされ、荒野の無人駅の闇に佇む存在として認識していたことが窺われる。
続く一九七一年、二十二歳で学生結婚し、妻の実家である文京区千石の寝具店に居候する。小石川植物園そばのこの寝具店は、徳川家屋敷の地下牢の上に建っており、妻はしばしば幽霊を見たという（『村上朝日堂』「文京区千石の幽霊」）。そしてアルバイトでためた資金と夫婦の親からの借金で、一九七四年、国分寺にジャズ喫茶「ピーターキャット」を開き、後に、千駄ヶ谷に店を移す。この店の片隅のテーブルで書き上げた「風の歌を聞け」が、一九七九年六月に群像新人文学賞を受賞し、八一年に閉店して専業作家になる決意をするまでが、村上が同時代の東京と最も深く関わっていた時期である。

ジャズ喫茶を閉じた一九八一年には千葉県船橋市に移転し、八四年に神奈川県藤沢市、八五年に渋谷区千駄ヶ谷という転居を経て、一九八六年から八七年に地中海の島に滞在して「ノルウェイの森」を執筆している。さらに、一九八六年に神奈川県大磯町に移転後は、ヨーロッパ各地とアメリカに滞在し、一九九一年以降は、アメリカ・プリンストン大学の研究員や講師となり、日本から離れている。そして、一九九〇年代以後、大磯の家とは別に、青山に事務所と住まいを持ってからは、青山周辺が、村上文学の主な舞台となっていく。

細川藩の下屋敷から細川侯爵邸となった跡に建つ和敬塾、ごみごみした練馬や緑地の多い三鷹の下宿、地下牢の上に在った妻の実家、中央線沿線の国分寺や千駄ヶ谷、そして船橋・藤沢・大磯という首都近県やヨーロッパとアメリカの生活を体験後、バブル期前後から最も先端的な街となった青山に住んだ村上は、東京の時空の広がりと重層性を、神戸という国際都市出身者の客観的視点で、鋭く観察し続けた作家である。と同時に、長編「世界の終わりとハードボイルド・ワンダーランド」（一九八五年）で、〈影〉と〈記憶〉を奪われ〈心〉を失くした人々が、壁に囲まれ出口のない街で密やかに暮らすディストピアを〈寓喩としての東京〉として創造する、優れた都市文学の作者でもあった。

本論では、まず、「団塊の世代」である村上が、その青春期を過ごした新宿を中心とする一九六〇年代末から七〇年の〈東京〉を、「ノルウェイの森」（一九八七年）によって分析していこう。

「ノルウエイの森」の〈東京〉

この小説の時代背景は、一九六八年五月半ばから一九七〇年十月九日までである。作中の〈東京〉は、三つの観点から描かれている。第一は、学生運動の勃興と若者文化の誕生への注視である。この視点を、村上は、〈僕〉と直子のデートコースとして、暗示的に具象化する。上京一年後に中央線の車内で偶然出会った〈僕〉と直子は、四谷で下車した後、飯田橋、市ケ谷、皇居のお堀端、神田神保町、御茶ノ水、本郷、駒込と歩き続け、山手線で新宿に出る。この二人の歩く街と乗車する鉄道は、当時の〈東京〉の時代状況を忠実になぞっている。たとえば、〈僕〉と直子が出会う中央線沿線には、個性的な喫茶店や飲み屋が点在する高円寺、阿佐ヶ谷などの、上京学生に人気の下宿先が多かった。また、飯田橋には、内ゲバリンチ事件を起こした中核派の拠点・法政大学があり、市ケ谷には、一九七〇年に、三島由紀夫が隊員にクーデターを呼び掛けた後、割腹自殺した自衛隊駐屯地があった。つまり、セクト間の殺人や有名作家のショッキングな事件が起きた「血のにおいのする場所」注(3)だった。神保町から御茶ノ水には、学園紛争の中心となった明治大、日大があった。さらに本郷は、一九六九年一月十八日から十九日にかけて、東大安田講堂で学生と機動隊の攻防戦が展開された場所だった。そして新宿には、シンナーを吸うフーテンやヒッピーが東口周辺にたむろし、ジャズ喫茶、アングラ劇場、前衛映画館が集まっていた。戦後のベビーブームに生まれ、のちに「団塊の世代」と称された青年たちが、この新宿の若者文化の担い手だった。

だが直子は、このように、死と闘争の匂いに満ちた猥雑な東京を、連れ立って歩く〈僕〉の存在さえ忘れ、何かに憑かれたように足早に通り過ぎていく。そして〈僕〉もまた、街並みには目もくれず直子だけを見詰めて、東京に漂っていた同世代の熱気を敢えて無視している。このような描写には、地方出身の二人の、現実の東京での疎外感が、巧みに暗示されている。

次に、当時の新宿から生まれた若者文化は、登場人物たちの行動に反映されている。たとえば〈僕〉と先輩の永沢は、土曜日ごとに新宿のバーでガールハントをして、ラブホテルにしけ込む。ナンパに失敗した日の〈僕〉は、深夜喫茶で偶然相席した二人連れの女の子と、新宿西口の原っぱで、酒盛りをする。さらに〈僕〉は、紀伊国屋書店で本を買い、大学で同級生の小林緑と、ジャズ喫茶「ＤＵＧ」でトム・コリンズを飲み、成人映画を観て、トイレに行きたくなった緑を駅構内の有料トイレに案内する。

ここには、「深夜喫茶」「西口原っぱ」「紀伊国屋書店」「ジャズ喫茶ＤＵＧ」「成人映画館」「駅構内の有料トイレ」と、一九六〇年代末の新宿の若者風俗が、さりげなく書きこまれている。都庁を中心とした高層ビル群となる前の「西口原っぱ」は、唐十郎・寺山修司主宰の前衛劇のテントが並び学生のデモ隊が集合する場所であり、「紀伊国屋書店」は、戦前のエリート学生御用達の洋書店「丸善」に対する、戦後大衆化された大学生たちの聖地であり、「ＤＵＧ」には若手芸術家やジャズ好きの学生が集まり、「駅構内の有料トイレ」は、そこで私服に着替えて街へ繰り出す女子高生文化の発祥地であった。彼らの出没する場所は、皆、当時の活気に満ちた新宿の特徴を、生き生きと伝えている。

そして、「ノルウェイの森」に反映されている〈東京〉への第二の視点は、旧い東京の末期の様相への着目である。この視点は、作中で唯一、東京で生まれ育った小林緑を中心に描かれる。〈僕〉と直子は神戸出身、永沢は名古屋の病院経営者の息子、永沢の恋人ハツミも、恵比寿の小綺麗なアパートに住む富裕な地方出身の女子大生である。その中で緑だけが、大塚の小さな書店の次女という設定になっている。大正十二年九月一日の関東大震災後、壊滅的打撃を受けた都心の人々が大量に移住した大塚は、豊島区にありながら東《ひがし》東京の下町の風情が残る地域であり、昭和四十年前後に姿を消していった都電も走る町だった。「ノルウェイの森」では、この大塚が、「空襲を免れた戦前からの家並みが残り、空気は悪く騒音もひどく、戦後の高度成長に取り残されたが、老人や猫がのどかに暮らす町」として描かれている。たとえば〈僕〉は、緑の家に向かう都電の中で、おしゃべりに興ずる老婆たちと笑顔を交わし、車窓からひなたぼっこする黒猫やシャボン玉を飛ばす幼児を眺め、カレーの匂いを嗅ぎ、いしだあゆみの唄を聞く。

そして〈僕〉と緑は、日本橋の高島屋でデートし、地下食堂や屋上に出かける。雨の日のがらんとした食堂で幕の内弁当を食べながら、緑は「私好きよ、こういうの」「なんだか特別なことをしているような気持になるの。たぶん子供の時の記憶のせいね。デパートに連れてってもらうなんてほんのたまにしかなかったから」といい、〈僕〉は「しょっちゅう行ってたような気がするな。お袋がデパート行くの好きだったからさ」と答える。この会話からは、小さな書店を夫婦できりもりする庶民的な緑の家と、専業主婦の母に育てられた中流サラリーマン家庭の〈僕〉という環境の相違はあるものの、都心のデパートが親との主な〈お出かけ〉場所だった一九五〇年代後半の子供たちの共通体験が垣間見られる。だが、一九六〇年代末の時点では、かつて家族連れで賑わった老舗デパートの食堂は、既に人影もまばらである。

さらに、緑と〈僕〉は屋上に上るが、そこに客は一人も見当たらず、売店も乗り物切符売り場もシャッターを閉ざしている。戦前から五〇年代までは、様々な遊具と乗り物を備えた都心のデパートの屋上は、お子様ランチを提供する食堂とセットとなって、子供たちの憧れの空間だった。そこがいくら雨天とはいえ、まったく人気のない荒涼とした場所と化しているのである。

この日本橋の老舗デパートの食堂と屋上の光景には、一九六〇年末頃から、東京の中心が、日本橋・銀座から新宿・渋谷へ変わる〈東京都心の西への移行〉という現象も反映されている。

緑と〈僕〉は、この廃墟めいたデパートの屋上で雨に濡れながら抱き合うが、作中で、緑と〈僕〉が肉体的に接近するのは、いつも地上を離れた特殊な場所である。最初に〈僕〉が緑の家を訪れた時、近所に火事があり、それを見るために、二人は三階の物干しに上がるが、そこで初めてキスをする。物干し、屋上という、地上から離れた非日常的な場でこそ親密な身体的接近が可能になるという設定には、二人の生活環境の違いが暗示されている。五十嵐太郎は「1Q84」の主人公青豆の行動が「自由が丘、渋谷、麻布のエリアに集中し、天吾は中央線・総武線を軸に」移動している点を挙げ、この作品を「互いに求めあい、接近しながらも、交わることがない、ねじれた都市と歴史の物語」注(4)と規定したが、「ノルウェイの森」も、大塚に住む緑と目白・新宿を拠点とする〈僕〉の、東京での生活圏の相違によって、二人の将来の別離が予言された小説と読むこともできよう。

また小学校時代の緑は、家出をして上野駅から福島の伯母の家に行き、父親が彼女を迎えに来て上野駅まで帰ってくるという行動を繰り返すが、〈僕〉は、直子の自殺後、新宿駅から放浪の旅に出て、山陰地方の海岸を回る。この、集団就職の舞台として名高い庶民の駅上野から東北へ向かう緑と、新興の若者の駅新宿から再生を賭けて旅立つ〈僕〉という使用駅の差異にも、二人のすれ違いの人生が凝縮されている。ただ〈僕〉は、療養所を出て北海道で社会復帰するレイコ（石田怜子）を、作品の収束部で上野駅に見送りに行く。そして、その後、緑に電話をかけ、「世界中に君以外に求めるものは何もない」と告白する。この時〈僕〉は、上野駅に親しい緑と、一瞬最も接近することができたといえるだろう。だが結局〈僕〉は、緑の「あなた、今どこにいるの」という問いかけに「そこがどこなのか僕にはわからなかった。（略）僕はどこでもない場所のまん中から緑を呼びつづけていた。注(5)」という反応しか示せない。〈僕〉は最後まで、東京での自身の在処《ありか》を見い出せないまま、作品世界から退場していくのである。だからこそ「ノルウェイの森」冒頭の三十七歳になった〈僕〉は、ドイツ・ハンブルク空港に着陸寸前の旅客機内という東京の地上から遠く隔たった空間で、選んだはずの緑ではなく、捨てたはずの直子との記憶に苦悩することになる。実際、〈僕〉は、緑の大塚の家を訪ねた時も、彼女と近所の商店街や花街を散策することもなく、家の中で緑の「関西風」の手料理を食べ、物干しで近所の火事を眺めただけである。因みに、この作品では、山の手のお嬢様学校にいやいやながら六年間在籍し、上野駅から母の実家のある福島への逃亡を繰り返す緑も、地元に馴染めない似非下町娘として造型されており、〈僕〉との生活を東京で積極的に築こうとする生粋の東京っ子の土着力からは、ほど遠い存在だったのである。

そして作中に描かれる第三の〈東京〉への視点は、小説発表当時の東京を覆っていた、バブル期の虚無的な雰囲気の投影である。これは、登場人物たちの特殊な男女関係に反映されている。たとえばヒロインの直子も緑も、〈僕〉と、不能な青年を治療する女医のように、献身のみの性行為をする。中年のレイコと〈僕〉とのセックスも、享楽的なエロスの交換というよりも、自裁した直子への鎮魂の儀式と化している。さらに〈僕〉は、内面にある退行願望や死への憧憬、現実との不調和意識を、それらの要素を多く持つ直子と逢うことで癒され、自身の変革願望や生への希求、現実への挑戦欲を、それらを強く持つ緑と付き合うことで刺激される。中年のレイコ（怜子）は、直子の死後、〈僕〉を再生させるために〈僕〉と肉体関係を結び、ハツミは、永沢のような非人間的人生を選ばないよう、〈僕〉に忠告してくれる。つまり女性たちは、〈僕〉の守護者として存在している。そして〈僕〉もまた、彼女たちの告白の誠実な聞き手となることで、彼女たちを慰めている。このように作中の男女は、皆、狂おしく相手を求め傷つけあう〈恋愛〉特有の情熱とは無縁な、セラピストとしての役割を担い合っているのである。このような男女関係には、〈モノ〉と〈カネ〉の氾濫によって〈ココロ〉を見失い、〈恋愛〉に惑溺できない〈バブル期の東京〉に住む人々の虚無感が、巧みに具象化されているといってよいだろう。

「ノルウェイの森」を現実の東京を離れギリシャ、イタリア・シシリア島、ローマで書いた村上は、記憶としての青春期やバブル期の東京を、この作品で鮮やかに描写した。だが描かれた人々は、誰も東京での生を全うできず、作中から去っていった。直子とハツミは自殺し、外交官となった永沢は外国へ赴任し、レイコ（石田怜子）は旭川へ移った。緑と〈僕〉は、所在不明のままである。このような結末からも、一九七〇年前後の東京を、村上が、前述した夢の中の無人駅のような、時計も時刻表もない暗闇の都市として捉えていたことが想像できる。「ノルウェイの森」の〈東京〉はまだ、自我を解放する出口を用意していなかったのである。

そして一九九二年、バブル崩壊後に発表された「国境の南、太陽の西」で村上は、「ノルウェイの森」の登場人物が迷い込んだ〈東京〉という闇の出口を、再び探ることになる。

「国境の南、太陽の西」の東京

「ノルウェイの森」は主人公兼語り手の〈僕〉が三十七歳になって、十九歳の頃の自分と直子とのワンシーンを回想するところから始まるが、「国境の南、太陽の西」の〈僕〉は、三十七歳の妻子持ちの男である。またこの三十七歳の〈僕〉が、かつて大学入学のために上京したのは「多くの大学が学生の手で占拠され、デモの嵐が東京の街を席巻していた」年だった。そんな〈僕〉は、学生の頃、「いつも新宿のジャズ・クラブに通ってジャズを聴いていた」。さらに、「ノルウェイの森」で〈東京〉への第三の視点として描かれていたバブル期の雰囲気は、〈モノ〉と〈カネ〉に恵まれた生活をしながら虚無感を抱いて生きる〈僕〉の造型に継承されている。このような点から、「国境の南、太陽の西」は、「ノルウェイの森」の続編と考えることができよう。ただし「ノルウェイの森」の〈僕〉は「団塊の世代」だったが、この小説は、「〈僕〉は一九五一年一月四日生まれで、二十世紀後半の最初の年、最初の月、最初の週生まれなので「始《はじめ》」と名付けられた」と書き出される。そして父は学徒出陣でシンガポールに送られ終戦後は収容所に入り、母の家は戦争の最後の年にB29の爆撃を受けて全焼していて、彼らは「長い戦争によって傷つけられた世代」という記述がある。「団塊の世代」から二年遅れて生まれた〈僕〉の生年と、「ノルウェイの森」では書かれなかった主人公の両親が体験した〈戦争〉の影を入れることで、この作品の〈東京〉への視点は、微妙に変化していく。

村上は、この作品について「アメリカに来た二年目に、無我夢中で、かなり熱くなって書きあげた。そして自分の人生の中で心に残っている情景をいろいろ取り入れた[注(6)]」と述べている。「ノルウェイの森」同様、東京を離れ外国で著された「人生の中で心に残っている」〈記憶としての東京〉は、この作品では、村上が九〇年代に住まいと事務所を持った青山が中心になる。

大学を卒業した〈僕〉は、教科書編集出版社に勤め不本意な日々を過ごすが、旅先で知り合った有紀子という財産家の娘と結婚し、その父親の援助を受け、青山でジャズ・バーを開業する。そしてその店が繁盛し、もう一軒のジャズ・クラブ、青山の4LDKのマンション、二台の外車、箱根の別荘を手に入れ、娘も二人生まれる。だが、そんな〈僕〉は、「BMWのハンドルを握って」「青山通りで信号を待っているとき」、ふと、「これはなんだか僕の人生じゃないみたいだな（略）いったいどこまでが本当に現実の風景なんだろう」という思いに囚われる。さらに、「上京前にひどい裏切りの末に別れた女性が、今は表情のない〈怖い女〉に変わってしまった」ことを旧友から聞いた後、〈僕〉は、自身の店とマンションのある青山を、次のように不吉な街として捉え直す。

> 夜明け前に店を出た時には、青山通りには細かい雨が降っていた。僕はひどく疲れていた。雨は墓石のようにしんとしたビルの群れを音もなく湿らせていた。僕は車を店の駐車場に残したまま家まで歩いた。途中でしばらくガードレールに腰をかけ、信号機の上で鳴いている大きな一羽のからすを眺めた。午前四時の街はひどくうらぶれて汚らしく見えた。そのいたるところに腐敗と崩壊の影がうかがえた。そしてそこにはまた僕自身の存在も含まれていた。まるで壁に焼きつけられた影のように。

仕事と家庭に充足を齎してくれた青山が、この時から、墓石が並び、からすの不吉な鳴き声が響く墓地のような、腐敗と崩壊の場所と化してしまう。そしてその街の腐敗と崩壊には、自身の存在も含まれていることを確信するのである。

このように青山が、華やかな風景の背後の不気味な本質を顕し始めた頃、〈僕〉のジャズ・クラブに〈島本さん〉が姿を現す。〈島本さん〉とは、小学校時代に〈僕〉と、幼いながら恋愛感情を抱きあった女性である。「生まれてすぐに患った小児麻痺のせいで左脚を軽く引きずっていた」彼女は、知的

現在の青山墓地周辺（著者撮影）

で早熟な外見の「奥に潜んでいる温かく、傷つきやすいなにか」によって、〈僕〉を心から癒してくれる存在だった。だが中学になって〈僕〉が引越してからは、会うこともなく長い年月を経ていた。そんな初恋の相手が成熟した美女となって、〈僕〉の虚ろな心に忍び込むように、晩秋の雨の夜、青山のジャズ・クラブを訪れるのである。

芥川の「歯車」では、雨の日に必ずレインコートを着て現れる幽霊が登場するが、〈島本さん〉も雨の夜にしかやってこない謎めいた女性である。〈僕〉は、父を亡くし母とも疎遠で今の身の上を隠そうとする〈島本さん〉の、不幸な現状を想像する。さらに会わなかった間もお互いを想っていたことを確認し合う。だが、その後彼女は、三か月も店に姿を見せない。

そして久しぶりにやってきた二月の雨の夜、突然〈僕〉は彼女に、「すぐに海に流れ込む綺麗な川」のある場所へ一緒に旅をしてくれないかと頼まれる。〈僕〉は、妻に隠して〈島本さん〉と石川県まで行き、その川で彼女が、自分の赤ん坊の遺骨を川に流すのを目撃する。村上は自身の最初の嫌な記憶を「二、三歳の頃、川に落ちて、川の底の暗闇を見ていたこと」[注(7)]だと語っている。また短編「五月の海岸線」には、実体験をもとに書かれた[注(8)]次のような一節がある。

ずっと昔、六歳の頃のことだ。彼は集中豪雨で増水した川に呑まれて死んだ。春の午後、彼の死体は濁流とともに一気に沖合へと運ばれ、そして三日後に流木と並んで海岸に打ち上げられた。

幼馴染が増水した川で水死した時の描写である。このように村上には、自身や友人を死へと追いやる川のイメージが、忘れることのできない恐怖として刷り込まれていた。つまり、赤ん坊の遺骨が流れる川辺に佇む〈島本さん〉と〈僕〉は、この時〈死〉の瀬戸際に立たされた男女として描かれていたのである。事実、冬空の下でこの凄惨な行為をした〈島本さん〉は、その直後、持病の発作を起こし、一時仮死状態に陥っている。
そして何とかその危険な道行から生還した〈島本さん〉と〈僕〉は、春になるまでの間、週一回ほど、〈僕〉の店や表参道のコーヒー・ショップで、二、三時間ほどのデートを繰り返す。だが〈島本さん〉は四月中旬に、また急に姿を消してしまう。その間、〈僕〉は、妻子のいる家庭を「空気のない月の表面のように感じ」、窓外の暗い青山墓地と走りすぎる車のヘッドライトを眺めながら、「こんな生活をこのままずっと続けていくことはできない」という結論に達する。さらに〈僕〉は義父から、ペーパー・カンパニーの名義人になってもらった返礼として、「内部操作をした絶対儲かる株」を買うように勧められる。ところがその株を直ちに買った有起子に、〈僕〉は、「こういう間違ったことを繰返して少しずつ自分が空っぽになっていく気がする」と言い、その株をすぐに全部売るように指示する。そんなときに見る青山から渋谷の街路を〈僕〉は、「何もかも陰鬱で虚ろに見えた。あらゆる建物は崩れかけ、あらゆる街路樹はその色を失い、あらゆる人々は新鮮な感情や、生々しい夢を捨て去ってしまったように」感じるのである。

その後、十月の始めの雨の夜〈島本さん〉が、半年振りにやってくる。そして〈僕〉に、小学校時代に二人で聞いていたナット・キング・コールの『国境の南』のレコードをプレゼントする。〈僕〉はそれを箱根の別荘で二人だけで聴こうと〈島本さん〉を誘う。箱根の別荘についた〈島本さん〉は、ある日突然に〈太陽の西〉に向かって死ぬまで歩き続ける「ヒステリア・シベリアナ」というシベリアの農夫がかかる病気の話をする。それを聞いた後、〈僕〉は、これまでの日常をすべて捨てる覚悟で〈島本さん〉と肉体関係を結ぶのである。

ところが、翌朝、〈島本さん〉は、彼女が持ってきた「国境の南」のレコードとともに姿を消してしまう。村上はこの小説を「上田秋成の「雨月物語」のことを考え」ながら執筆し、「意識と無意識との境界が、あるいは覚醒と非覚醒の間の境界が不明瞭な作品世界を、現代の物語として提出してみたかった」注(9)と述べている。確かに、濃厚な愛の交換の翌朝に、相手の女性が消えてしまう設定は、『雨月物語』〈浅茅が宿〉の、「久しぶりに我が家で共寝した妻が、翌朝起きると姿が見えず、傍に彼女の墓があった」という怪談に類似している。〈島本さん〉がこの箱根の別荘で〈僕〉に語る、「私には中間は存在しない。いつでも会いに来るわけにはいかない」という言葉も、〈彼岸〉と〈此岸〉を行き来する霊魂としての彼女の実態を暗示している。

〈島本さん〉が永久に去ってしまったことを自覚した〈僕〉は生きる力を喪失し、自宅のマンション前の青山墓地を呆然と眺める。この時主人公は、東京の「闇から這い出して来る暗い幻想に追い詰められ」青山墓地に迷い込む「歯車」の〈僕〉に、最も近い境地に立っていた。だがその時、背中にそっと置かれた妻の手によって、〈僕〉は、この地獄的都市からの出口を一瞬見い出す。

ところが一方で村上は、この小説は「欺瞞的な東京のシステムから抜け出せたように見えても、翌日に、いや次の瞬間に〈島本さん〉が戻ってきてしまうのではないかという恐怖とともに描いた」（一九九五年「新潮」十一月号）と述べている。そしてその恐怖は「国境の南、太陽の西」発表の十八年後、冒頭に引用した、「歯車」の〈ソドムとしての東京〉に重なる「一人称単数」の地獄的な東京風景に具象化されたのである。

こう考えると、「国境の南、太陽の西」はまた、「1Q84」（二〇〇九～二〇一〇年）の青豆と天吾が抜け出したかに見えて、またもう一つのディストピアに落ち込んでしまった結末にもつながる小説である。〈東京〉に紛れ込んで居場所を見失った「ノルウェイの森」の青年〈僕〉は、「国境の南、太陽の西」の作品世界においても、さらに暗さを増した〈東京〉の闇の中で、中年としての在処を模索しているのである。つまり現時点の村上は、「世界の終わりとハードボイルド・ワンダーランド」で創造した「〈記憶〉と〈心〉を失くした人々」が偽りの平和の中で暮らす「壁に囲まれた寓喩としての東京」からの脱出口をいまだ見いだせず、それどころか「偽りの平和」さえ奪われ、腐敗と崩壊の影に重く覆われた「歯車」の東京に、一層深く迷い込んでしまったと言えるだろう。

〈戦争〉と東《ひがし》東京への想い

前述したように、「国境の南、太陽の西」には、主人公〈僕〉の両親が、「長い戦争によって傷つけられた世代」という記述があった。因みにこの作品には、ジャズ・クラブのカウンターで、「ヴェトナム戦争の後に行われた中国とヴェトナムとの戦争を扱った本」を読む〈僕〉の姿も記されている。また「世界の終わりとハードボイルド・ワンダーランド」で、妖怪〈やみくろ〉の蠢く東京の地下から脱出した〈僕〉の地上での逃亡コースは「青山一丁目→明治神宮→外苑→神宮球場→青山墓地」だった。これは、村上の長年の生活空間であるとともに、歴史的には富国強兵を掲げる皇都東京の聖地であり、神宮球場は、太平洋戦争中、学徒動員の壮行会が開催された場所だった。さらに最後に辿り着く日比谷公園は、練兵場から明治三十六年に日本初の西洋式公園になって以後、日露戦争講和条約反対の焼き討ち事件、関東大震災・東京大空襲の避難所、一九六〇年代末のべ平連の決起集会開催地という近現代の戦争に深く関わる舞台であり続けた。また、直接東京には関わらないが、「ねじまき鳥クロニクル」(一九九四~一九九五年)にはノモンハン事件の凄惨な処刑場面が描かれ、「騎士団長殺し」

（二〇一七年）にも旧帝国陸軍の南京大虐殺への言及があった。

「国境の南、太陽の西」を著した一九九〇年代以前から村上は、〈戦争〉への視点をさりげなく作中に取り入れている。そして次第に、学徒動員され戦後はその戦死者たちへの鎮魂の祈りを毎朝欠かさなかったという村上の父につながる日中戦争、太平洋戦争への想いが、東京を描くときの重要な要素として意識され始めて来たといえよう。

芥川が陥った〈ソドムとしての東京〉からの出口を模索する村上は、これまで芥川の生育地である築地、本所という隅田川沿岸の町や、浅草などの東側の東京をほとんど作品の舞台としていない。注(10) これは、村上が上京した一九六〇年代末の都心が新宿・渋谷という西に移り、彼の東京の居住空間が皆、西側だったという理由もあるだろう。だが近年、村上は、自身が翻訳を担当した米国の作家ポール・セローを浅草の「並木藪蕎麦」に案内し、東京大空襲で焦土となった隅田川周辺の写真を見せ、「一夜で十万人が死んだ。ほとんどが民間人だった。（略）三万人が死んだドレスデンより、これはずっとひどかったんだ。逃げ場がなかったから」と語ったという。注(11) この言葉には、「〈戦争〉で焼け野原となった東側の東京を知らなければ、東京の本質に触れることはできない」と、当時空襲を仕掛けたアメリカ人に告げたい想いが籠っていたことは間違いない。作品世界に芥川の故郷である東側の東京が重要な意味を持って登場し、〈戦争〉と首都〈東京〉との関係がそこに真摯に綴られた時、村上の描く〈東京〉の闇に光が差し込み、出口への扉が開き始めるのではないだろうか。

「国境の南、太陽の西」で〈僕〉の両親の戦争からの傷を述べた後、村上は「でも僕が生まれた頃には、もう戦争の余韻というようなものはほとんど残っていなかった」と続けている。だがこの小説でバブル期の青山の背後に「腐敗と崩壊の影」を描出した後、村上は、焦土となった〈東京〉と戦争との関係を無視することはできなくなった。その意味でも、空襲で壊滅した東東京《ひがし》を故郷とする芥川文学へのより深い探求が、今後の村上文学の課題といえるだろう。
「1Q84」の最終章で天吾は、〈1Q84年の東京〉から現実の〈1984年の東京〉へ戻る道を青豆に問う。すると彼女は「私がここへ入ってきた通路から、私たちはここを出ていくことになる。それ以外に私に思いつける出口はない」と答える。一方、芥川の「河童」の収束部には、「河童国」に迷い込んだ〈僕〉が、「子供の姿をした老人の河童」にこの国から出て行かれる路を聞くと、彼が「出て行かれる路は一つしかない。それはお前さんのここへ来た路だ」と述べる一節がある。ディストピアとしての〈東京〉からの出口を〈ここへ来た路〉と限定する二人の作家の痛烈な近代史への認識こそ、腐敗と崩壊の影に覆われ、深い闇に沈みつつある〈東京〉からの、唯一の脱出口ではなかろうか。マスクをして「顔を持たず」、「喉の奥から硫黄のような黄色い息を吐く」男女が行き交う現在の〈コロナ禍の東京〉を「歯車」の東京に重ねた村上が、帝都として幾多の〈戦争〉を起こし、その果てに焦土となった東京の「ここへ来た路」を、〈芥川文学の出口〉として探しあてる時は近づいている。

注1　沼野充義「偶然に織り成された唯一の「私」――村上春樹「一人称単数」における回想と虚構の交錯」（「文學界」二〇二〇年九月号）

2　奥野健男『文学のトポロジー』(一九九九年一月二十五日刊、河出書房新社)
3　浦澄彬『村上春樹を歩く―作品の舞台と暴力の影』(二〇〇〇年十二月十五日刊、彩流社)
4　「ねじれた都市と歴史の物語」(『村上春樹『1Q84』をどう読むか』二〇〇九年七月三十日刊、河出書房新社)
5　この〈僕〉の対応には、「ノルウェイの森」が種本にしたトーマス・マンの教養小説「魔の山」の収束部で、第一次大戦の戦場に向かうハンス・カストルプの「私たちはどこにいるのだろう？　あれはなんだろう。私たちは夢にどこに連れてこられたのだろう？」という述懐の影響もみられる。
6　「村上春樹ロングインタビュー『考へる人』」(二〇一〇年夏号)
7　「メイキング・オブ・『ねじまき鳥クロニクル』」(一九九五年「新潮」十一月号)
8　井上義夫は『村上春樹と日本の「記憶」』(一九九〇年、新潮社)で、『西宮史』『神戸新聞』に、当時の村上と同い年で友人の六歳の幼稚園児が、川に落ちて溺死した事件が掲載されていたと指摘している。
9　『村上春樹全作品1990～2000』二〇〇三年、講談社)
10　村上春樹の作中に東東京《ひがし》が登場するのは「羊をめぐる冒険」(一九八一年)で「いつも大学近くの喫茶店にいて誰とでも寝る」と噂された女性の告別式が「早稲田からの都電の終点に近いごみごみした下町」に設定されていたことと、短編「木野」(二〇一四年)でバーの店主木野が「妻の浮気現場を目撃するのが自宅の葛西のマンションだった」という記述くらいであり、両作品とも、あまり近づきたくない不吉な空間として描かれていた。
11　ポール・セロー著、西田英恵訳『ゴースト・トレインは東の星へ』(二〇一一年十一月二十七日刊、講談社）の中の「27　トーキョー・アンダーグラウンド」には、村上春樹がセローを案内して、浅草と秋葉原を訪れたことが記されている。

第二部　近代の文学空間

1　伊香保温泉の男女——「不如帰」と「浮雲」

伊香保は、榛名山北東斜面の標高約七五〇メートルにある温泉町である。『万葉集』『古今集』にも登場し、江戸時代には子宝の湯として女性客の人気を集めた。近代に入ると、英照皇太后の行啓（明治十二年）と東大教授ベルツの『日本鉱泉論』（明治十三年）出版によって貴族の保養地として注目を浴び、皇室の御用邸（明治二十三年）やハワイ公使別邸（明治二十四年）が建てられ、明治中期には、上流階級の夏の社交場の観を呈した。

このような伊香保の名を全国的に広めたのが、徳冨蘆花の小説『不如帰』（明治三十三年、民友社）である。蘆花は、明治三十一年五月に妻愛子とともに伊香保の老舗旅館千明仁泉亭《ちぎらじんせんてい》に三週間滞在し、榛名湖や水沢観音を訪れた。また同年八月、逗子の柳屋で、大山巌中将（当時）の副官福家中佐の未亡人から、中将の長女信子が、子爵三島通庸の長男弥太郎と結婚後すぐに肺結核にかかり、七カ月で離縁された上、「もうもう二度と女なんかに生れはしない」という言葉を遺して死んだという哀話を聞いた。蘆花は信子のこの臨終の一言にこめられた〈女ゆえの悲哀〉を主題《モチーフ》とし、丸顔の少女信子から細面の儚げな美女浪子を、アメリカ帰りの農業技師弥太郎から海軍少尉川島武男を創造して、日清

明治期の伊香保温泉（渋川観光協会パンフレットより）

戦争を背景とする「不如帰」を著した。そしてこの「不如帰」冒頭の舞台として、蘆花が明治三十一年に訪れて以来愛し続け、昭和二年にそこで没した伊香保が登場してくるのである。

「不如帰」は、明治二十六年の五月、武男と新婚旅行に来た浪子が、伊香保の千明仁泉亭の三階の窓辺で、夕景色を眺める場面から始まる。そこで浪子は、「赤城の背《うしろ》より浮かび出《い》でた」「雲二片《くもふたつ》」が「上下《うえした》に吹き離され」下の雲が「影も残らず消」え、「残れる一片《ひとつ》」は「朦乎《ぼいやり》と空にさまよふ」光景を目にする。この二片の浮雲は浪子と武男の運命の暗喩であり、注(1) その意味で「不如帰」の作品世界には冒頭から暗い影が射してはいるのだが、しかし「不如帰」に描かれる様々な場所の中で、やはりこの伊香保だけは、発病前の浪子が姑の目を気にせず武男との時間を充分に謳歌する至福の空間として描写されている。浪子は、山歩きから帰ってきた武男の外套《がいとう》にそっと接吻する。美しい草花が咲き乱れる水沢観音そばの浄土的な草原のなかで、ほおを紅潮させて唱歌を歌い蕨をつむ。草の上にすわった「武男の膝《ひざ》に手を投げ」て幸福の溜息をつく。伊香保での浪子は、継母と姑の顔色を窺う「日陰の花」のような通常とは違い、近代的新妻の生き生きした魅力に溢れている。「不如帰」の世界には、浪子が結核を療養する逗子の片岡家別荘と浜辺、武男が戦う黄海海上、片岡中将と浪子が最後の旅をする京都の宇治、浪子と武男が汽車のすれ違いによって一瞬の再会を果たす山科《やましな》、そして明治二十八年の新嘗祭（十一月二十三日）に武男と片岡中将が出逢う青山墓地の浪子の墓前という最終場面まで、変化に富んだ舞台設定があるが、これらは皆、浪子にとっては、〈死〉と武男との〈別離〉という、破局へむかっての道行きの場として表現されている。そしてこの〈死〉と〈別離〉の道行きの途上で、伊香保だけが繰り返し浪子の胸中に、最も「うれしかった」場所として浮かんでくるのである。つまり伊香保は、明治上流階級の若夫婦の悲劇を最大限に訴えるために仕組まれた、〈夢の場〉だったのである。

伊香保から帰って以後の武男は、浪子が姑のお慶にいびられる時も、発病して実家の逗子の別荘へ転地した時も、お慶に「離縁《ぢえん》」される時も、「ああつらい！　つらい！　もう――もう婦人《おんな》なんぞに――生まれはしませんよ。」と身もだえて死ぬ時も、軍務で常に不在である。また、浪子の墓前で再会した武男に片岡中将が言う「不如帰」一篇の結びの言葉は、「浪の思い出を語ろう！」ではなく、それを領有することで日本が欧米列強に連なり帝国主義への一歩を踏みだした「台湾の話でも聞こう！」だったのである。このような「不如帰」の構造を顧みる時、蘆花が、浪子を殺した一因として描出した家族制度の悪とは、嫡子を廻る嫁姑の葛藤よりも、その葛藤をひきおこし女の人生を犠牲にする明治家父長制の男性中心主義だったことが明瞭になろう。事実、憎々しく肥えた敵役《かたき》の姑お慶もまた、夫の存命中にはその暴君ぶりに神経をすりへらしやせ細った、か弱い嫁だったのである。つまり、同じ家の中で差別されて育った孤児千々岩《ちぢわ》中尉の悔しさも理解せず、父親の暴君ぶりにも気がつかず、浪子の洋行帰りの継母が唱える別居論など考えもつかない〈坊っちゃん〉武男の、あまりにも家父長制と軍国主義に忠実な〈明治の優等生〉的生き方こそが、母お慶を鬼婆とし、妻浪子を殺してしまったともいえるだろう。「もう婦人《おんな》なんぞに生まれはしない」という浪子のこの世への捨て台詞は、単なる姑への恨みではなく、自身が生命《いのち》を賭して愛した武男を含む明治男性社会への、明治の理想的若妻の無意識の抗議だったからこそ、旧憲法下の読者の共感を得たのである。そして繰り返すが、〈明治の優等生〉武男が、新妻を「浪さん」と対等に呼び軍務を忘れて蕨取りに興じ、古風な浪子が近代的新妻として描かれる伊香保の〈夢の場〉があったからこそ、浪子の明治の〈現実〉へのこの捨て台詞は、一層人々の心に染み透ったのである。

「不如帰」では、千明仁泉亭《ちぎら》の三階から浪子が眺めた二片の〈浮雲〉に浪子と武男の悲劇が暗示されていたが、この「不如帰」同様、男女の運命の悲哀を〈浮雲〉に託し、伊香保を重要な舞台とする昭和の長編小説がある。林芙美子の『浮雲』（昭和二十六年、六興出版社）である。「浮雲」は、「不如帰」が日清戦争を背景とするのに対して、昭和十八年秋から二十三年の早春まで、つまり太平洋戦争中から敗戦後を描いた作品である。親類の男伊庭《いば》との長い不倫関係を清算するため、戦中の仏印へ農林省のタイピストとして赴任したヒロイン幸田ゆき子は、その地で、過去に人妻を奪って結婚し、また安南人の女中を身ごもらせるような農林省技師富岡兼吾の危険な魅力の虜となる。だが敗戦後、日本での富岡の冷たさに失望したゆき子は、一時アメリカ兵の世話を受ける。しかし仕事にも家庭にも行きづまり密かに死を決意した富岡に伊香保に誘われると、いそいそと師走の伊香保へ同行する。だがここでも富岡は、飲み屋の女房おせいと関係しておせいを上京させ、そのためおせいは東京で亭主の清吉に殺される結果となる。一方ゆき子は帰京後富岡の子を宿すが、おせいと同棲した富岡に絶望し、インチキ新興宗教「大日向教」の教師となってボロ儲けする伊庭の金で中絶し、伊庭に囲われて教団の金庫番となる。そこに妻の葬式代を借りに再び富岡が訪れ、教団の金を六十万持ち逃げしたゆき子と農林省に復職した富岡は、富岡の赴任地の屋久島へ出発する。だが旅行中に肺結核を発病したゆき子は、屋久島で富岡の不在中に孤独な死を遂げる。一ヵ月後、鹿児島に渡った富岡は、既に屋久島へ帰る気力も失せ、ゆき子の亡骸《なきがら》を屋久島へ置いて去るにも忍びない自分を、定めなく消えてゆく〈浮雲〉に喩えるのである。

このような筋《ストーリー》が展開する「浮雲」の作中で、伊香保は、既に青春を終えお互いの愛に絶望した貧しい男女の〈心中の場〉であるとともに、富岡のおせいとの出逢いによってかえって死の淵から逃れた、ゆき子と富岡の〈再生の場〉として描かれている。「浮雲」は、敗戦の世相ではなく虚無の底に沈んだ日本人の「敗戦の心を描いた」注(2)唯一の小説と言われるが、林芙美子は、貴族の無邪気な若夫婦が新婚気分を謳歌した〈夢の場〉としての伊香保を、荒みきった不倫の男女の〈心中の場〉と絶望の果ての〈再生の場〉として登場させることで、日清戦争以後、太平洋戦争に敗れるまでに辿った日本の姿を、見事に象徴化している。「不如帰」最終場面の海軍士官武男と陸軍中将片岡の「台湾の話」に暗示されていた日本の軍国主義と帝国主義への出発が悲惨な終局を迎えた事実は、新婚夫婦の純愛の理想郷伊香保が、無意味な情事を重ねる不倫カップルのみじめな〈死と再生〉の場として描かれることで、絶妙に浮彫りになっていくのである。

「浮雲」では、「不如帰」に記された価値観や設定がすべて逆転している。武男と片岡中将の人物像によって正義の権化のように描かれた〈軍人〉が、「浮雲」では大日向教教祖で守銭奴の〈追放軍人〉になりさがっている。農業技師から海軍少尉に創りかえられた〈主人公〉は、「浮雲」では再び農林省技師となっている。瀕死の浪子を慰めるクリスチャンの老女の姿を借りて描写された〈宗教〉も、大日向教の乱脈にまで堕落している。浪子を死に追いやった〈家族制度〉も、不倫を重ねる富岡と、実家によりつかず姦通の日々を送るゆき子には無縁である。武男と浪子をひき離した〈戦争〉は、かえって仏印での富岡とゆき子を結びつけている。「結核・戦争・家族制度」という「みずからの意志を超えた力によって引き裂かれる」注(3)武男と浪子に対して、富岡とゆき子は、結核を除いては「みずからの意志」で別れを繰り返している。そしてこんな二作品の価値観と設定の逆転のイメージの中核に、伊香保温泉での武男と浪子、富岡とゆき子の〈愛の形〉が存在している。

日本人は、敗戦によって初めて日清戦争以後の破滅への道を自覚し、日本近代のあらゆる価値観と夢が崩壊する現場に立ちあうことになった。〈現実〉を忘れて、〈夢の場〉に憩う武男と浪子、〈現実〉

に行きくれながらも〈死〉から〈再生〉する富岡とゆき子。伊香保温泉でのこの二組の男女の姿の相違は、日清戦争から昭和の敗戦へと続く日本近代の道程を鮮やかに示している。富裕な貴族の新妻浪子が伊香保の子宝の湯で身ごもらず、貧しい独身のゆき子が妊娠する皮肉な結果にも「不如帰」と「浮雲」が伊香保温泉に託した日本近代の悲喜劇が凝縮されているといってよいだろう。因みに、男女の〈性〉に多くの効能がある伊香保温泉は、肺結核患者だけには有害であったといわれている。注(4)

注1　佐藤勝「『不如帰』の位置——明治三十年代の文学・その二」(『東京女子大学創立五十周年記念論文集・日本文学編』昭和四十三年十月)等に言及されている。
2　中村光夫「浮雲」書評(「読売新聞」昭和二十六年五月七日)
3　藤井淑禎『不如帰の時代——水底の漱石と青年たち』(一九九〇年三月、名古屋大学出版会)
4　渋川市渋川伊香保温泉観光協会ホームページ観光情報「伊香保温泉の効能」(https//www.ikaho-kankou.com)

付記　『不如帰』の引用は岩波文庫版による。

2 車中と停車場の風景――芥川文学における近代的空間

はじめに

「彼」は、「「センセイキトク」の電報を外套のポケットへ押し込んだまま」「雨上りの風の中にある新しい停車場のプラットフォオムを歩いてい」る。早朝の空はまだ薄暗く、「プラットフォオムの向うには鉄道工夫が三、四人、一斉に鶴嘴を上下させながら何か高い声でうたってい」る。「雨上りの風は工夫の唄や彼の感情を吹きちぎ」る。「そこへ向うの松山のかげから午前六時の上り列車が一列、薄い煙を靡かせながら、うねるようにこちらへ近づきはじめ」る。

遺稿「或阿呆の一生」の〈十三　先生の死〉に描かれた光景である。ここには「漱石の重圧・支配から解放されるよろこびと師を送る悲しみ、苦しみのアンビバレントな芥川の内面が鋭く激しく表現され」注(1)ていると同時に、外套のポケットに電報を突っ込んで〈プラットフォオム〉を歩き、早朝の寒風に飛ばされる工夫の唄を聞きながら〈近づく上り列車〉を迎える「彼」の高揚感が描かれている。電報、プラットフォーム、鉄道工夫、上り列車という近代的事象を身にまとって佇む近代青年の自己陶酔と言い換えてもよい。その自己陶酔とは、漱石の死に対する二律背反的感情と一体化された、近代的なるものへの愛憎が生み出す感情である。

「或阿呆の一生」で「センセイ」に擬せられた夏目漱石をはじめとする多くの近代作家は、停車場や列車内の光景を、新時代の人生の縮図として作中に描いた。芥川もまた、自らの生きる近代を、様々な「車中と停車場の風景」によって作品化している。そこには、この「或阿呆の一生」の一節に見られるような、近代的なるものへのアンビバレントな喜びと悲しみが、鮮やかに対象化されている。その風景が、芥川文学にどんな意味をもたらしているか、個々の作品の「車中と停車場の風景」を分析しながら、考えていきたい。

鉄道と芥川

明治二十五（一八九二）年三月一日に生まれ、昭和二（一九二七）年七月二十四日に自裁した芥川の生涯は、日本に鉄道が完備していく時代と重なる。明治五（一八七二）年、九月十二日（太陽暦で十月十四日、現鉄道記念日）に、日本最初の鉄道が新橋、横浜間に開通して以来、龍之介誕生までに既に、明治二十二（一八八九）年七月、東海道線の新橋、神戸間が全線開通、明治二十四（一八九一）年九月、東北線の上野、青森間が全線開通となっていたが、東京の路面電車に関しては、明治十五年六月に東京馬車鉄道が開業してから、明治三十六（一九〇三）年八月に新橋、品川間の馬車鉄道が電化されて東京電車鉄道（通称東鉄）が出来、同年九月、東京市街鉄道（通称街鉄）が営業を開始した。

続いて明治三十七(一九〇四)年十二月に、東京電気鉄道(通称外濠線)が営業開始。明治三十九(一九〇六)年九月、東鉄、街鉄、外濠線が合併して東京鉄道となり、東京の路面電車がほぼ完成された。明治四十四(一九一一)年に、これが東京市電気局に譲渡され、市電と呼ばれるようになる。また、明治三十七年に、甲武鉄道(現中央線、当時は私鉄)が中野、飯田町間の運転を開始、十二月にお茶ノ水まで延長された。明治三十九年三月三十一日には鉄道国有法が公布され、全国の主要な私鉄が買収されて、甲武線も国有となった。明治四十一(一九〇八)年十二月五日に、内閣直属機関の鉄道院を設置。さらに、大正九(一九二〇)年五月十五日には、交通運輸施策の拡充を図る立憲政友会の原内閣によって、これが鉄道省に昇格した。この間、帝室専用出入口から一直線に皇居への大道路が設けられた天皇の駅として誕生した東京駅が、大正三(一九一四)年十二月十八日に開業する一方、江戸の延長としてローカルな匂いを残す東京を、近郊を包括する大都市へと変貌させた山手線が、大正八年に〝の〟の字運転、同十四年に環状運転を開始している。

このように、芥川龍之介の少年時代までに、国家と東京市は鉄道を手中に収め、芥川が流行作家となる過程において、天皇制軍国主義と近代化の象徴としての〈鉄道〉と〈停車場〉が完成されていったのである。また、明治三十三(一九〇〇)年出版の『地理教育　鉄道唱歌　第一集』がベストセラーとなって以後、鉄道は大衆の日常の中にも定着していった。国家と国民から大日本帝国のシンボルと目された鉄道、停車場という存在を、近代の旗手としての芥川は、同時代の空気を体現する有効な手段として作中に描いていくのである。

車中の風景1　「西郷隆盛」

芥川は大学卒業後の大正五（一九一六）年十二月、英語の教授嘱託として横須賀の海軍機関学校に着任し、大正八（一九一九）年三月まで勤務した。その二年四カ月の間、鎌倉や横須賀に住み、通勤や帰京のたびに横須賀線を利用し、〈車中〉はなじみ深い空間になっていった。確かに、芥川の海軍機関学校時代を主な背景とする〈保吉もの〉には鉄道や停車場がよく登場し、芥川の〈車中〉文学として最も有名な作品「蜜柑」は、横須賀線の車中を舞台としている。だが、ここではまず、横須賀機関学校教官時代に書かれた「西郷隆盛」（「新小説」大正七〔一九一八〕年一月）の、〈東海道線の車中〉から分析していきたい。

「西郷隆盛」は、維新史の学者である本間さんが「僕」に、「彼是七八年も前」の体験を聞かせるという枠組みをとっている。春期休暇を利用して京都に維新前後の資料を研究に来た本間さんはその帰途、「午後九時何分か[注(2)]に京都を発した急行の上り列車の食堂で」、斑白の老紳士と出会い、彼と西南戦争の史料について語り合う。そして、老紳士の「西郷隆盛は城山の戦では死なず、今日まで生きている」という説を聞き、あきれて自らが調査した「城山戦死説」を理路整然と弁じたてる。だが、老紳士は「城山戦死説」が誤伝であることの「確かな実証」として、現在西郷隆盛がこの汽車の一等室に乗っていると述べる。そこで一等車へ向かった本間さんは、確かにそこに西郷隆盛と同じ容姿の男が居眠りをしているのを目撃する。資料と自分の目のどちらを信ずべきか当惑する本間さんに対して老紳士は「あれは僕の友人」だと悪戯の種明かしをした後で、高名な歴史学者である自分の正体もあきらかにし、正確な資料などはないのだから、僕は「嘘のない歴史」ではなく、「唯如何にもありさうな、美しい歴史」を書きたいと語る。

「西郷隆盛」は、「へんてこなものを書いた」（一九一七年十二月十四日付、松岡譲宛葉書）という作者自身の言葉も影響して「思いつき」（江口渙）という評価がある一方、芥川の歴史観や芸術観を示す重要な作品ともされてきた。また、本間さんの史料第一主義の〈物語〉が、〈解釈〉のレベルで壊されていく〈物語崩壊劇〉であるという読みもなされている。注(3) だが、ここでは、本間さんが「僕」に語った話の主な舞台が、深夜の食堂車という空間に限られていることに注目したい。

この小説の背景となる時代の汽車は三等級に分かれていたが、本間さんは、当時のエリートだった大学生に似つかわしく、京都から東京へ向かう急行の二等列車に乗り込む。ところが車内は身動きができないほど混んでいて、酒臭い大男の陸軍将校と歯ぎしりする令夫人との間にはさまって眠ることもできず、「とりとめのない空想に耽つて」いる。そしてとうとう、両隣りの圧迫に耐え切れず、一つ前に連結してある食堂車に避難する。そしてそこで、たった一人、「ウヰスキイらしい杯を嘗めてゐる」老学者と出会うのである。

この食堂車で本間さんは、白葡萄酒を注文し、M・C・Cというエジプトの紙巻煙草を吸っている。さらに硝子窓の外の暗闇、白いテーブルクロスの上の食器の振動、鏡をはめこんだカップ・ボオドや動きながら燃えている電燈や菜の花をさした硝子の花瓶のひしめきに不安感を抱き始める。深夜の閑散とした食堂車が齎すこんなナーバスな心理状態の本間さんの視界に飛び込んできたのが、たった一人の客「斑白の西洋人じみた」老紳士である。

本間さんと目を合わした老紳士は、本間さんと同じテーブルにやってきて、ウイスキイを追加注文し、パイプに火をつける。そして、例の「西郷隆盛生存説」を述べたてる。この「西郷隆盛生存説」を本間さんが聞いた時、食堂車の客は二人だけだったこと、本間さんと老紳士はそれぞれ白葡萄酒と紙巻煙草、ウイスキイと刻み煙草を喫んでいたこと、本間さんが実際に一等車内で〈西郷隆盛〉の相貌を目撃する場面はカットされていること、老紳士が最後に差し出した名刺の固有名が作中に書かれていないこと（同時代の歴史学者の実名は出せないにしても、○○△△という書き方は可能である）、そして本間さんの「話」自体が「僕」という語り手を通した七、八年前の思い出だったことを考慮すれば、本間さんをからかった老紳士も、雨の夜汽車の不安感や煙草と酒の作用から本間さんが生み出した幻影とも考えられる。換言すれば、高名な老学者は、「史料第一主義」を疑いだした史学科学生本間さんの分身であり、〈東海道線の車中〉という近代的空間に現われたメフィストファレスともいえよう。「西郷隆盛」は、満員の二等車で眠れずに「とりとめのない空想に耽つて」いた本間さんが、人気《ひとけ》のない食堂車でも自らの学問の在り方を問い続け、その過去の自問自答を、維新史の気鋭の学者となった現在の本間さんが、「七、八年前の西郷隆盛の話」に仕立てて、「僕」に語り聞かせた〈車中の幻想譚〉とも考えられるのである。

芥川の描く〈車中〉の主人公たちは、汽車の座席で様々な思いに耽っている。例えば「お時宜」（「女性」

大正十二〔一九二三〕年十月）の〈保吉〉は、グラスゴオのパイプを啣へ、プラットフォームで毎日会い、反射的にお時宣をしてしまったお嬢さんのことばかりを考えながら「薄明るい憂鬱」に襲われていく。「十円札」（『改造』大正十三〔一九二四〕年九月）の〈保吉〉も、薄暗い二等客車の隅で、同僚の好人物「粟野さん」に借りた十円札の返済方法に思いを巡らしている。そして、こんな〈保吉〉たちの想いを乗せながら、汽車は「平面に朝日の光を浴びた山山の峡を」（「お時宣」）、また「雨交りの風に戦ぎ渡つた青芒の山峡を」（「十円札」）走り続ける。〈車中〉は、芥川作品にとって、事件が起こる場というよりも、動かない乗客の想念と、走り続ける汽車との対照を意識する空間だったともいえよう。さらに、汽車旅の楽しみは窓外を流れる風景を観ることだが、この「西郷隆盛」の背景は、雨天の深夜という設定で、「私」の意識は、どこまでも自己の内面に向かっていくのである。

明治三十三（一九〇〇）年に発表された泉鏡花の名作「高野聖」は、高野山の僧が、若い時に飛騨から信州へ抜ける山中で遭遇した魔女の〈話〉を、その高僧と汽車の中で偶然出会った〈私〉が聞くという設定になっている。注(4) 車中は、日常では出会わない人同士を長時間同席させ、その人の日常を一変させるきっかけともなる。〈高野聖〉の話も、近代的空間である汽車で出会った若い「私」に、近代人が忘れがちな人生の不可思議を諭す上人の、幻の怪異譚と考えられる。この「高野聖」と似た構造を持つ芥川の「西郷隆盛」は、さらに、本間さんが車中で出会った老紳士の話を、「僕」に七、八年後に聞かせるという入れ子形式をとっている。この二重の伝聞構造から考えても、芥川の「西郷隆盛」は、本間さんという歴史学者の若き日の車中での内面を具象化した一種の幻想譚であり、日常から隔離される一人旅の〈車中〉における人間心理を、巧みに歴史学者と史学科学生の問答に置き換えた幻想的短編と想定することも可能だろう。列車は、二空間を繋ぐものとして〈時間〉を暗示する。

さらに、本間さんが乗った汽車は、江戸時代までの帝都であった京都から、近代の帝都となった東京をつなぐ東海道であり、当時「一般的な意味での世間とは画然とわかたれていた」注(5)一等車にまどろんでいるのは、その死によって明治という新時代の方向を決定づけた〈西郷隆盛〉である。この前近代と近代をつなぐ時間の象徴としての車中で、まさに近代と前近代の境界である維新史を専門とする若き日の本間さんは、一度、自らの研究対象としての歴史への視点を、老学者と〈西郷隆盛〉の幻影を通して、根底から洗い直さねばならなかったのである。

芥川は、大正四年の夏、失恋の痛手を癒すために親友井川恭の故郷松江を訪れたが、その帰途、京都都ホテルの食堂で見知らぬ中年紳士にご馳走になり、彼と画や文学の話をしたという。その時、紳士と「一しょにのんだペパミントの酔で」京都から「汽車へのつてもねられ」ず、隣席の書生と音楽の話をしたら、その「風采のあがらない青年」が「昨年度の音楽学校卒業生の中で一番有能なピアニスト」高折秀次だったという体験をしている。そしてこんな経験を「この二人の妙な人に偶然遇つた事を面白く思つた　何となく日本らしくない気がするからである」（一九一五年八月二十三日付）と井川恭への礼状に書き送っている。

この京都での中年紳士との会話と、京都、東京間の車中での思いがけない人物との邂逅が、芥川に、老学者との出会いを京都から東京への車中に設定させ、この「何となく日本らしくない」体験の不思議さが、「西郷隆盛」という風変わりな幻想譚を創造する遠因ともなったとはいえないだろうか。「西郷隆盛」における〈車中〉は、人が自らの内面を問い直す空間として設定され、その〈車中の光景〉は人間心理の反映として、「歴史の嘘と真実」というこの作品のもう一つのテーマと共振しながら、現実と幻想の狭間に描かれていくのである。

車中の光景2 「蜜柑」

「西郷隆盛」が「私」が聞いた「話」の中の〈車中〉を描いているのに対して、「蜜柑」（「新潮」大正八（一九一九）年五月）は初出の総題「私の出遭つた事」注(6)に見られるように、主人公の「私」が実際に〈車中〉で体験した事という設定になっている。そしてこの作品の〈車中〉は、芥川にもっともなじみ深い横須賀線である。海軍の重要な軍港だった横須賀には、明治二十二年、東海道の新橋、神戸間全通の一か月前に、大船から枝分かれした鉄道が既に通っていた。そして明治二十八年から大船、横須賀間も東海道線と呼ばれるようになり、明治四十二年以降、東海道線から独立して横須賀線と命名されたという。「西郷隆盛」の舞台となった東海道線が、前近代の帝都と近代の帝都をつなぐことによって、つまり天皇入城の道筋を辿ることによって近代を暗示する路線だとするならば、横須賀線は、富国強兵という近代日本の目標を象徴する路線だったのである。海軍と海軍関係の様々な教育施設のある横須賀へつながる横須賀線。この軍隊・学校・鉄道という近代的時間と近代的階級を連想させる〈横須賀線の車中〉は、まさに、近代のドラマの背景をなすのに相応しい空間だった。

芥川が鎌倉・横須賀に住んで海軍機関学校に通った時代を描く〈保吉もの〉を、安藤公美は、『『東京』以外の地名を挙げることを周到に避け」、「匿名的な空間表現を執拗に」繰り返し、「固有の避暑地に付帯するトポスを剝ぎ取」って、「通勤という日常的なふるまいをよりクローズアップ」する作品群と分析した。そして、それに対し「蜜柑」は、「軍関係者の乗車が大半を占める」特権的な鉄道である横須賀線という固有名がはっきり書かれることで、テーマを鮮明に浮上させる短編だと論じた。注(7) 確かに「蜜柑」は、軍隊・学校・鉄道という近代的記号を纏う〈横須賀線の車中〉で演じるために創られた、二等車に座り世俗を呪う知識人らしい「私」と、三等切符を握って二等車に飛び込んできた田舎娘が織りなす階級的ドラマなのである。

だが「蜜柑」の冒頭は、「ある曇つた冬の日暮れ」という、「時刻表」の正確さとは無縁な、前近代的時間描写から始まる。そんな茫漠とした時間意識の中で、主人公の「私」は、「横須賀線上り二等客車の隅に腰を下ろして、ぼんやり発車の笛を待つて」いる。そしてこの時、二等客車には、「西郷隆盛」の食堂車と同じく他の乗客がいない。さらにプラットフォオムにも人影がなく、「ただ、檻に入れられた子犬が一匹、時々悲しさうに吠え立ててい」る。四角い客車内の孤独な「私」と相似をなす子犬だけしか生命あるものの姿を見いだせない冬枯れの停車場風景は、まさに近代日本の形骸的実態を具象化したものとして描かれる。そんな索漠たる風景に囲まれ「云いやうのない疲労と倦怠」を覚えていた「私」が「かすかな心の寛ぎを感じ」るのは発車の笛が鳴った時であり、「ようやくほつとした心もちにな」るのは、発車の笛と同時に、二等車に田舎娘が乗り込んできて汽車が動き出した

戦前のベンチ式二等車内（復元車両）

ときである。それまでは外套のポケットに入った新聞さえ見る元気のなかった「私」は、発車の笛、田舎娘が汽車に駆け込む日和下駄の音、車掌の罵る声、二等車の戸が開く音、赤帽が誰かに祝儀の礼をいう声などによって、やや気力を取り戻し、自分以外のただ一人の乗客である娘を観察し始める。つまり、娘の登場とともに「私」は、横須賀線車内、横須賀線プラットフォームという形骸だけの近代的空間での自失からめざめ、人間のいる世間へ連れ戻され、三等の赤切符を握る十三、四の小娘を、世俗的階級意識とともに眺め始める。

その「私」の観察は悪意に満ちたもので、「赤い皸《ひび》だらけの両頬」「垢じみた毛糸の襟巻」「大きな風呂敷包み」「霜焼けの手」と田舎臭さを数え立て、「下品な顔だち」「不潔な服装」「二等と三等との区別さへも弁《わきま》へない愚鈍な心」に、感情的反感をつのらせる。そのけたたましい登場の仕方によって小娘が「私」の気力を少し回復させてくれたにも拘らず、「私」は、二等乗客の特権的静謐を破る卑俗な闖入者としてのみ、小娘を見つめていく。さらに、隧道にさしかかるのも気にせずに窓を開け、車内に流れ込んだ汽車の煙で「私」が「殆息もつけない程咳きこ」む姿にも頓着しない小娘の無神経さに、怒りを爆発させる。

「蜜柑」における「横須賀線上り二等客車」の重要性を最初に指摘した高橋龍夫は、「新聞記事も、トンネルもそうして目の前の小娘も「不可解な、下等な、退屈な人生の象徴」という言葉に括ってしまう「私」の、「重量観に乏しく無限定な憂鬱一色の状況設定」は、「結末の光景を浮き彫りにするための基調や色調、いわゆる〈トーン〉としての役割を担っている」[注(8)]と論じたが、同様に、この作中の小娘に対する「私」の侮蔑的視点も、結末の小娘の「別人」としての姿を際立たせる手法と考えられる。

その「結末の光景」とは、隧道を抜けた汽車が町はずれの踏切に差し掛かった後の、以下のような描写である。


その時その蕭索《しゅくさく》とした踏切の柵の向うに、私は頬の赤い三人の男の子が、目白押《めじろお》しに立つてゐるのを見た。彼等は皆、この曇天に押しすくめられたかと思ふ程、揃つて背《せい》が低かつた。さうして又この町はづれの陰惨たる風物と同じやうな色の着物を着てゐた。それが汽車の通るのを仰ぎ見ながら、一斉《せい》に手を挙げるが早いか、いたいけな喉《のど》を高く反《そ》らせて、何とも意味の分らない喊声《かんせい》を一生懸命に迸《ほとばし》らせた。するとその瞬間である。窓から半身を乗り出してゐた例の娘が、あの霜焼けの手をつとのばして、勢よく左右に振つたと思ふと、忽ち心を躍らすばかり暖な日の色に染まつている蜜柑《みかん》が凡そ五つ六つ、汽車を見送つた子供たちの上へばらばらと空から降つてきた。私は思はず息を呑んだ。さうして刹那に一切を了解した。小娘は、恐らくはこれから奉公先へ赴かうとしてゐる小娘は、その懐《ふところ》に蔵《ぞう》してゐた幾顆の蜜柑を窓から投げて、わざわざ踏切まで見送りに来た弟たちの労に報《むく》いたのである。

そして作品世界は、この光景を切ない程はっきりと心に焼き付け、湧き上がってきた「或得体の知れない朗《ほがらか》な心もち」で「まるで別人を見るやうに」小娘を注視する「私」の、次のような想いで閉じられる。

私はこの時始めて、云ひやうのない疲労と倦怠とを、さうして又不可解な、下等な、退屈な人生を僅に忘れる事ができたのである。

私小説的手法で描かれた主人公「私」の、説明抜きの「疲労と倦怠」を、そして新聞記事、汽車の隧道、田舎の小娘を同列に「不可解な、下等な、退屈な人生の象徴」と断じる「私」の不条理な不快感を一瞬癒してくれたのは、冬の夕暮れの踏切、三人の子供たち、その上に乱落する鮮な蜜柑の色という車外の光景であるとともに、霜焼けの手を勢いよく左右に振つて、幾顆の蜜柑を汽車の窓から投げる田舎娘という、車中の光景でもあった。

芥川は、車中での女性との出会いや女性に関わる光景が作中人物に或幸福感を齎す作品を数編書いている。たとえば、「路上」（「大阪毎日新聞」大正八（一九一九）年六月三十日〜八月八日）では、大学生の俊助が銀座から神田までの路面電車内で、意中の女性辰子と邂逅し、「二人の間の他人行儀が、氷のやうに溶けて来るのを感じ」る。そして互いに「口を噤んで、電車の音とも風の音ともつかない町の音に耳を傾け」ている時、俊助は「その沈黙の中に、或安らかな幸福の存在」を明らかに意識する。また「舞踏会」（「新潮」大正九（一九二〇）年一月）では、横須賀線の車中で青年小説家がH老夫人と偶然出会い、往年の彼女の鹿鳴館での舞踏相手が「お菊夫人」を書いたピエル・ロティだったことを知り「愉快な興奮」を覚える。「少年」（「中央公論」大正十三（一九二四）年四月）ではクリスマスの午後、震災後増加した乗合自働車の車中で、[注(9)]仏蘭西人宣教師に「けふは何の日ですか」と問われた十一、二歳の少女が「けふはあたしのお誕生日。」と答えるのを聞き、その答えによって幸福な笑いに襲われた宣教師の「眼の中にあらゆるクリスマスの美しさを感じ」る。小品「鬼ごつこ」（「苦楽」昭和二（一九二七）年二月）では、幼い頃、一緒に鬼ごっこをして、真剣な顔で追いかけてきた「彼女」に、二十年ぶりに雪国の汽車の中で再会し、昔のように真剣な顔で「彼女の両親や兄弟のこと」を話す「彼女」を見て「十二歳の少年の心」を取り戻す「彼」を描いている。

ただ、これらの作品の〈車中〉での出会いは、みな、既に知り合いの関係か（「路上」「舞踏会」「鬼ごつこ」）、あるいは同階級の女性（「少年」の少女も〈女性〉と考えて）との出来事になっている。そして車内には多くの乗客がいる。だが「蜜柑」だけは、二等車に乗る「私」と三等切符を握る田舎娘という階級差のある見知らない二人が、他に乗客のいない「横須賀線上り二等客車」でおちあう対決のドラマなのである。日常ではあうはずのない男女が出会いお互いを意識した時、そこに「雁」や「伊豆の踊子」のような悲恋が生まれるが、「蜜柑」では、階級意識に染まった「私」だけが、「二等客の私」と「三等客車」という〈人と鉄道の階級〉を無視して振舞う田舎娘を一方的に意識し続けていく。また、横須賀線の上りは「私」にとっては、きな臭い軍港横須賀から文化的首都東京へ運んでくれる汽車であるが、田舎娘にとっては、見送ってくれた可愛い弟たちや肉親と別れ、故郷を捨て、辛い奉公先へ向かう汽車である。前述の高橋龍夫は、「二等客車という安定した空間に包まれた不明瞭な『私』の『疲労と倦怠』や表層的な小娘理解は、十三四歳で家族と別れて奉公先に向かう小娘のいわば深刻な現実に『一瞥』するだけで気付かない『私』を、批判的存在として相対的に浮き彫りにさせる。[注(10)]」と分析するが、確かに蜜柑を弟たちに投げるまで、小娘が横須賀からの上り列車に乗り込んだ理由さえ探ろうとしない「私」は、世俗の階級意識に毒された「愚鈍」な二等客といってよいだろう。それに対し、故郷での最後の家族との交流を、故郷で唯一ともいえる近代的空間である列車内と、当時は高価だった蜜柑とを利用して鮮やかにドラマ化した田舎娘の行動は、新時代の階級性さえ逆手にとって生き抜いていく「賢い」三等客のものだった。

こんな横須賀線の〈車中の光景〉には、東海道線の〈車中〉で本間さんが悩んだ〈概念としての近代の姿〉ではなく、現実の近代の様相が描かれている。それは、軍隊、学校、鉄道という近代の符号《コード》に疎外されながら、その符号《コード》を無意識に踏み越えて生きていく田舎娘たちの姿である。そして、その新時代の国家が創造した近代の符号《コード》を踏み越えて生きる三等切符の人々のたくましさが「冬の曇天を背景とした、踏切際の子供たちの頭上に落下する幾顆の蜜柑」として具象化された時、海軍の町横須賀が支える近代社会に無意識の「疲労と倦怠」を感じていた「私」は、自らの置かれた二等客車という空間も、鉄道、学校、軍隊に代表される近代的階級も一気に無化される快感を感じ、「或得体《えたい》のしれない朗《ほがらか》な心もち」が湧き上がってくるのを意識するのである。

『英国鉄道物語』（一九七四年、晶文社）の著書がある鉄道ファンの小池滋は「あまりに偶然が多すぎる「蜜柑」の世界」に疑問を抱き、二等車へ発車間際に乗り込んだのも、三等切符で込み合わない二等に乗り込んだのも、すべて窓から蜜柑を投げやすくするための「少女の筋書き」だったという解釈をしている。[注(11)] しかしすべてを少女の演出と考えなくとも、二等客「私」の眼前で、三等切符を握りつつ自身の別れのセレモニーを、近代の「時刻表」を利用して成功させた田舎娘は、日暮れの二等車でぼんやりと「疲労と倦怠」を託っていた「私」を超えていく存在として描かれていたといってよいだろう。「蜜柑」における〈車中の光景〉は、鉄道によって生み出された近代的階級と近代社会が、自ら崩壊していく予兆をはらんだドラマという意味で、「私」と田舎娘のおりなす階級劇になっていたのである。

停車場の光景　「父」と「妙な話」

「父」（「新思潮」大正五〔一九一六〕年五月）は、上野停車場を舞台とした短篇である。上野停車場は、明治時代には新橋停車場と、大正時代以降は東京駅と並び称される北のターミナルだった。「この駅が開業したのは明治十六年（一八八三）七月二十八日のこと。半民半官の日本鉄道が熊谷までを開通させたときその起点駅としてであった。新橋駅に遅れること十一年」[注(12)]だったという。そんな上野停車場の様子は志賀直哉の「網走まで」（『白樺』明治四十三〔一九一〇〕年四月）で次のように描かれる。

それは八月も酷く暑い時分の事で、自分は特に午後四時二十分の汽車を選んで兎に角その友の所まで行くことにした。汽車は青森行である。自分が上野へ着いた時には、もう大勢の人が改札口へ集まつて居た。自分も直ぐその仲間へ入つて立つた。鈴が鳴つて、改札口が開かれた。人々は一度にどよめき立つた。鋏の音が繁く聞え出す。改札口の手摺へつかえた手荷物を口を歪めてひつぱる人や、本流から食み出して無理に復、還ろうとする人や、それを入れまいとする人や、いつもの通りの混雑である。巡査が嫌な顔つきで改札人の背後から客の一人々々を見て居る。此処を辛うじて出た人々はプラットフォームを小走りに急いで、駅夫等の「先が空いてます、先が空いてます」と叫ぶのも聞かずに、吾れ先きと手近な客車に入りたがる。自分は一番先の客車に乗るつもりで急いだ。

改札の鈴が鳴ると同時にどよめき立ち、改札口に殺到して吾先に客車に突進していく乗客たちの姿は、東京駅から横須賀線に乗って「皇族家族の別荘地、お雇い外国人の別荘地」[注(13)]のある鎌倉に向かう

「H老夫人」やアンニュイな知識人「私」の人物像とは対極をなすものだろう。つまり上野駅は明治期から、東北の農村と繋がる庶民の停車場としてのイメージを持っていたのである。

このような上野駅が登場する「父」の作品世界は、中学四年の「自分」が「日光から足尾へかけて、三泊の修学旅行」へいく早朝から始まる。集合場所の上野停車場へ行くために路面電車に乗った「自分」は、その車中で、同じ小学校を卒業した級友の能勢五十雄に出会い、一緒に上野停車場に着き、他の級友たちと待合室で旅行の予想や生徒、教員の噂をする。そして、能勢が、先の方がぱっくり口を開いている靴を履いた職人風の男を、当時流行したマッキンレイという新型の靴を捩って「パッキンレイ」だと批評したのを機に、中学生たちは待合室に出入りする様々な客の悪口を言い合う。中でも能勢の悪口が最も辛辣だったが、そのうちに一人の級友が、まるで「パンチの挿絵を切抜い」たような妙な服装と態度で、時間表の前に立つ男を発見する。その男の横顔を見た途端、「自分」はそれが能勢の父親だと分かるが、何も知らない級友は能勢にその妙な男の批評を要求する。すると能勢はすかさず「あいつかい。あいつはロンドン乞食さ」と言い放ち、皆を笑わす。その時の能勢の顔を見る勇気のなかった「自分」は、そっとそのロンドン乞食の方をすかして見る。後で聞くと、その朝、父親は大学の薬局に出勤の途中で、息子に内緒で見送りに来たという。能勢五十雄は、中学を卒業するとまもなく肺結核で亡くなったが、その悼辞の中に「自分」は「君、父母に孝に」という一句を入れた。

この短篇は第一創作集『羅生門』収録時に現行の形に改められたが、その結末部分に初出では「自分はその時うけた異常な感動を、今でもはつきり覚えてゐる。倫理の講義が教へる在来の道徳律は、或は自分に命じて、能勢のこの行為を不幸の名の下に、否定させやうとするかもしれない。しかしこの感動だけは常に自分を促して、飽くまでも能勢の為に、一切の非難を弁護させやうとするのである。」という一節が入っていた。この初出の一節について芥川は、「最初あの事実があつた時僕も君が云つたやうな感銘を受けたそれをMoralischにこじつけたのはかいた時の心もちと関係者がゐるのとに左右された結果である。僕も今ではあの不自然に誇張された道徳的感銘に対していやな気がしてゐる　さうして二度とあんな事をするもんではないと思つてゐる」（一九一六年六月七日付、井川恭宛葉書）と述べている。また大正十一（一九二二）年五月三十日付渡辺庫輔宛書簡に「御尊父なぞにもつと優しくして上げられたし小生の短編に「父」と云ふものあり年少の作と云ひ拙なきものなれどあれは実際の経験なり君の御尊父などに対する態度を見る時あの短篇を思ふ事なきにあらず」と言及している。こんな書簡の言葉によると、この作品は芥川の実際の見聞に拠ったものと思われる。軍人、貴族、知識人という特権階級が横須賀線や東海道線に乗り込む東京駅と違い、東北に向かう庶民の駅である上野停車場には、ゆとりのない勤務の合間を縫って中学生の息子の修学旅行を見送る〈娑婆苦の戯画〉のような父親の優しさが似つかわしかったのだろう。吉本隆明は「父」を、「能勢五十雄を借りて表現した芥川の出身からの自己確認」[注(14)]と読んだ。また石割透は「芥川の自己の出身階級にまで及ぶ家族に対する羞恥と憐憫の感情が、能勢に託されて表現されている」[注(15)]と分析した。芥川のいう近代の〈中産下層階級〉の悲劇は、上野停車場を背景とした能勢の父親の次のような立ち姿に具象化されている。

曇天の停車場は、日の暮れのやうに薄暗い。（略）すると、何時の間にか、うす日がさし始めたと見えて、幅の狭い光の帯が高い天井の明《あか》り取りから、茫と斜にさしてゐる。能勢の父親は、丁度その光の帯の中にゐた。――周囲では、すべての物が動いてゐる。眼のとどく所でも、とどかない所でも動いてゐる。さうして又その運動が、声とも音ともつかないものになつて、この大きな建物の中を霧のやうに蔽《おほ》つてゐる。しかし能勢の父親だけは動かない。この現代と縁のない老人は、めまぐるしく動く人間の洪水の中に、これもやはり現代を超越した、黒の中折れをあみだにかぶつて、紫の打紐《うちひも》のついた懐中時計を右の掌の上にのせながら、依然としてポンプ《ママ》の如く時間表の前に佇立《ちょりつ》しているのである。

大天井から差し込む光の帯の中に、周囲の喧騒から一人残され佇立する老人。まるで「上野停車場」という現代劇の舞台でスポットライトを浴びているような能勢の父親の姿は、冬の夕暮れを背景として落下する幾顆の〈蜜柑〉と同様な一つの絵画として定着しながら、その美しさの背後に、やはり「蜜柑」と同質の階級意識を隠して描写されていく。ただ「蜜柑」の小娘が、近代が創造した階級を踏み越えて新時代を生きるしたたかさを持っていたのに対して、能勢の父親は、東京駅を常用する現代の成功者にも、上野駅構内で動き続ける現代の庶民にもなりきれず、まさに滑稽な洋装の「中流下層階級」の雛型として、庶民の近代的空間である上野停車場に立ちつくしている。

「妙な話」(「現代」大正十(一九二一)年一月)は、東京駅を主な舞台とした作品である。東京駅は本書第一部「14　東京駅と山手線―志賀直哉「灰色の月」」で述べたように、大正、昭和の皇都の表玄関として、日本の政治を転換させる舞台となってきた。

このような東京駅は、開業当初数年は皇都の表玄関に相応しく「中央停車場」と呼ばれていた。「妙な話」に登場する東京駅も、すべて「中央停車場」と書かれている。「妙な話」は、「西郷隆盛」と同じく、「私」が三年ほど前の〈妙な話〉をある冬の夜、旧友の村上から銀座のカフェで聞くという枠組みをとっている。村上の妹の千枝子は、欧州大戦に出征中の夫の便りが途絶えた頃の紀元節に、鎌倉の友人を訪ねるため中央停車場に行くと、そこで妙な赤帽に出会う。その赤帽は、一面識もない千枝子に夫の安否を尋ねた上、千枝子がうっかり「この頃はさっぱり便りがない」と答えると「では私が旦那様に御目にか丶つて参りませう。」と言って消えてしまう。その後一か月ばかりしてまた、千枝子が夫の同僚のアメリカからの帰国を迎えに中央停車場に行くと、誰かが背後で「旦那様は右の腕に、お怪我をなさつていらつしやるさうです。お手紙が来ないのはそのためですよ。」という声を聞く。さらに改札口を出てから「奥様、旦那様は来月中に、お帰りになるさうですよ」とはっきり誰かが声をかけるので、あたりを見回すと、千枝子の前で自動車に荷物を移していた赤帽の一人が、こちらを見返りながらにやりと笑う。そしてさらに一ヶ月後、実際に右手を負傷して帰国した夫とともに、千枝子が夫の任地の佐世保へ赴くため中央停車場を立つ時、夫婦の荷物を運んだ赤帽が、動きだした汽車の窓へ顔を出す。夫はその赤帽が、マルセイユのカフェで自分に安否を尋ねた日本人の赤帽と同一人物だったと不思議そうに語る。そんな話を聞き終わった「私」は、カフェを出た後、思わず長い息を吐く。それは三年前、千枝子が二度までも「私」と中央停車場に落ち合う密会の約束を破った上、「永久に貞淑な妻でありたいと云ふ、簡単な手紙をよこした訳が、今夜始めてわかつたからであつた」。

この「妙な話」の、「村上によって紡がれた、読者の前に活字として現前する物語から、「私」が紡いだであろう眼前しない物語に組みかえられていく」[注(16)]構造は、中央停車場を舞台とする千枝子の「一途に出征中の夫を慕い続けた末、幻の赤帽まで現出させ夫を気遣う」健気な貞女という物語を、根底から覆す役割を果たしている。村上の話の中では、千枝子と夫の霊的交感を助ける天使として登場する赤帽は、「私」が知るもう一つの話の中では、千枝子と「私」を遠ざけ、千枝子を追いつめる悪魔として認識される。

中央停車場から皇族、貴族の別荘がある鎌倉を訪ね、旅行には必ず赤帽を使い、将校として欧州に出征した夫を持つ千枝子は、その密会相手の「私」とともに、上野停車場に佇んでいた能勢の父親とは明らかに異なる富裕階級に属する。しかし、猥雑な活気に満ち、庶民生活に密着した上野停車場に対して、庶民の日常から離れた天皇の駅として造られた中央停車場で千枝子は、能勢の父親のように、停車場の光の帯を浴びて美しい絵画になることはできない。それどころか、「村上の話」の中でも「私」の「語られなかった話」の中でも、ひたすら中央停車場の使者のような幻の赤帽に悩まされ、みじめな醜態を曝し続ける。こんな千枝子の姿は、まさに中、上流階級の近代的空間として誕生した東京駅が、近代において果たした役割を見事に象徴しているといえよう。換言すれば、東京駅は貞女と姦婦の二面性を持つ千枝子のように、日本の近代化の正と負を担って発展してきた。そしてその生と負の構造を持ち続けながら、昭和二十年五月二十五日の空襲で、焼け落ちていったのである。

　芥川は西欧化をめざす皇都のシンボルとして、また天皇制軍国主義のランドマークとして存在した中央停車場を舞台とする「妙な話」において、日本の近代化が中・上流階級に及ぼした心理的病の深刻さを、近代の停車場の記号的存在だった赤帽[注(17)]に追い詰められていく千枝子の狂気を通して描いている。第一次欧州大戦に地中海へ派遣された海軍将校の夫、紀元節に出逢った不気味な赤帽と、まさに天皇制軍国主義を支える駅にふさわしい人物や日時を背景とするヒロインの精神的危機によって、芥川は近代の中・上流階級の偽善的生活を対象化したのである。

むすび

　近代の歴史学者が近代を問い直す空間として描かれた「西郷隆盛」の〈東海道線の車中〉、鉄道によって誕生した近代的階級と近代社会が崩壊する予兆のドラマとして描かれた「蜜柑」の〈横須賀線の車中〉、そして「中流下層階級」の悲哀を優しく浮き彫りにした「父」の上野停車場、「中・上流階級」の欺瞞的心理を、幻の赤帽への恐怖に託した「妙な話」の中央停車場。これらの「車中と停車場の風景」には、芥川の近代への愛憎が巧みに象徴化されている。それとともに、それぞれの鉄道路線と停車場の雰囲気が、作品の主題を鮮やかに支えている。そしてその車中と停車場で、作中人物たちに思いがけない出会いを経験させ、彼らの価値観や生き方を一変させている。
だが、遺稿「歯車」の車中で主人公「僕」が出会うのは、蓄膿症を患った女生徒や気違いじみたモダンガールという〈病い〉を持った人々である。そして「僕」は彼女たちによって、もはや価値観や生き方を変えることはできない。それどころか、「僕」の義兄は、寝台車で幽霊に出会い、鉄道自殺に追い込まれる。ここには、「センセイキトク」の電報を外套のポケットに入れ、鉄道工夫の歌を聞きながら、上り列車を待ってプラットフォームに佇んでいた新人作家の高揚は既にない。芥川は、「或阿呆の一生」と「歯車」という二つの遺稿の中でも、自らの青年期と晩年の鉄道のイメージを、見事に対象化している。車中と停車場の風景は、芥川の死の瞬間まで作品に織り込まれていくのである。

注
1　平岡敏夫「夏目漱石」（「国文学解釈と鑑賞」二〇〇七年九月号）
2　明治四十五年七月改定の時刻表には、午後九時二十三分京都発新橋行きの上り列車がある。
3　水洞幸夫「「首が落ちた話」・「西郷隆盛」の位置―解釈する人々―」（「学葉」一九九〇年十二月）
4　「私」と高僧が出会ったのは汽車の中だが、話を聞くのは宿である。
5　原口隆行『鉄路の美学』（二〇〇六年九月、国書刊行会）
6　初出は「私の出遭つた事」の総題で「一　蜜柑」として「二　沼地」とともに発表された。
7　『芥川龍之介　絵画・開化・都市・映画』（二〇〇六年三月、翰林書房）

8　「「蜜柑」における手法―「私」の存在の意味―」（「東京学芸大学付属高校研究紀要」一九九四年三月）
9　乗合自動車は鉄道ではないが、震災で多くを焼失した路面電車と同じ役割のものとして〈車中〉に入れた。
10　注8に同じ。
11　「蜜柑はなぜ二等車の窓から投げられたか」（『「坊ちゃんはなぜ市電の技術者になったか」二〇〇一年十月、早川書房）
12　注11に同じ。
13　注11に同じ。
14　「芥川龍之介の死」（「国文学解釈と鑑賞」一九五八年八月号）
15　『芥川龍之介　初期作品の展開』（一九八五年二月、有精堂出版）
16　嶌田明子「妙な話」解説（『芥川龍之介全作品事典』二〇〇〇年六月、勉誠出版）
17　「妙な話」の中に「姉さん、何とか云ふ鏡花の小説に、猫のやうな顔をした赤帽の出るのがあつたでせう。私が妙な目に遇つたのは、あれを読んでゐたせゐかも知れないわね。」という千枝子の言葉があるが、この鏡花の小説は、「紅雪録」（「新小説」明治三十七［一九〇四］年三月）と『芥川龍之介全集第七巻』（岩波書店、一九九六年五月刊）の注釈（吉田司雄）にある。「紅雪録」「續紅雪録」（「新小説」明治三十七年四月）は、大雪のために不通になった汽車を待つ間、名古屋停車場《ステイション》の二等待合室で、インテリ青年が、自分を誘惑した婦人の話を赤帽に聞かせ、その赤帽が、その淫婦を殺すという物語である。「黄色を帯びた一隻の眼《まなこ》は、怪しき星の光を帯びて」などの赤帽の描写がある。姦通と赤帽の組みあわせが「妙な話」にヒントを与えたと思われる。

3　梶井基次郎「檸檬」の丸善

「檸檬」（「青空」大正十四年一月、のち『檸檬』昭和六年五月、武蔵野書院）に描かれた丸善は、この短篇の主題と密接な関わりを持っている。丸善は、福沢諭吉門下の医師、早矢仕有的《はやしゆうてき》が明治二年、横浜に開業した洋書、薬品、医療器械の輸入販売店丸屋商社が同十三年に丸善商社と改名し、日本橋通三丁目に書籍、舶来雑貨を扱う本店を開設して以来、常に西洋文化の門として〈近代〉の代名詞であり続けた。「檸檬」に登場する京都の丸善[注(1)]も同様であり、当時三条通麩屋町にあった「間口はせまく、奥行きは深く、全体に薄暗く、また天井も極めて低[注(2)]」い「板敷の土間の上を下足のままではいる[注(3)]」埃っぽい丸善で、新着の洋書や泰西名画集を手にとる事は、京都の知識人《インテリ》にとって「最高の『幸福感』のひとつ[注(4)]」だった。このような丸善を舞台にすることで「檸檬」は、その主題を鮮明に浮彫にすることができたのである。以下、作中の丸善が主題とどのように関わっているかを中心に、「檸檬」を分析してみたい。

「檸檬」執筆は大正十三年十一月だが、現「檸檬」成立までに、梶井は同一の素材で大正十一年から十三年にかけて四回、詩や習作を試みている。梶井は「檸檬」を「あまり魂が入つてゐない」（大

開業当時の京都丸善

正十三年十一月十二日付、近藤直人宛書簡）と評したが、完成までの長い紆余曲折を見ても、「檸檬」が彼にとっていかに魂の入った主題を内包した作品だったかが窺われよう。そんな魂を込めた処女作「檸檬」の素材となっているのは、第三高等学校時代の梶井の日々である。この頃梶井は、登校せず友人の家を転々として借金を重ね、カフェと遊廓に通い、泥酔して狼藉を働いた果てに、顕著な神経衰弱に陥るという生活を繰り返していた。が一方、文学で立つ決意を固め、西欧の世紀末文学や夏目漱石や白樺派の作品に親しみ、海外の美術品の展覧会や音楽会に欠かさず通い、自らの人生の夢を育ててもいた。「檸檬」は、当時の梶井の、経済的精神的に逼迫した日常と、それ故に一層美しさを増す芸術的幻影との接点に誕生した作品なのである。

そして、「檸檬」執筆当時の梶井のこの二律背反《アンビヴァレント》的な精神状態が、作品世界の二元論的構造を支えている。その二元論的構造の第一は、現在の〈私〉を闇とし、以前の〈私〉を光とする対照的描写である。肺尖カタル、神経衰弱、「背を焼くような借金」が総合された不安感から生じる、「えたいの知れない不吉な魂」に心を圧迫されている現在の〈私〉は、「始終街から街を浮浪し続け」、「壊れかかった街」やむさくるしい裏通りを好み、花火・おはじき・南京玉のような、無気力な自分に媚びて来る安価だが贅沢な美によって慰められている。また「書籍、学生、勘定台」が「借金取の亡霊のように」見える重くるしい丸善を、ひどく避けている。それに対して、「生活がまだ蝕まれていなかった」以前の〈私〉は、美しい音楽や詩の一節に喜び、丸善の「赤や黄のオードコロンやオードキニン。洒落た切子細工や典雅なロココ趣味の浮模様を持った琥珀色や翡翠色の香水壜」や画集に惹きつけられていた。つまり作中では、「えたいの知れない不吉な塊」を心に抱いて放浪する現在の〈私〉の闇的状況と、芸術的で知的な生活を営んでいた以前の〈私〉の光的状況とが、丸善や丸善の商品とは永遠に無縁な場所やモノによって、対比されていくのである。丸善を媒介とする現在の〈私〉と以前の〈私〉のこの二元論的描写には、当時の梶井の丸善への、そして丸善が象徴する西洋的近代への強い愛憎が反映されていたと言ってよいだろう。

梶井の二律背反的精神状態の反映としての二元論的構造の第二は、〈私〉が檸檬を見出す果物屋の情景である。周囲の深い闇を背景として燦然と電燈の光に照らされているこの果物店は、さらに黒い漆塗りの板に色彩《いろあさ》やかな果物を並べている。この闇と光、黒と色彩の対照の美を備えた果物店で、〈私〉は、光としての一顆の檸檬を発見する。〈私〉が檸檬を買った時刻は、文脈上もちろん夜ではない。が〈私〉の心に光を射し込む檸檬を描くためには、果物屋を包む闇と、光としての果物という対象的描写が必要だったのである。この光としての檸檬は、〈私〉の「冷覚や触角や嗅覚や視覚」に訴える美によって〈私〉の心の「不吉な塊」を払拭し、総ての善と美を重量にしたような理想的重さによって、〈私〉に再び丸善に入る気力を与えてくれるのである。

作中の二元論的構造の第三は、光としての檸檬と闇としての丸善の対照的描写である。総《すべ》ての善美を重量に換算した重さを持つ檸檬とは、換言すれば現在の〈私〉が好む、みすぼらしく安価だが贅沢な美の理想的物象《オブジエ》であり、私の心を照らす光だった。が、心身の衰弱と借金と放浪生活によって、進歩、健全、勤勉、秩序をめざす西欧的近代から脱落した現在の〈私〉にとって、近代の象徴としての丸善の闇の力は、あまりにも強かった。だから丸善の店内に入った〈私〉は、以前の〈私〉にとって近代の夢を照らす光そのものだった香水壜やアングルの画集が、現在の〈私〉を憂鬱という闇にとざしていくのを感じる。現在の〈私〉の支えとなる光としての檸檬は、丸善の近代の闇に一旦は敗北するのである。が〈私〉は、現在の〈私〉が「不吉な塊」を忘れるためによく試みる〈錯覚〉という心の動きを利用して、この敗北を挽回する。つまり、丸善の典型的商品である西洋の画集を積み重ね、それを「奇怪な幻想的な城」に見立て、その城の頂に檸檬をのせることで、丸善を代表し西洋的近代を暗示する画集とみすぼらしい実人生を凝縮した檸檬という、自身の裡に確立された既成のイメージの変換を、敢えて試みるのである。そしてこの試みは成功し、檸檬はその紡錘形の身体の中へ、画集の色の諧調をひっそりと吸収してカーンと冴えかえり、埃っぽい丸善の空気に緊迫感を与える。画集と檸檬、近代の象徴たる丸善とみすぼらしいが美しい実人生は、現在の〈私〉の美意識の結晶である檸檬の中で一体化され、芸術と実人生という手あかのついた近代の二元論が、この小さな果実の中で溶解していく。

そしてさらに〈私〉は、檸檬を画集の上に置き去りにして丸善を出ていき、路上で、気詰まりな丸善が檸檬の爆弾によって、「粉葉みじん」になることを想像して微笑む。この微笑みには、実は、丸善だけでなく己れの美意識の結晶たる檸檬も「粉葉みじん」になることを楽しむ、余裕ある諧謔精神が潜んでいる。それは、丸善を愛し西洋的近代が齎《もたら》す幻想に浸っていた以前の自己と、近代の重みに堪えかねて丸善を避け、「不吉な塊」を抱えて街を彷徨《さまよ》う現在の自己の両方を爆破し、新しい第三の自己を獲得した者の持つ精神である。この時〈私〉は、芸術と実人生を対照させ、芸術を実人生の上位に置く近代作家の古い精神構造を超克し、芸術と実人生を合体させ、さらにそれを破壊した後に生まれるまったく新しい芸術と人生の可能性を見出して、「活動写真の看板画が奇体な趣きで街を彩っている」新時代の空間へ一歩を踏みだしたのである。

「檸檬」発表から二年後の昭和二年、芥川龍之介もまた、自らの人生と丸善との深い関わりを「或阿呆の一生」と「歯車」という二つの遺稿によって語った。「或阿呆の一生」において芥川は、丸善の洋書売り場に天国を見、「人生は一行のボオドレエルにも若《し》かない」とつぶやく「二十歳の彼」に、人生の出発期の自己を託した。また「歯車」において、「檸檬」の構造に通う光と闇という西洋的二元論を枠組として、丸善の洋書売場に拡がる近代の地獄的闇に敗北する、人生の終末期の自己を描いた。つまり芥川は、「檸檬」の〈私〉が脱出した、丸善に象徴される近代の呪縛に最期まで捕えられつつ自滅していったのである。
大正末年から昭和初年は、日本の近代が一応の完成を遂げると同時に、第一次世界大戦後の西欧的近代の滅亡と関東大震災（大正十二年）、不況、階級闘争、社会主義思想、大衆文化の台頭等により、近代と近代知識人の崩壊が始まる時でもあった。そんな時代に、梶井と芥川という、近代に最も忠実に生きた二人の近代知識人が、近代の末期《まつご》の姿を、常に近代の象徴であり続け彼らが愛し続けた丸善を舞台として描いたのは、いわば必然のことだった。が芥川は丸善が生みだした近代的知識人として近代の闇の中に消え、梶井は丸善の闇とその闇に敗北した自身を同時に檸檬の爆弾によって破壊し、丸善が担っていた近代の価値観を超克する現代文学の可能性を、「檸檬」によって提示した。近代知識人の殿堂たる丸善を出た〈私〉が歩み去ったのが、大衆文化の代表たる活動写真の看板に彩られた街だったという「檸檬」の終末に、梶井文学が、近代知識人の芥川を超えた時点から出発した事実が、見事に対象化されているといえよう。

注1　明治五年開設、明治十年一旦閉鎖され、明治四十年十月に再び三条麩屋町に開設。
2　寿岳文章「丸善京都店」（「学鐙」昭和二十六年十月号）
3　山本修二「丸善京都支店」（「学鐙」昭和三十八年十月号）
4　生島遼一「大阪と京都の丸善」（「学鐙」昭和四十四年一月号）

4　谷崎潤一郎「細雪」の平安神宮

都の花は平安神宮大極殿《だいきょくでん》の紅しだれよの（略）そよ吹く風に一ひら二ひら、ひらり〱、ひらり〱、空に知られぬささめ雪、かの三人のおとどいと妍をきそひて候よ

谷崎潤一郎が長篇小説『細雪』[注(1)]を題材に創作した狂言小舞《こまい》「花の段」[注(2)]の一節である。ここでは平安神宮の花吹雪が、〈ささめ雪〉と表現されている。また谷崎は、「細雪」という題名を、主人公雪子の名からつけたと語っている（「『細雪』瑣談」）。つまり「細雪」は、平安神宮の枝垂《しだれ》桜が春の虚空に舞い散る様相と、聖処女雪子の嫁ぐ日までの姿、換言すれば雪子の落花の風情とを重ねる映像《イメージ》を中核とした小説なのである。

「細雪」には、大阪船場の旧家蒔岡家の美人姉妹である鶴子（三十六～四十一歳）、幸子《さち》（三十四～三十九歳）、雪子（三十～三十五歳）、妙子《たえ》（二十六～三十一歳）の、昭和十一年秋から十六年四月二十六日までの日常が語られている。鶴子は銀行員辰雄を養子に迎え大阪上本町《うえほんまち》の本家を継ぎ、幸子は計理士貞《てい》之助を婿として神戸の蘆屋に暮らし、独身の雪子と妙子は本家と幸子の家を行き来してい

る。この家族構成を枠組として、物語は、雪子の嫁入りまでの日々と妙子の異性関係を軸に展開していく。昭和十七年から二十二年までの長い執筆期間のうち、前半は桜が戦中の〈国華〉だった時代であり、後半は観桜どころでない敗戦後の混乱期だった。しかし谷崎はあえてそんな世相の中で、「国粋イデオロギーとしての桜」[注(3)]ではなく昭和十年代の成熟した中流文化《ブルジョア》の具象としての桜を、国家が称える男性美の象徴としての桜ではなく王朝文化の伝統を継ぐ暗喩としての桜を、平安神宮の枝垂桜と重なる雪子の姿を借りて描いていく。

『細雪』のモデル三姉妹（右から松子、一人おいて信子、重子）

幸子、雪子、妙子は、京都での観桜を年中行事とする。祇園の夜桜、嵯峨、嵐山と辿る二日掛かりの花見の終幕《フィナーレ》は、姉妹が洛中で最も美しいと感じる平安神宮神苑の枝垂桜見物である。彼女達は「夕空にひろがつていゐる紅の雲」のような枝垂桜を「仰ぎ見ると」、「あーっ」と感嘆の声を放つ。と同時に幸子は、その爛漫の枝垂桜に、雪子の落花の予兆と、今年も落花せずに春を終える雪子の人生の切なさを見てしまう。

常に「俯向き」がちな雪子は京美人の母に似て、内気なくせに厚化粧や「花やかな友禅縮緬」の映る楚々とした麗人である。華奢な見掛けに反し自分の思うことを貫いてしまう。こんな雪子の容姿と人柄は、俯向いて咲きながら、「紅の雲」のような濃厚な美で他の桜を圧する、平安神宮の枝垂桜に擬せられている。谷崎は、「源氏物語」で樺桜《かばざくら》に譬えられる紫の上の面影を湛えた幸子のような円満な桜でも、男の生血を養分として性的魅力を増す妙子のような妖花としての桜でもなく、いたいけな美女雪子の落花の風情を連想させる平安神宮の紅枝垂をこそ、「京洛の春」を代表する伝統的女性美の典型として、「細雪」の作中に咲かせたかったのである。

平安神宮は、平安遷都千百年を記念し、平安京創立の桓武天皇を祭神として、明治二十八（一八九五）年三月十五日に建立された。応天門（別名神門）を潜ると龍尾壇《りゅうびだん》と呼ばれる前庭があり、その正面に大極殿、左右の廻廊の東端に創竜楼《そうりゅうろう》、西に白虎楼《びゃっころう》がある。青瓦に丹塗りの柱が前庭の白砂に映えるこれらの社殿は、平安京正庁の朝堂院を八分の五の規模で再現している。明治四十五年四月、満二十五歳の谷崎はこの平安神宮に初めて訪れ「平安朝の芸術を愛するよりも、平安朝の生活に憧れる人々に取つて、此の建物は絶好の企て」（「朱雀日記」）だと述べている。

そしてこの社殿の背後に、約三万平方メートルの池泉回遊式庭園の神苑が広がる。神苑は現在、南・西・中・東に分かれている。西と中は平安神宮創建時の作庭で、西神苑には池畔に花菖蒲の咲く白虎《びゃっこ》池《ち》、中神苑には、天正年間の三条・五条大橋の橋脚を使った飛石式の臥竜橋《がりゅうきょう》（明治四十年に加える）

で有名な蒼龍池《そうりゅうち》があり、この各所で「細雪」の姉妹は貞之助のライカに収まっている。東神苑は明治四十四年から大正五年にかけて作られ、栖鳳池《せいほうち》の中央に泰平閣《たいへいかく》という橋殿《はしどの》を掛け、東山を借景としている。神苑を造った名人植治《うえじ》こと小川治兵衛は、四季折々の花に心を配ったが、なかでも一五〇本の八重桜枝垂桜が咲き誇る四月中旬の神苑の美しさは、王朝の理想郷を彷彿させる。

植治は明治二十七年、元老山県有朋の別邸無鄰庵《むりんあん》の作庭中、日清戦争勃発によって山県が満州に出征したため、山県の推挙により平安神宮の庭を手掛けた。暗殺した近親者の怨霊から逃れるため桓武天皇が造営したといわれる平安京には多くの物怪《もののけ》が跋扈したが、そんな闇を抱えた平安京の明治版である平安神宮の神苑もまた、日清戦争の戦勝ムードの中で、日本帝国主義の確立に尽力し、明治天皇制に深い闇を残した近代の物怪《モンスター》山県有朋が推す庭師の手で造られたのである。さらに、神宮建立の十五日後の明治二十八年四月一日から七月三十一日まで、平安神宮と同じ岡崎の地で、第四回内国勧業博覧会が開催され、平安神宮周辺は、いわば富国強兵、殖産興業の広告地帯と化した。つまり平安神宮は、雅《みやび》な女性文化を築いた平安京を、男性原理が支配する明治天皇制の聖地に摩り替えた、日本近代の見事な国体宣伝装置だった。〈怨霊〉や〈おんな〉という王朝文化の陰影を払拭して建立された平安神宮は、その後、天皇制軍国主義の極まった昭和十五年十月に、京都最後の天皇・孝明天皇を合祀し、桓武から孝明という明治以前の〈天皇神話〉を完成させた。だが、このように男性文化の聖地として創られた平安神宮は、皮肉にも、神苑の一五〇本の枝垂桜によって、軍国主義と無縁な、「平安朝の生活に憧れる」(「朱雀日記」)泰平の逸民の観桜のメッカとなったのである。男性文化の装置を、その無言の美しさで優雅な女性文化の空間と化したこの平安神宮の枝垂桜の役割もまた、沈黙しつつその美しさで人々を動かす雪子の造型に通じるものだろう。

　東京下町育ちの谷崎は、大正十二年の関東大震災を機に関西に移住し、神戸の各地を転々として、大阪、京都に遊んだ。戦後は、昭和二十一年から京都南禅寺近くの「前《さき》の潺湲亭《せんかんてい》」、同二十四年から下鴨神社糺《ただす》の森に面した「後《あと》の潺湲亭」に住み、同三十一年に熱海に移転した。この三十余年の間に、生粋の大阪の御寮人様《ごりょうにんさん》だった根津松子（幸子のモデル）と結婚し、彼女と実家の妹達、重子（雪子のモデル）、信子（妙子のモデル）を通して関西の女性文化に触れたことが「細雪」執筆の動機となった。事実「細雪」には、主な舞台となる神戸、大阪、京都、東京が、蒔岡四姉妹の人格と微妙な関わりを持って描かれている。

　まず神戸は、幸子以下三姉妹の、外国人との交際も含めた生活の場であるとともに、妙子にとっては、洪水に遭い、写真技師板倉を亡くし、蒔岡本家から絶縁され、大病をし、バーテン三好の子を死産する、苛酷な運命の場所として描かれる。神戸は、蒔岡家の中流《ブルジョア》生活の一端を担いつつそれを破壊する妙子に、最も似つかわしい街なのである。

　大阪には、蒔岡本家と、蒔岡姉妹の経済を支える、辰雄の銀行、貞之助の計理士事務所、妙子の恋人啓坊《けいぼん》の実家奥畑《おくはたけ》貴金属店がある。蒔岡の〈妙《みょう》な子〉である妙子も、大阪では、山村さく追善の会で「雪」を舞って、船場のこいさんぶりを発揮する。こんな現代生活と伝統的趣味が美的に調和した大阪は、幸福な人妻幸子の街として描かれる。

京都は、ひたすら「細雪」の〈循環する時間〉を支える観桜の地として登場する。そして鶴子とともに東京へ移転した雪子は、作中の五回の花見には必ず参加する。これもまた雪子が、平安神宮の枝垂桜の精であり、京都こそ雪子の居場所であることの証しである。雪子は数々の美点とともに底意地の悪さも合わせ持つ女性だが、そんな欠点も、生理期間に現われる雪子の目の上のシミのように、雪子の魅力の一要素となるのは、歴史の闇を秘めた平安神宮の枝垂桜と雪子との二重映像が、鮮烈に「細雪」全編を覆っているからである。

東京は、船場のおっとりした跡取り娘鶴子が実利主義者に変わる場所として描かれる。昔気質《かたぎ》の姉にこんな変化を強いる東京は、純粋な大阪女幸子には当然鬼門であり、彼女は上京すると台風に遭遇し、妙子の身分違いの恋愛や妊娠を知らされる。だが、神戸や大阪で破れた雪子の縁談は、東京で初めて成功する。雪子の東京の縁談相手御牧《みまき》は「京都人の血と江戸つ児の血が半々に流れてゐる」華族の庶子である。東京は雪子にとって、京都以外で、初めて現実に自分を受け入れる土地となっていく。

雪子は平安神宮の花見の際、婚礼を何度も目撃する。そんな雪子が、彼女にふさわしいはずの平安神宮で挙式できなかったのは、京都、神戸、大阪という関西のみを愛した独身時代の彼女が、平安神宮の枝垂桜の精という、女性文化の観念的存在だったからである。だが雪子は、東京の帝国ホテルで天長節に行う婚礼のため上京する車中で下痢をし、人間の女の肉体を付加される。明治天皇制の聖地を王朝文化の幻想空間と化した平安神宮の枝垂桜の精は、この時、戦時下の現実の女に還る。平安神宮の虚空を舞う桜吹雪が、雪子の落花の風情と完璧に重なり「細雪」の世界をとじるためには、逆に桜の精雪子の映像《イメージ》を破壊する、尾籠な身体現象が書きこまれねばならなかった。この印象的収束において谷崎は、王朝の香りを残す関西の女性文化の消滅の瞬間を、鮮やかに対象化したのである。
谷崎は「細雪」執筆後、平安神宮の枝垂桜を、熱海の自宅と生前用意した京都法然院の自身の墓地に植えた。今も春ごとに谷崎の墓の周囲に散り乱れる〈ささめ雪〉のような平安神宮の枝垂桜の花びらは、〈近代〉の大作家谷崎の、〈近代〉への永遠の懐疑の結晶である。

注1　上巻（「中央公論」昭和十八年一月号・三月号、のち、『細雪　上巻』〈私家版〉昭和十九年七月、『細雪　上巻』昭和二十一年六月、中央公論社）、中巻（「婦人公論」昭和二十二年二月、『細雪　中巻』同年同月、中央公論社）、下巻（「婦人公論」昭和二十二年三月号〜昭和二十三年十月号、『細雪　下巻』昭和二十三年十二月、中央公論社）、『細雪　全巻』昭和二十四年十二月、中央公論社。
2　昭和二十七年六月の茂山千五郎の「狂言小謡・小舞公演」の際、創作。
3　小川和佑「桜の文学史」（一九九九年三月、朝日文庫）

5　堀辰雄「美しい村」の軽井沢

〈戦後〉が終わり高度成長期を迎える昭和三十年代以降、皇太子明仁《あきひと》（現上皇）の「テニスコートの恋」をきっかけとして、高級だが庶民の手の届く観光地となった軽井沢の幻像《イマージュ》を支えたのは、堀辰雄の〈軽井沢小説〉だった。そして堀辰雄を含めた戦前の上中流階級の人々も、軽井沢の高級で西欧的な幻像《イマージュ》に導かれて、軽井沢を訪れた。避暑地という非日常的役割をになう軽井沢は、戦前から現在まで一貫して日本の現実を離れ、人々の西欧的幻像《イマージュ》の中にのみ存在する、特殊な虚構空間だったのである。

浅間山から噴出した火山灰に覆われた海抜約九〇〇メートルの軽井沢は、中世まで、冬の寒さで五穀の栽培ができない不毛の地だった。だが江戸時代に中山道が整備されると、沓掛、追分とともに浅間三宿として賑わうようになる。しかし、明治十七年に碓氷新道、同二十六年に信越線が開通すると、旧中山道沿いの宿場は寂れ、軽井沢はもとの寒村に戻っていった。と同時に、草原の中に廃屋が残された空間は、質素な生活を送る外国人に安い別荘を提供できる絶好の環境ともなった。明治十九年四月、英国聖公会の宣教師アレキサンダー・クロトフ・ショーは布教の途次軽井沢を訪れ、そ

昭和初期の軽井沢

の爽やかな自然と空気に故国スコットランドに通うものを見出し、同二十一年五月、この地に別荘を建てた。以来軽井沢は外国人の避暑地として発展する。また明治二十七年に万平ホテル、三十四年に軽井沢ホテル、三十七年に三笠ホテルが出来、別荘を持たない外国人も多く避暑に訪れるようになった。大正時代に入ると、貿易商野沢源次郎の別荘地開発によって、樅《もみ》、楓《かえで》、落葉松《からまつ》が植えられ、雲場の池が造られ、中山道と五つの道が交わる六本辻が出来、堀辰雄が描く〈軽井沢風景〉が誕生していく。また大正五年には、内外人有志によって「軽井沢避暑団」が結成され、人生の慰楽を自然、芸術、スポーツに求める〈軽井沢精神〉が奨揚されていく。そして大隈重信別荘に摂政宮（のちの昭和天皇）を迎えた大正十二年以降、軽井沢は、上流階級の大型別荘が森の中に点在し、西洋人が彌撒《ミサ》やお茶会に集う、高貴なリトル西欧としての姿を完成していった。

猥雑で鄙びた江戸の宿場の廃墟に、明治の外国人宣教師と大正の日本人貿易商によって創られたこの完璧に人工的な村は、避暑という目的と霧の発生しやすい気候とその気候が育成する別荘の庭の青い苔とによって、神秘性と非日常性を付加され、西欧的教養を足掛かりとして上流をめざす大正の若い中流文化人の憧れの地となった。特に、日本の花鳥風月的な〈私小説〉を嫌い西欧の本格ロマンを志す文学青年の堀辰雄にとっては、自らのロマンを実現できる唯一の別天地だったのである。高貴で西欧的な幻像《イマージュ》を完成させた大正十二年の夏の軽井沢に初めて訪れた十九歳の堀は、この地の印象を、異国的、詩的、音楽的な虚構空間と述べている。そしてこの第一印象は、「美しい村」をはじめとする堀の〈軽井沢小説〉の基礎となっていく。

四章から成る「美しい村」には、単行本『美しい村』（昭和九年四月、野田書房）出版に際して、「ノオト」が付された。この「ノオト」で堀は、「美しい村」は、1 死の間近にいた男が「花だらけの高原」で「再び生に対する興味をとりもどしてゆく状態を」「主題と応答とが代る代る現はれては消えてゐるうちに少しづつ曲が展開してゆく」「バッハの遁走曲《フウグ》のやうな小説形式」で書いた幻像《イマージュ》的作品だと述べている。このような形式には、マルセル・プルーストの意識下の記憶を描く手法の影響が指摘されている。確かに「美しい村」には、プルーストの「失われた時を求めて」の一節に似通う描写が随所に見られるが、このような模倣もまた、〈美しい村〉のモデルとなる軽井沢の西欧的幻像《イマージュ》を、作中の「K…村」により強く反映させる一手段だったといえよう。

「美しい村」は、〈序曲〉〈美しい村或は小遁走曲《フウグ》〉という前半二章と、〈夏〉〈暗い道〉という後半二章に大別される。前半では、〈私〉が、数年前に別れた少女への苦しい想いを抱きながら初夏の「K…村」を逍遥し、少女と過ごした当時の「K…村」との差異を見出していく姿が描かれる。外国の老嬢が住んでいた家が廃屋となった光景、別れた少女の別荘にできた白い柵、娘だった外国婦人が母親となり乳母車を押す姿、成長した宿屋の少年。このような変化によって〈私〉は、少女との出逢いから別離までの〈時間〉を確認しつつ、藤、躑躅《つつじ》、アカシア、野薔薇という高原の花々が〈私〉の目前で咲き散っていく描写によって、初夏から夏への〈季節〉の推移を描いていく。そして堀はこの前半で、「巨人の椅子」「水車の道」「サナトリウムの道」「村の東北にある峠」という軽井沢に実在する場所を書き込み、〈軽井沢〉という幻像《イマージュ》が齎す美的雰囲気を作中の「K…村」に付加していく。

後半では、突然〈私〉の前に現れた向日葵《ひまわり》の精のような少女との新しい愛が語られる。後半の〈私〉は、前半に著わされた「美しい村」という小説を書き終えようとしており、向日葵の少女も〈美しい村〉の様々な光景をカンバスに写していく。つまり前半の「美しい村」という小説は、後半で、作中人物が創造する小説と絵画という、二種類の虚構の枠組に収められていく。そしてここにおいて、作中の〈私〉も、前半の「美しい村」に登場する〈私〉と、その〈私〉を描く「美しい村」原作者の〈私〉という、二重性を帯びてくる。こんな虚構の入れ子構造にも、別れた少女のモデルへの配慮とともに、「K…村」の土台を成す軽井沢という土地の、無限の虚構性が暗示されている。そして小説は、〈私〉が向日葵の少女と散歩中、別れた少女との出逢いを避けて踏みこんだ暗い坂道で、向日葵の少女が足をすべらせるところで終わっている。

このように「美しい村」では、前半で、人生と季節という推移する〈時間〉を背景として、別れた昔の少女への想いが、後半で、一夏という瞬間の〈時間〉を背景として、出逢った新しい少女への愛が対照的に描かれているとともに、四章を通して、様々な対照的描写が織りこまれている。例えば、丘の上のヴィラに住む、一人は印象的だが一人はほとんど存在感のない二人の老嬢、一人の看護婦相手に暮らすサナトリウムの外国人の老医師、木樵《きこり》の狂気の妻とその小娘、それぞれ「肥っちょ」と「痩せっぽち」の女房を持つ、仲の悪い瓜二つの花屋の兄弟。そしてこれらの対であることによって一層「暗」を感じさせる人生が、また、藤、躑躅、アカシア、野薔薇という「K…村」の初夏の花々の「明」に対照されていき、この「K…村」の明暗を合わせ持つ世界を歩き廻った果てに、〈私〉の「暗い半身」が次第に「明るい半身」に打負かされていく。このような対照的描写の繰り返しと〈私〉と〈虚構世界〉の二重構造、つまり「主題と応答とが」現われては消えるような遁走曲《フウグ》の形式を借りて、堀は、花だらけの〈美しい村〉で再生する〈私〉を描きだしたのである。

堀は大正十三年以降、軽井沢で、敬愛する芥川龍之介や芥川の晩年の恋人片山広子（筆名松村みね子）と親しく交際する。特に大正十四年の夏の軽井沢で、堀が芥川と片山広子、総子母娘との交流から得た強い印象は、堀文学の最大の主題《モチーフ》となっていく。「美しい村」前半の別れた少女のモデルもこの片山総子である。その後、昭和二年の芥川の自殺、同五、六年の自身の健康の悪化や総子との別離を経て、堀は昭和八年の夏の軽井沢で、「美しい村」後半の少女のモデルであり、「風立ちぬ」のヒロインとなる矢野綾子と知り合う。その綾子が昭和十年十二月に亡くなった後、堀は昭和十一年の冬を軽井沢で孤独に過ごし、さらに翌十二年十二月、軽井沢〈幸福の谷〉の冬枯れの風景の中で、「風立ちぬ」の終章《エピローグ》〈死のかげの谷〉を書きあげている。このように堀にとっての軽井沢は、常に人生の喜びと文学的啓示を与えてくれる理想郷《ユートピア》であるとともに、〈死〉と〈別離〉を内包する残酷な場所でもあった。「美しい村」には、軽井沢の持つこの明暗が、前述した対照的構造によって鮮やかに浮彫にされていく。例えば以前の少女との別れによって〈暗〉を彷徨っていた〈私〉は、新しい少女によって〈明〉の方向へ動き出すが、作品の収束部で再び、新しい少女の暗い坂道での転倒という〈暗〉に戻っていく。そして軽井沢の持つこの〈暗〉の側面は、「風立ちぬ」の終章《エピローグ》〈死のかげの谷〉の中で、ヒロインの死と静かに対峙する〈私〉の姿として継承されていく。

「美しい村」の書かれる昭和八年は、東京築地署でプロレタリア作家小林多喜二が虐殺された年であり、「風立ちぬ」の書かれた昭和十一年は、皇道派青年将校が東京永田町周辺を占拠した年であった。堀は、このように〈個〉の自由を奪われ軍国主義化する故郷東京を捨て、純粋に西欧的な虚構空間〈軽井沢〉にとじこもり、「美しい村」と「風立ちぬ」という〈軽井沢小説〉によって、完璧に個的な生と死の姿を、見事に対象化した。こんな姿勢には、封建制と合体して生まれた日本近代の醜悪な末路を嘲《わら》笑う向島《むこうじま》育ちの堀の江戸っ子気質が逆説的に語られている。と同時に、堀が創造した「個としての死生観」が、日本の現実から隔離されて西欧的幻像《イマージュ》の中にのみ存在する虚構空間〈軽井沢〉

でしか成立できなかった点に、日本近代の悲劇も凝縮されている。

明治大正の山の手の軽井沢族であった有島武郎は、軽井沢の高級な幻像《イマージュ》が頂点に達した大正十二年に軽井沢の別荘で心中した。その大正十二年から軽井沢を知った下町っ子堀辰雄は、軽井沢が大衆化する直前の昭和二十八年に追分で病死した。軽井沢という幻像を実人生に利用できた有島と、その幻像《イマージュ》を作中にしか移植できなかった堀。この相違は堀辰雄が捨てたはずの戦前の東京の構造が、皮肉にも虚構の地軽井沢に影を落としていた事実を語ってはいないだろうか。

処女作「ルウベンスの偽画」（昭和二年）以来軽井沢を描き続けた堀辰雄は、三笠ホテルの持主《オーナー》を義弟に持つ有島武郎とは別の、より身近な〈昭和の軽井沢〉の幻像《イマージュ》を我々に提供した。だからこそ我々は今もなお、堀の〈軽井沢小説〉によって、軽井沢に〈美しい村〉という幻像《イマージュ》を抱くことができるのである。

6　文学における「庭」——芥川龍之介・太宰治・柴崎友香

はじめに

明治二十四（一八九一）年六月から英語教師として約五ヵ月間松江の武家屋敷に住んだラフカディオ・ハーンは、自宅の庭を次のように描写している。

　庭に面した縁側の日陰にしゃがみこむ。こうした素朴な楽しみが、五時間の授業を終えた一日の疲れを癒《いや》してくれる。壊れかけた笠石《かさいし》の下に厚く苔蒸《こけむ》した古い土塀は、街の喧噪《けんそう》さえも遮断してくれるようだ。聞こえてくるものといえば、鳥たちの声、かん高い蟬の声、あるいは、長くゆるやかな間をあけながら池に跳びこむ蛙の水しぶきだけである。いや、あの塀は往来と私とを隔てているだけではない。塀の向こう側では、電信、新聞、汽船といった変わりゆく日本が、唸《うな》り声をあげている。しかしこの内側には、すべてに安らぎを与える自然の静けさと十六世紀の夢の数々が、息づいている。大気そのものに古風な趣が漂っており、辺りには目に見えないなにか心地よいものが、ほのかに感じられる。もしかしたら、この邸がまだ建てられたばかりの頃にここに住んでいた、古い絵草紙に出てくるような女たちの亡霊が、静かに立ち顕《あらわ》れているのではないだろうか。

（池田雅之訳「日本の庭にて」『新編　日本の面影』二〇〇〇年九月、角川ソフィア文庫）

各国を転々として極東にやって来た西洋人を癒してくれたのは、文明化していく明治の日本を土塀で隔てて、自然の静けさと十六世紀の夢を残す武家屋敷の庭だった。ハーンはこの江戸の庭に「目に見えないなにか心地よいもの」を感じ、そこに古い絵草紙に描かれた女たちの亡霊を幻視している。

英語の〈garden〉の原義は「囲われた土地」であり、「外部の俗世間から隔離された異界、個人的空間の意味」とされるが、確かに〈囲われた異界〉としての「庭」は、自然と人工の境界として、私たちに様々な夢と幻想を与えてくれる。

『イメージ・シンボル事典』注(1)によると、「庭」(garden)は、「耕すこと」「豊饒」「女らしさ」「幸福・救済・純真」「人間の顔」「天空」「魂」「世界」「余暇」「意識」の象徴であり、「神秘的な恍惚感をもたらす場所」であるという。このように多義的空間である「庭」は古来、文学の重要な舞台とされてきた。象徴や比喩によって人生の秘密を伝える「児童文学」に限っても、フランシス・ホジソン・バーネットの「秘密の花園」(一九一一年)では、孤児のメアリと虚弱なコリンは、コリンの亡母の魂が宿る「庭」を再生させる行為によって生命力を取り戻し、フィリパ・ピアスの「トムは真夜中の庭で」(一九五八年)の少年トムは、がらくたが置かれた裏庭が美しい庭に変貌する十三時に、ヴィクトリア朝の少女ハティと時を越えて出逢い、至福の「子どもとしての時間」を過ごす。日本においても、湯本香樹実の「夏の庭」（平成四年）では、三人の小学生が、ゴミだらけだった独居老人の庭を老人とともに再生させ、老人の安らかな「死」を目撃して「生きることの意味」を考え始める。

生命の暗喩である「庭」は、子供たちに多くの示唆を与えるが、大人の文学においても、作中の「庭」には、様々な意味が託されている。新橋の花街《かがい》や銀座のカフェという繁華な空間を好んだ永井荷風は、一方で「腕くらべ」（大正五〜六年）、「雨瀟々」（大正十年）、「つゆのあとさき」（昭和六年）において文明社会から降りて庭いじりを楽しむ「庭好む人」を登場させ、「庭」を「反時代的な場所」[注(2)]として描いている。山本道子「ベティさんの庭」（昭和四十七年）では、豪州に嫁いだ日本人妻ベティさんの郷愁が、金冠・柚子・朱欒《ざぼん》・茱萸《ぐみ》の樹がある故里四国の「庭」と、バーベキュー・パーティをするオーストラリアの「庭」の対照によって語られる。

このように「庭」は多彩な文学空間として機能してきたが、本稿では、「庭」という題名のついた芥川龍之介と太宰治の短篇、及び、平成二十六年度上半期の芥川賞を受賞した柴崎友香の「春の庭」を取り上げ、大正・昭和・平成の「文学における「庭」」の相違点と共通点を探っていきたい。

芥川龍之介「庭」について

美人妻メアリーの狂的な「庭」への執着を描いたスタインベック「白いウズラ」（一九三五年）には、次の様な描写がある。

庭は平穏そのものだった。でも、庭の端から丘の黒い薮《やぶ》が始まっていた。「あれは敵よ」とある時メアリーは言った。「あれは、庭に入り込もうとしている世界なのよ。なにからなにまで荒々しくて、混乱し、きちんとしていない世界なの。でも入り込むことはできないわ。（略）小鳥たちは入ってこられるの。野蛮な世界に住んでいるけれど、私の庭に安らぎと水を求めてやってくるのよ」彼女はそっと笑った。「あのなかにはなにか奥深いものがあるのよ。ハリー。それがなにかはっきりとわからないけれど。……」（伊藤義生訳、百年文庫15『庭』二〇一〇年十月、ポプラ社）
「野蛮な世界」に対抗するこの囲い込まれた深遠な人工空間「庭」を、人々はアルカディア（理想郷）と見なし、ヨーロッパでは広大な庭園で王侯貴族が園遊会を開き、権力を誇示した。日本でも平安の寝殿造庭園や江戸の回遊式庭園は、そこで四季の様々な宴を催す、貴族・大名・富豪の権威の象徴としての役割を担っていた。
「それはこの宿の本陣に当る、中村と云ふ旧家の庭だつた」という一文で始まる芥川の「庭」（「中央公論」大正十一年七月）も、まさに、〈本陣〉という権威を示す〈庭〉を描いた短篇である。だが、この権威の象徴は、明治という新時代の中で、次の様に変化していく。
庭は御維新後十年ばかりの間は、どうにか旧態を保つていた。瓢箪《ひょうたん》なりの池も澄んでいれば、築山《つきやま》の松の枝もしだれていた。栖鶴軒《せいかくけん》、洗心亭《せんしんてい》、——そう云ふ四阿《あずまや》も残つていた。池の極まる裏山の崖には、白々と滝も落ち続けていた。和《かず》の宮《みや》様御下向《ごげこう》の時、名を賜わつたと云ふ石燈籠も、やはり年々に広がり勝ちな山吹の中に立つていた。しかしそのどこかにある荒廃の感じは隠せなかつた。ことに春さき、——庭の内外《うちそと》の大木の梢《こずえ》に、一度に若芽の萌《も》え立つ頃には、この明媚《めいび》な人工の景色の背後に、何か人間を不安にする、野蛮な力の迫つて来た事が、一層《いっそう》露骨に感ぜられるのだつた。

和の宮に名を賜った石燈籠は、〈本陣〉としてのかつての栄光とともに、公武合体を余儀なくされた幕藩体制の崩壊をも暗示し、この家の不吉な末路を彷彿させている。また、その石燈籠を囲む「広がり勝ちな山吹」も、既に庭師への手当も覚束ない旧家の困窮を物語っている。【上】【中】【下】三段から成る小説「庭」の【上】には、〈庭〉のこのような荒廃とともに、〈本陣〉の一族が次第に滅んでいく様相が描かれる。まず江戸〈本陣〉の栄華を知る「伝法肌の」隠居が、「池には南京藻が浮び始め、植え込みには枯木が交じるやうになつた」「旱《ひで》りの烈しい夏、脳溢血《のういつけつ》のために頓死《とんし》」する。その死の四五日前、隠居は「池の向ふにある洗心亭へ、白い装束をした公卿《くげ》が一人、何度も出たりはゐつたり」する幻を見る。
その後家督を継いだ文人肌の長男は母屋に移り、新妻と居た離れを小学校の校長に貸す。そして「福沢諭吉翁の実利の説を奉じていた」校長に説得され、「桃だの杏《あんず》だの李《すもも》だの」の果樹を庭に植えはじめる。〈本陣〉の跡継ぎという〈滅び〉の宿命と〈新時代〉の相克に翻弄されつつ、実利主義という新思想によって〈滅び〉からの脱出を試みる長男の、痛ましい努力が語られる一節である。だが、新時代に敗北したに等しいこんな努力は、当然、「築山や池や四阿」によって調和のとれた昔日の名園を汚し、「自然の荒廃の外に、人工の荒廃」を加えて、皮肉にも〈滅び〉を促進する結果になってしまう。そんな彼は「池に落ちてゐた滝の水が山火事で絶えてしまつた後」息をひきとる。そのあとを追って、長男の妻も幼い息子を残して死んでいく。そして彼女の「野辺送りの翌日には」「築山の蔭の栖鶴軒が、大雪のためにつぶされてしま」う。その結果「もう一度春がめぐつて来た時、庭はただ濁つた池のほとりに、洗心亭《せんしんてい》の茅屋根《かやね》を残した、雑木原の木の芽に変つたのである」。

【中】は、このように荒れた庭を持つ実家へ、親戚筋の養家を出奔した次男が、十年ぶりに廃人として舞い戻ってくる処からはじまる。長男に変わって家を継いでいた三男は、次男を「格別嫌な顔もせず、しかし又格別喜びもせず、云はば何事もなかつたやうに」「迎へ入れ」る。「五六里離れた町の、大きい造り酒屋に」奉公していた三男は、「居どころが遠い上に、もともと当主とは気が合はなかつた」ので、「滅多に本家には近づか」ず、距離的にも心情的にも〈家〉から解放されている。他人の中で奉公している三男の、〈家〉からのこういう解放感が、かえって彼に、長男の死後、滅びゆく宿命の本家を継ぎ、敗残者の次男を受け入れることを可能にしたのである。

〈実家〉も〈養家〉も捨てた次男は、〈家〉に縛られたまま滅んでいった長男の夢の実現者でもあった。道楽の果てに酌婦と家出してしまった次男には、〈放蕩〉という無自覚な方法であれ、〈家〉への一種の反逆が見られた。が、そんな彼も放浪の末〈家〉へ辿りついた時、「父や兄の位牌が並」ぶ「仏壇の障子を」「その位牌の見えないやうに」「しめ切つて置」かなければいたたまれないほどの、良心の呵責に苛まれはじめる。〈家〉の道徳に支配され、〈家〉の一員へと回帰していくのである。

　そしてある日、老母の歌う大津絵のこんな替え歌を耳にした次男の眼は、妙に輝きはじめる。「この度諏訪の戦ひに、松本身内の吉江様、大砲《おおづつ》固めにおわします。」「その日の出で立ち花やかに、勇み進みし働きは、点つ晴れ勇士と見えにける。」「敵の大玉身に受けて、是非もなや、惜しき命を豊橋に、草葉の露と消えぬとも、末世末代《まつせまつだい》名は残る」。唄われているのは、水戸藩尊攘派の「天狗党」が上洛の際、その上洛を防ぐため和田峠に出撃した、松本の一藩兵の戦死である。幕藩体制守護のため一命を擲って滅んでいった一地方武士。わが家が〈本陣〉として盛えていた「二三十年以前の」このような「流行唄《はやりうた》」には、滅びゆく宿命を負いつつも、〈家〉のために名を残した人生が端的に語られていた。

　次男はこの唄を聞いた後、「人間と自然とへ背を向けながら」、病体に鞭打って、かつて自身の捨てた〈家〉の象徴である〈庭〉を、懸命に復元させはじめる。〈庭〉の復旧作業を通して、自ら見捨て、また見捨てられた〈家〉に、再び復帰しようという試みである。悪疾のある次男のこんな無謀な行為は家族から無視されるが、長男の忘れ形見である幼い廉一だけは庭仕事に協力する。

　そして、廃園がどうやら〈庭〉の様相を取り戻した時、〈庭〉造りに精魂を使い果した次男は、幸福に死んでいく。「『見ましよ。兄様は笑つてゐる様だに』——三男は母をふり返つた。『おや、今日は仏様の障子が明いてゐる』。三男の妻は死人を見ずに、大きい仏壇を気にしてゐた」。次男の死に顔を取り囲んだこんな家族の会話に、芥川は、次男の、〈家〉への復帰が実現したことを巧みに表現している。一度は出奔という〈家〉への反逆を試みながら、最後には〈家〉に戻り、滅びゆく〈家〉の宿命と対決して、自ら満足げに滅んでいく。いわば長男が嫌厭しつつ送った生涯を、次男は自らの意志で選ぶのである。

　次男の情熱の対象となるこの〈庭〉は、芥川文学の象徴でもある。自然を人工的に再生する、あるいは人工的に自然を創造する〈庭〉という形態は、常に、実人生の断片から、人工的な小宇宙を構築してきた芥川の小説世界に通いあう。だから、この作品における〈庭〉の荒廃は、そんな芥川文学の危機をも暗示し、〈庭〉の荒廃に対決する次男の努力は、自身の既成の作風への反省をも語っていたと思われる。芥川は〈庭〉自体に、「人工庭園」たる己の作品世界を、そして〈庭〉と戦う次男に、そのような作品世界の危機と苦闘する自身を投影しているのである。

〈庭〉に〈家〉の運命や自身の芸術的危機を象徴させるこんな方法は、登場人物たちの固有名詞を避ける呼称の処置とも相俟って、「庭」をリアルな現代小説というよりも散文詩風な観念小説、あるいは、昔話風な寓話にも近づけている。つまり「庭」の登場人物は、長男の一粒種である廉一以外、皆固有名詞を与えられていない。隠居の〈老妻〉が時に〈母〉や〈祖母〉と、〈長男〉が〈当主〉と、〈次男〉が〈叔父〉と呼ばれることはあるが、それらはすべて、家族関係を示す普通名詞であり、個々の人格を表す呼名ではない。こんな呼称への配慮にも、芥川がこの作品で、個々の登場人物よりも「中村と云ふ旧家」の〈庭〉と〈家〉の関わりを、肉親の絆を媒介に捉えようと意図していたことが窺われる、副田賢二は、「昼でも大抵はうとうとして」いた「無用者」の次男が、母の歌に触発され急に庭作りという行動に出る姿に、中世説話の「物くさ太郎」的定型像を読み取り、物くさ太郎が粗末な小屋に暮らしながら「四面四町に築地をつき、三方に門を立、東西南北に池を掘、島をつき、松杉を植へ、島より陸地へそり橋をかけ高欄に擬宝珠をみがき、……百種の花を植へ……」（日本古典文学大系38『御伽草子』）と壮大な「庭作り」を夢見る描写を引用している。注(3)
さて、【下】には、次男があれ程の苦闘をして築きあげた〈庭〉が、その後「十年とたたない内に、今度は家ぐるみ破壊され」、その後に、新時代の典型たる〈鉄道〉の停車場が建設されるという、残酷な〈庭〉と〈家〉の運命が描かれる。一度は捨てた〈家〉に戻り、〈庭〉の復旧作業によって〈家〉に回帰し、幸福に死んでいった【中】での次男の最期は、芥川前期の主要モチーフだった〈刹那の感動〉を思わせるものだったが、「庭」では、この感動さえも、全てを溶かし込んで永劫に流れていく〈時〉の中に埋没してしまう。そして、次男の唯一の同情者であった甥の廉一は、現在「東京赤坂の或洋画研究所に、油画の画架に向つてゐ」る。いわば、次男の芸術的作業への情熱を継承した生き方である。
が、この芸術的な生き方の基盤となる「研究所の空気は、故郷の家庭と、何の連絡もないものだつた」。つまり廉一は、庭作りという芸術的作業を武器として〈滅び〉の宿命と対決した次男を援助したことによって、家族でただ一人、〈本陣〉の〈滅び〉の宿命からの脱出を遂げたのである。また廉一は、「不断の制作に疲れた」時、彼にささやく次男の、こんな声を耳にする。「お前はまだ子供の時に、おれの仕事を手伝つてくれた。今度はおれに手伝わせてくれ」。この叔父の声には、制作の行き詰まりという〈滅び〉からの救済を求める、廉一の願望が読み取れる。つまり、宿命との対決という叔父の果敢な行為に協力することで〈滅び〉の宿命を免れた廉一にとって、己れの宿命を想起することは、むしろ常に、〈滅び〉からの脱出方法であった。そういう廉一の認識を裏づけるように、【下】にはまた、夙に〈家〉の宿命から解放され、それゆえに〈宿命〉と真摯に対決することもなく「米相場や蚕《かひこ》」という新事業に「没頭してゐた」三男が、かえって〈滅び〉の宿命に捕えられ、「事業に失敗した揚句」、噂さえ語られない悲惨な境遇にいたった事実も述べられている。
芥川の「庭」には、チェーホフ「桜の園」（一九〇三年）の影響が指摘されている。藤井淑禎は題名の園＝庭、旧家の没落というメイン・テーマ、ヒロインの女地主ラネーフスカヤの六年ぶりの帰郷と次男の十年ぶりの帰郷、旧家の没落を蔭で推し進めた鉄道の役割、ラネーフスカヤが庭のあずまやの曲がり角に見る白い服の亡母の幻影と「庭」の隠居老人が頓死直前に見る「洗心亭の側の白い装束をした公卿《くげ》」などの共通点を挙げる一方、「なすすべもなく園を追われてゆく」ラネーフスカヤと「病身に鞭打ってまで庭の復興に挑ん」だ次男との相違も指摘している。注(4)
また副田賢二は佐藤春夫「田園の憂鬱」（大正七年）の「無用者的隠居が最後の道楽として残した庭」という設定と、隠居の死後、その庭が「美」より「実」を採る「小学校長」と植木屋によって破壊される構図が、「庭」に類似していると説いている。そして、「田園の憂鬱」の主人公「私」が、「カオス的な廃園に恐ろしい感じを受けたのは、自然の持つている暴力的な意思ではなく、混乱のなかに絶え絶えになつて残つて居る人工の一縷の典雅」だという一節を引用し、芥川は「庭」において「田園の憂鬱」の表現を次男と廉一の関係として対象化し、そこに「旧来の歴史的「美」の観念としての庭の在り方を飲み込み、それを超克していくある新たな運動としての表現のかたち」を示したと論じている。注(5)
この二つの論考にも見られるように、芥川の「庭」には、次男の情熱で一時はその姿を取り戻しつつ、結局鉄道の駅として消滅する〈本陣〉の〈庭〉と、その〈滅びの庭〉と運命を共にし、あるいは逆らい生きていく旧家一族によって、〈庭〉という空間の持つ「奥深い」魔力が描かれていた。そして、旧時代の日本の庭を復興させようとする次男と、その作業を手伝いながら今は江戸芸術と対極の西洋絵画を学んでいる廉一の姿に、この作品の書かれた大正十一年という、旧時代の価値観を残しつつ新しい表現を模索していた時代相も反映させていたと考えることもできよう。

太宰治「庭」について

芥川の「庭」が書かれた翌年の関東大震災によって、江戸的景観と価値観が各地から失われていった二十余年後、日本は、単なる〈家〉の〈滅び〉ではなく、〈国〉全体の〈滅び〉を経験する。昭和二十年八月の敗戦である。芥川を尊敬していた旧家出身の作家太宰治は、この〈国の滅び〉の季節に、芥川と同名の作品「庭」を発表する。

空襲のため、東京、甲府と転居を重ねた太宰は、昭和二十年七月から故郷である青森県金木の津島家に疎開した。「庭」（「新小説」昭和二十一年一月）は、その疎開中に実家を守る「長兄」と「私」が庭の草むしりをする様子を描いた随想風短篇である。「長兄」は、八月十五日の敗戦翌日から庭の草むしりを始め、「私」がそれを手伝う。兄は草むしりをしながら、「わかい頃は、庭に草が生えてゐるのも趣があると思つたが、今は一本の草でも気になる。庭もいつも綺麗にしておくためには、庭師を一日もかかさず入れてゐなければならない。」と語る。だが「私」は自分を「草ぼうぼうの廃園なんかを、美しいと思つて眺める野蛮人」と規定する。そして兄は、自宅の庭は「出鱈目の」ものではなく、「何流に属してゐるのか、その流儀はどこから起つて、さうしてどこに伝つて、それからどうして津軽にはいつて来たかを説明して聞かせ」、茶人の千利休に言及する。兄は、太閤秀吉を風雅において凌いだ利休をしきりに褒めるが、「私」は、そんな兄の説を「笑ひながら」受け流し、「風流の虚無をわからないながら」、秀吉を軽蔑しながら、彼の家来になつている利休はごめんだ。……自分は兄の世話になつてゐながら、兄を一本まゐらせようなんて事はしたくない」と考える。さらに「私」は、病

太宰治生家の庭（motion.nowfice,net）

みながらも代議士や知事をめざす気力を持ち続け、東京の著名な新内の師匠に「あなたも、これからです。これからだと思ひます。」と「悪びれもせず堂々と言つてのけ」る兄を、「大きい！」と、少々皮肉に称える。こんな兄は「文人では永井荷風と谷崎潤一郎を尊敬し、支那のエッセイストたちの作品を愛読しており、あすは、囲碁の名人呉清源が訪ねてくる」と述べる。そして「庭」は、次のような文章で結ばれる。

兄は、けさは早く起きて、庭の草むしりをはじめてゐるやうだ。野蛮人の弟は、きのふの新内で、かぜをひいたらしく、離れの奥の間で火鉢をかかへて坐つて、兄の草むしりの手伝ひをしようかどうしようかと思ひ迷つてゐる形である。呉清源といふ人も、案外、草ぼうぼうの廃園も悪くないと感じる組であるまいか、など自分に都合のいいやうな勝手な想像をめぐらしながら。

この作品の執筆時期と思われる十一月に太宰は、師である井伏鱒二に「もう地主生活もだめになるでせうし、……」（昭和二十年十一月二十八日付）という書簡を送っている。また執筆直後には「東北へおいでの折には、どうか足をのばして、津軽へもお立寄り下さい。没落寸前の「桜の園」を、ごらんにいれます」（昭和二十一年五月二十一日付）という貴司山治宛の手紙を書いている。つまり、太宰の「庭」に登場する「長兄」も、芥川の「庭」の「長男」同様の、〈滅び〉の宿命を負った旧家の当主だったわけである。だが太宰の描く「長兄」は、荒れた庭に自ら降り立ち、草むしりをする。新時代の政治に関わる意欲も見せている。さらに、戦前の価値観が無に帰した敗戦直後において、あえて旧時代の色模様を唄う新内の師匠や中国人呉清源を招き、戦中も自らの美意識を貫いた荷風や潤一郎という作家を敬い、昨日まで敵国だった「支那」の文章を好んでいる。時の激流に翻弄されながら、心は〈滅び〉を受け付けない、健全な鈍感さを保っているのである。

文室という雅号を持つ「癇癖《かんぺき》の強い男」だった芥川の「庭」の「長男」は、明治十年代半ばに、江戸文化の喪失によって心身を病んでいった。この「長男」の感じていた旧時代の〈滅び〉は、切実なものだった。だからこそ彼は、〈本陣〉の名園が荒廃していく宿命に、苦しみながらも手をこまねいているしかなかったのである。だが、太宰の「庭」の「長兄」は、震災後のモダニズムや昭和十年代の軍国文化を経て、それさえ滅んだ敗戦直後においてなお、江戸や「支那」の風流を追い求めている。さらに、芥川の「庭」の「次男」が命を賭して名園の復元をめざしたのに対して、草むしりという作業だけを繰り返している。こんな長兄の造形には、芥川の「庭」の「長男」が生きた時から六十余年後には、旧時代の風流が〈国〉全体の〈滅び〉によって、いかに悲喜劇的なものに変質してしまったかが暗喩されている。そして芥川の「次男」が庭作りによって〈家〉への回帰を果たしたのに比べて、「長兄」の弟である「私」は、風流な新内で風邪をひき、火鉢を抱えながら兄の草むしりの手伝いさえ渋っている。この「私」の姿には、〈国の滅び〉を目撃してしまった後の旧家の、絶望の果ての諦念が潜んでいる。つまり、戦後の風流とは、〈囲い込まれた深遠な人工空間〉としての「庭」を壊す「野蛮な世界」に身をおき、〈滅んだ国〉の比喩としての廃園にこそ美を見出し、江戸を引きずる近代の

〈庭〉の徹底的な消滅を凝視することなのではないか、だからこそ「風流の虚無」を知る本物の風流人呉清源も廃園を好むのではないだろうか、と考える諦念である。

太宰が敗戦直後に執筆した「庭」には、芥川の「庭」に影響を与えた「田園の憂鬱」の廃園趣味とは異質の〈廃園としての日本〉が、「長兄」と「私」との一見のどかな「庭」での会話の中で、象徴的に語られていたのである。注(6)

柴崎友香「春の庭」について

敗戦直後に太宰が〈滅んだ国〉の暗喩として「庭」を著してから六十九年目に、「庭」をめぐる小説が、今度は女性作家によって再び執筆された。柴崎友香の芥川賞受賞作「春の庭」である。柴崎は受賞後に「時間的にも、空間的にも色んな人が出入りする小説を書きたいと思った。戦後から現在までの真ん中に生まれた世代なので、どちらも見渡して、自分の世代ならではの書けることがあると思う」(「朝日新聞」二〇一四年七月十八日)と語っている。

一九七三年生まれの柴崎は確かに〈戦後〉を知らないが、「春の庭」には、幅広い世代が登場する。この作品は、築三十一年の、既に取り壊しが決まっているアパートに住む男女の、「水色の家とその庭」への執着を描く話だが、まず、そのアパートの大家は八十六歳の老女である。そして、その一階の「亥」室に住むのが、三年前まで美容師をしていて、離婚と共に小さな会社の営業マンになった三十代の主人公太郎、太郎の部屋から一番遠い「辰」室のベランダから隣の「水色の洋館」をいつも眺めていて、ついにその家に入り込もうとして太郎から注意される三十代後半で女性漫画家の西、そんな二人にいつも親しく話しかける「巳」室に住むため「巳さん」と呼ばれる敗戦の年に生まれた女性、その女性と同い年で既に十年前に亡くなっている太郎の父、西と同年の太郎の姉、「水色の洋館」に最近越してきた、やはり西と同年の森尾洋輔と、その妻で三十代の実和子、この夫婦の息子で五歳の春輝と三歳の優菜などが描かれる。他に、西が「水色の洋館」に興味を持つきっかけとなった、この家を被写体とした写真集『春の庭』に映っている二十年前に三十五歳だったCMディレクターの牛島タローと二十七歳だった小劇団の女優馬村かいこを加えれば、幼児二人を別にして、二〇一四年の時点で、八十代、六十代、五十代、四十代、三十代が登場することになる。これらの世代の中心を担うのは、敗戦時に生まれた太郎の父と「巳さん」、そして戦後派二世の三十代の人々である。

また、多くの世代を描いていることとアパートの部屋名に干支を使っていることを考慮すると、「春の庭」では〈時間〉が重要な位置を占めていることがわかる。さらに登場人物は、姓だけの「西」、名前だけの「太郎」、部屋名だけの「巳さん」以外、芥川と太宰の「庭」同様、太郎の父・姉・母、西の父・母・弟と家族関係で呼ばれている。太郎も西も巳さんも独身で、自身や両親の離婚を体験している。円満な家庭を営む森尾家の人々だけが皆、フルネームで呼ばれているのである。こんな設定の「春の庭」は、日常生活のスケッチを装いつつ、実は、芥川の「庭」同様、寓話的要素を含んでいる。例えば作中には、西と「巳さん」が太郎に「ままかりのお礼」の品を持ってくる場面があるが、そこを作者は「同じくらい背の低い二人を見て、お地蔵さんが恩返しにくる昔話を思い出した」と書いている。そしてこの作品では、この場面だけでなく、多くの物々交換が行われる。[注(7)]「巳さん」からもらったドリップコーヒーのお礼として太郎が「鮭とば」をお返しし、西からもらった鳩時計を同僚の引越し祝いにあげた太郎は、同僚から海産物を贈られる。こんな物々交換も、日本の昔話によく見られる設定である。また、芥川の「庭」の次男に御伽草子の「物くさ太郎」の影響を見る論を紹介したが、「春の庭」の主人公こそ、その名前、「目の前の面倒を回避」する性格、三年前に離婚して以来、アパートで「昼寝して休日を終える」行動など、まさに「三年寝太郎」や「物くさ太郎」同様の説話的キャラクターと言えるだろう。

こんな太郎は、西から写真集『春の庭』をもらい、西の「水色の洋館」と庭への執着を聞かされるうち、いつか自身にも「水色の家」とその「庭」への情熱が芽ばえてくる。芥川の「庭」の次男と甥の廉一との関係が想起される設定でもある。

だが西は、森尾家の人々と知り合いになり、太郎とともに「水色の洋館」に招かれた後、アパートを去る。その後、森尾一家も引っ越してしまう。一人残された太郎は、無人の庭に入り込み、亡父の骨を砕いたすり鉢と乳棒を、庭の穴に埋める。さらに、その家で一泊した太郎は、翌朝「庭から女性の遺体が発見された！」という男の声を聞く。「庭」が刑事ドラマの舞台に使われていたのである。

このように、だれもいなくなった「庭」を虚構のドラマの舞台にして終わる「春の庭」は、「庭」という空間が、様々な人生を映す〈時間〉の象徴としてだけでなく、その「庭」で展開する一時の生活さえ、儚く空虚なものに変えてしまう不可思議な場所であることを語っている。因みに、夫婦の日常をテーマとする写真集『春の庭』には、生活の中心を占めるはずの食事のシーンが一枚も写されていなかった。つまり若夫婦が笑顔で撮りあった〈春の庭〉も、虚構の空疎さに満ちていたのである。

旧家の廃園を描いた太宰治の「庭」から六十九年目、「三年寝太郎」に擬せられた「春の庭」の主人公は、三十代の独身として、敗戦の年に生まれた父の遺骨を砕いた道具を、ドラマで使われるだけの無人の〈庭〉に埋める。このような結末には、もはや〈家〉の同義語にはなり得ず、だが戦後の〈家族〉の絶望を埋める場所としての〈庭〉の存在が，無気味に暗喩されているのである。

幕末・明治・大正の残酷な時の推移を描いた芥川の「庭」、昭和の敗戦直後の虚無的な廃園を題材とした太宰の「庭」とともに、「春の庭」もまた、平成という儚げで虚ろな時代を、「庭」をめぐる寓意的手法によって、巧みに表現した作品だったといえよう。

注1　アト・ド・フリース著、山下主一郎ほか訳、一九八四年三月、大修館書店。
2　川本三郎『荷風と東京――「断腸亭日乗」私注』（平成八年九月、都市出版）
3　「芥川龍之介「庭」論――カオスとしての庭」（「芸文研究」78号）
4　「「庭」解説」（『作品と資料　芥川龍之介』昭和五十九年三月、双文社出版）
5　注3に同じ。
6　相馬明文は、「二つの「庭」――太宰治における芥川受容の一側面」（「解釈」622、623集、平成十九年二月）、「太宰治の「庭」に芥川「庭」の影をみる――チェーホフを手がかりとして」（「郷土作家研究」

32、二〇〇七年六月）で、太宰の「庭」を芥川の「庭」のパロディだと指摘している。
7　松田青子も「春の庭」の書評「日常生活のネットワーク」（「群像」二〇一四年十月）で物々交換を指摘している。

おわりに

コロナ禍が続き、爆撃された都市の惨状が毎日テレビで放映されている。スペイン風邪を彷彿する流行病《はやりやまい》と往年の世界大戦時のような映像は、百年前の世界に私を連れ戻す。そして、今後も疫病と戦闘に塗れた百年を、また生き直さねばならないような〈迷宮的悪夢〉に襲われる。この悪夢の中心には、富国強兵を標榜する軍都として、近代日本を象徴したかつての東京が、厳然と屹立している。一方、その東京は、そこに暮らすことが「間に合わなかった」寂しさを掻き立てる、私にとってのノスタルジー都市でもある。

隅田川に近い町に育った私の文学研究は、対岸の本所に十八歳まで過ごした芥川龍之介への興味から始まった。そして、芥川の感性と知性を育んだ明治の江戸趣味と東京的教養の相克を探求することを志し、二〇〇四年に『芥川龍之介と江戸・東京』を上梓した。

この芥川という近代作家と江戸・東京との関わりを探る試みは、江戸を内包する東京への関心を深め、他の近現代作家が東京をどのように描いたかを知りたいという欲求を誘い出した。そんな時、小学館・尚学図書の雑誌「国語展望」で「作品の舞台」という連載を頼まれ、日本の近代を象徴する建造物や盛り場と文学との関係を探求する機会を得た。本書の第一部・第二部に載せた八篇の、主に東京を舞台とする短い論考は、その時の記事である。

日々「失われ続ける」都市・東京の景観は、各論考を執筆した時点からも、かなり変化している。例えば、新橋停車場は、執筆時の平成十年には、まだ遺構発掘途上だったが、現在は同じ場所に、荷風の「夢の女」の背景となった明治の旧新橋停車場の駅舎が復元されている。だが、全ての論を初出のまま掲載することが、「失われ続ける」東京を表現することにも繋がると考え、今回は、ほとんど改稿を行わなかった。

ただ、ユートピアとしての東京を夢見た佐藤春夫の「美しき町」、ラビリンスとしての東京を小説化した室生犀星と江戸川乱歩の「浅草十二階という迷宮」、〈家庭の幸福〉の偽善性を〈公園〉に象徴した「境界としての井の頭公園」、東京という迷宮からの出口を真摯に模索する「村上春樹の東京」の四篇は、現在の東京を〈迷宮的悪夢〉から救う試論として、書き下ろしで掲載した。

日清・日露・第一次世界大戦の戦勝国として新橋停車場や東京駅に凱旋門を築き、華々しく近代化を推進した東京は、大正の関東大震災と昭和の大空襲で焦土と化した。私は、本書をまとめ終わった時、この凱旋門と焦土を、東京の二面性を暗喩する対照的映像として凝視し続けることが、今後の東京を、戦闘と疫病に塗れた迷宮に陥らせない重要な行為だという結論を得た。つまり、この対照的映像を私の眼底に鮮明に焼き付けてくれたのが、近現代の作家が描いた〈文学の東京〉だったのである。

隅田河畔という東《ひがし》東京で十代を過ごした私は、その後、東中野、国立、豊島園、西葛西と、東京の西、北、川向うに移転した。その移転ごとに、地域によって異質の記憶と幻影が重層する迷宮としての東京を彷徨い続けた。そして今、改めて、そこからの脱出口を、〈文学の東京〉に暗示してもらったと考えている。
最後に、私の研究を「東京論」に導いて下さった小学館の本間千恵氏と松中健一氏、本書刊行を引き受けていただいた鼎書房の加曽利達孝氏と編集者の小川淳氏に、心より感謝の意を表したい。

二〇二二年七月

神田由美子

初出一覧

第一部　文学の東京空間

芥川龍之介「開化の良人」に描かれた両国—大川の赤い月……「東京都江戸東京博物館紀要」第三号　二〇一三年三月
森鷗外「雁」の無縁坂……「国語展望」98　小学館・尚学図書　一九九五年六月一日
〈鹿鳴館〉というドラマ—泉鏡花・芥川龍之介・三島由紀夫……「国語展望」104　小学館・尚学図書　一九九九年六月一日
小石川植物園の生と死——「外科室」「団栗」「植物園の鰐」……『ことばのスペクトル　越境』東洋学園大学ことばを考える会編　鼎書房　二〇一八年十一月二十五日
永井荷風「夢の女」の新橋停車場……「国語展望」102　小学館・尚学図書　一九九八年六月一日
夏目漱石と三越……「国語展望」99　小学館・尚学図書　一九九六年十一月十五日
佐藤春夫「美しき町」の築地居留地・日本橋中洲……書き下ろし
水野仙子「神楽坂の半襟」に描かれた神楽坂……『女性文学の近代』（女性文学会編　双文社出版　一九九四年四月二日）所収の「「神楽坂の半襟」解説」を大幅に加筆
〈神田学生街〉の男女——芥川龍之介「葱」の方法……原題「〈路上〉の男女—「葱」の方法」「芥川龍之介研究年誌」4　芥川龍之介研究年誌の会　二〇一〇年九月三十日
〈浅草十二階〉という迷宮——犀星「幻影の都市」・乱歩「押絵と旅する男」……書き下ろし
芥川龍之介「歯車」の銀座……「国語展望」100　小学館・尚学図書　一九九七年六月一日

川端康成「虹」の浅草……「国語展望」101　小学館・尚学図書　一九九七年十一月十五日
「濹東綺譚」の東京──麻布・浅草・玉の井・銀座……栢植光彦編『永井荷風　仮面と実像』　ぎょうせい　二〇〇九年九月二十五日
東京駅と山手線──志賀直哉「灰色の月」……「国語展望」106　小学館・尚学図書　二〇〇〇年六月一日
境界としての井の頭公園──太宰治「花火」「ヴィヨンの妻」と又吉直樹「火花」……書き下ろし
村上春樹の東京──芥川文学の出口を探して……書き下ろし

第二部　近代の文学空間

伊香保温泉の男女──「不如帰」と「浮雲」……「国語展望」105　小学館・尚学図書　一九九九年十月十五日
車中と停車場の風景──芥川文学における近代的空間……「芥川龍之介研究年誌」3　芥川龍之介研究年誌の会　二〇〇九年三月三十日
梶井基次郎「檸檬」の丸善……「国語展望」97　小学館・尚学図書　一九九五年十月二十日
谷崎潤一郎「細雪」の平安神宮……「国語展望」103　小学館・尚学図書　一九九八年十一月十五日
堀辰雄「美しい村」の軽井沢……「国語展望」107　小学館・尚学図書　二〇〇〇年十一月十五日
文学における〈庭〉──芥川龍之介・太宰治・柴崎友香……『ことばのスペクトル「場」のコスモロジー』　東洋学園大学ことばを考える会編　双文社出版　二〇一五年三月三十一日

著者紹介

神田由美子（かんだ　ゆみこ）
1951年、東京都生まれ。日本女子大学文学部国文科卒業。日本女子大学大学院日本文学専攻博士課程修了。元東洋学園大学教授。
著書に、『スタイルの文学史』（編著、1995、東京堂出版）、『芥川龍之介と江戸・東京』（2004、双文社出版）、『二十一世紀ロンドン幻視行』（2003、碧天社）、『マスター日本語表現』（編著、2009、双文社出版）、『渡航する作家たち』（編著、2012、翰林書房）がある。

文学の東京　記憶と幻影の迷宮

発行日　2022年8月25日
著　者　神田由美子
発行者　加曽利達孝
発行所　鼎　書　房
〒132-0031　東京都江戸川区松島2－17－2
電話・ファクス　03－3654－1064
URL http://www.kanae-shobo.com
印刷　シバサキロジー・TOP　製本　エイワ

ISBN978-4-907282-83-7　C3095